—鄭丰作品集—

神偷天下

目錄

第二部■靛海奇緣

・第二部・靛海奇緣

第二十八章　邋遢奇僧

離京之後，楚瀚一路行走，一路尋思，自己究竟該何去何從？京城之外，他唯一熟識的地方便只有三家村。想起三家村，他不禁滿心懷念，隨即想起：「梁芳知道我的出身，一定會去三家村尋我，而且村中滿是柳家的眼線，我不能回去。」又想：「不知柳子俊會不會傷害胡家妹子？」

他回想柳子俊的爲人，尋思：「應當不會。梁芳不知道我的下落，柳子俊想必也無從查知。只要我不是故意拆他的臺，跟他作對，他爲了往後能繼續掌控我，便不會輕易對胡家妹子下手。」

不能去三家村，又能去何處？他想起曾聽一個派駐南京的宦官說起當地的好處，心想自己既然無處可去，去金陵這六朝古都看看也不錯，便往南行去。

當夜他找了間客店睡了，次日又往南行。正午時分，他停在路邊一間麵店打尖，叫了碗雞蛋麵和涼拌黃瓜，讓小影子自己去廚下捉老鼠塡飽肚子。結帳之時，一共七文錢，他給了伙計一個銅子，伙計便走去櫃檯找錢。

楚瀚摸摸衣袋，發現身上盤纏所剩已不多了。他原本錢財不少，但向來出手大方，大多都散給了手下宦官和城中乞丐眼線，這回匆匆離開，為了不讓梁芳起疑，大部分的財物都未取走。從京城去往南京這段路，儘管吃住從簡，也是一筆花費。他知道自己離開京城，沒了收入，不論身上帶著多少錢，總有一日會用完花光，便也釋然，盤算到了南京之後，需得另想法子開個財源。

正思索間，忽聽門外一個旅客操著南方口音道：「老闆，來碗素麵！」

楚瀚轉頭望去，見那是個衣衫襤褸的年輕僧人，身形高瘦，臉上貼了一塊大膏藥，背後高高腫起，是個駝子，手臂小腿上都貼著一塊塊的膏藥，似是長了許多癰疽。

那麵店掌櫃的見這僧人骯髒污穢，心中嫌惡，揮手道：「去，去！外邊坐去。一碗素麵三文，先付錢，再上麵。」

那僧人在懷裡掏摸一陣，掏出零零碎碎的幾文錢，小心算了算，才遞過去道：「這兒剛好三文。」掌櫃的生怕沾染到他身上的瘡膿，不願伸手去接，指著楚瀚道：「這位客人剛好需找三文錢，你給他吧。」

那僧人轉頭望向楚瀚，走上兩步，將三文錢放在他的桌上。楚瀚注意到他的指甲修剪整齊乾淨，並不如想像中那麼骯髒，頓時留上了心，抬頭望向那僧人的臉，僧人卻一直低著頭，放下錢後便轉身走開了。楚瀚望向那幾文錢，看來還頗為新淨，便拾起了收入懷中，忍不住對這邋遢僧人的背影多望了兩眼。但見他一跛一拐地走出麵店，在外邊土堆上坐下了，等著吃麵。

楚瀚更被挑起了好奇心。他往年左腿殘疾，長年跛行，之後在揚鍾山的高明醫術下，治癒了左腿，走路可如常人一般，完全不顯跛態。但他在東廠牢獄中時，爲了不讓其他獄卒起疑，走路時總假裝有些不便。此時他一眼便看出這僧人的跛腳也是假裝的，那兩三步間的做作之態，也只有楚瀚這經驗豐富的假跛子才看得出來。

楚瀚此時已結了帳，不能老坐著不走，便拾起包袱，呼喚小影子，走出麵店。經過那僧人身邊時，楚瀚見到他草鞋踩過的泥巴地上腳印甚深，不似個瘦巴巴的僧人所能踩出，心中更加疑惑，暗想：「這絕不是個普通的僧人。」當下停了步，合十問道：「請問師父去往何方？」

那僧人正狼吞虎嚥地吃著麵，聽他問話，抬起頭，用衣袖抹抹嘴，說道：「小僧四處雲遊，原沒什麼一定的去處。」

楚瀚道：「即使雲遊，今兒晚上也該有個打算落腳的地方。」

僧人深深望了他一眼，似乎生起警戒之心，合十說道：「我往北去，今夜打算上京城法海寺掛單。」

楚瀚點點頭，說道：「法海寺的壁畫聞名天下，值得長住欣賞。路途遙遠，祝師父一路順當。」那僧人聽了他的言語，似乎微微一怔，楚瀚不等他回答，已轉身離去。

楚瀚走出一段路後，便又折回來，在遠處盯著這僧人。但見僧人吃完麵，提起個布包，便往北行。楚瀚悄悄在後跟上，跟出一段，卻見僧人並未如他所說入城去往法海寺，卻鑽入深山樹林之中，走出數十里，進入了一間幽靜的古廟。

楚瀚等到夜深人靜時，才帶著小影子悄悄翻過古廟的圍牆。他在日落之前，已將古廟內外勘查了一遍，此時儘管在黑暗中，仍能找到入廟的路徑。他讓小影子在殿前的庭院中等候，自己來到那僧人的單房外，輕輕躍上屋簷，倒掛在簷下，從窗子上端的縫隙偷望進去。

只見屋中一盞黯淡油燈，那骯髒僧人獨自坐在油燈旁，正將身上膏藥一片片卸下。楚瀚不禁看得睜大了眼睛，膏藥下不是膿瘡癰疽，而是燦爛耀眼的金銀珠寶！其中有明珠、翠羽、寶石、貓睛等，在微弱的燭光下閃閃發光，顯然都是上好精品。楚瀚嘴角露出微笑，他老早看出這僧人不是尋常人，不意他竟身懷如此貴重的珠寶。

楚瀚思量半晌，這人看來若非盜賊，便是富商，才會喬裝改扮，孤身攜帶價值不菲的珠寶行走江湖。自己若取走一兩樣事物，對他來說應只是九牛一毛。當下悄悄伏在屋頂等候，直到那假僧人熄燈入睡，鼻息悠長，才開始動手。

楚瀚早將竊取所需的事物準備妥當。他攀上屋頂，緩緩移開屋頂上的兩塊瓦片，露出一個寸許見方的小孔。他點起一枝胡家祕傳的迷魂香「奪魂香」，繫在細繩的一端，緩緩墜入房內。這香的名字雖嚇人，藥性卻並不強，只能讓嗅入者睡得更沉一些。他靜候一陣，等香燒盡了，才將細繩拉出，側耳傾聽一陣，又從屋簷倒吊而下，取出小刀，輕輕挑開窗格，露出半尺的縫隙，縱身一鑽，便躍入了單房之中。

四下靜謐無聲。楚瀚多年爲盜，早已練就一分過人的平靜，知道下手時定要放慢呼吸，減緩心跳，以免呼聲粗重，手腳顫抖，發出不應發出的聲響。他望向睡在屋角的身形，耳中聽那僧人鼾聲平穩，「奪魂香」應已生效，這一覺不睡到次日早晨絕不會醒轉來。但他仍不敢掉以輕心，如影子一般緩緩在房中移動，在地上摸到了一個布包，應當便是那僧人從疽中取出的珠寶。他伸手一探，從布包中抓出一顆鵝蛋大的事物，輕輕放入懷中，又待去探時，忽聽噹噹之聲大作，那袋旁的一個銅鈴竟自響了起來。楚瀚大驚，連忙縱身躍到窗邊。

那僧人被鈴聲驚醒，倏然坐起身，轉頭見到房中有人，又驚又怒，翻身跳起，喝道：「何方小賊！」從懷中掏出一柄匕首，直往楚瀚刺去。楚瀚閃身避開，準備破門逃出，但那僧人的匕首功夫凌厲異常，一招接著一招，逼得他不斷後退，遠離窗門。

楚瀚靈機一動，縱身躍起，躍上了大樑，打算從剛才墜入線香的屋頂空隙中鑽出。那僧人輕功竟也不弱，一躍而起，落在大樑之上。楚瀚看準了他的落腳處，伸腳一絆，僧人立足不穩，連忙伸出雙臂試圖穩住身子。楚瀚趁他將跌未跌之際，已從屋頂鑽了出去。

那僧人反應雖快，卻怎及得上楚瀚的飛技？楚瀚一鑽出屋頂，便消失在屋簷之後，遠遠去了。那僧人急忙搶出門，卻早已不見了楚瀚的影蹤。

楚瀚直奔出數里，才停下腳步，心下頗爲驚惱。他行竊多年，從未失手，這是第一次被人識破，還險些被物主捉住，露出眞面目。這僧人有膽量攜寶獨行，果然有點本事，不是易與的。他在藏寶袋旁安置警鐘，不知之人一觸及，便會作響，這可是楚瀚從未遇到過的。

他伸手入懷，取出盜來之物，月光下但見那是一枚拳頭大小的貓眼石，渾圓晶瑩，十分珍稀。他思索片刻，想起自己剛才匆匆逃走，將小影子留在了古廟中，不禁有些擔心；但又想牠應能照顧自己，次日再去尋牠不遲。他將那貓眼石收入懷中，四下一望，見身處一片郊野之中，身旁有數棵大樹，他躍上一棵大樹，便在樹上睡了一夜。

次日天明，楚瀚便回去古廟尋那僧人。那僧人也毫不含糊，早已坐在廟門口等候，一見到他便站起身，合十爲禮，卻不言語。楚瀚行禮道：「師父起身好早。這便往北去麼？」

那僧人拍拍肩上包袱，說道：「是該上路了。施主跟貧僧作一道吧？」

楚瀚往他身上瞄了一眼，但見昨日見到的癰疽膏藥依舊，污穢骯髒也依舊，但臉上假作的呆氣土氣卻已一掃而空，眼中透露著一股精明世故。楚瀚微微一笑，說道：「這個自然。」當下呼喚了小影子，與那僧人並肩上路。

僧人也不裝跛腿了，兩人在土道上默然走出了數里路，那僧人才開口道：「小僧行路千里，閣下是第一個識破我行藏的人。」楚瀚道：「我出道多年，閣下是第一個發現我形跡的人。」

僧人哈哈一笑，說道：「在下尹獨行，浙江龍游人，我祖上三代都是作珠寶買賣的。」楚瀚點點頭，說道：「在下楚瀚，出身三家村胡家。」

尹獨行啊了一聲，頓時肅然起敬，說道：「原來閣下是三家村的傳人！」就如學武之人不能不知道武林第一大派少林派一般，尹獨行這等常年身懷巨寶行走江湖之人，自也不能不知道當世偷盜宗師三家村的名頭。他年紀還小時，家中長輩便曾諄諄訓誡，若遇上了三家村的人，當立即退避三舍，敬而遠之，甚至自行奉上財寶，免得傾家蕩產，血本無歸。他昨夜也確實驚嚇無已，若非他自己設計的「醒貓」警鐘奏效，楚瀚便將他全副家當都偷了去，他也必茫然無知。

楚瀚一笑，從懷中掏出那枚貓眼寶石，遞過去給他，說道：「失風失手，乃時家愧事。楚瀚自慚無能，自當奉還原物。」他口中的「時家」，即偷盜之祖時遷，泛指以偷盜爲業之徒。

尹獨行卻不接，說道：「閣下出手，必有緣由。我瞧閣下手頭似乎有點緊，這便算是在下的一點敬意吧。」楚瀚一笑，便收下了。

尹獨行又道：「閣下若不嫌棄，便讓我作東，請閣下喝一盅吧。」

楚瀚答應了，尹獨行便領他來到一間客店，要了間房，在房中飲酒傾談。兩人聊將起來，楚瀚才知尹獨行一家人行事奇特，時時喬裝改扮，孤身攜帶千金之貨上京販賣，一個護衛鏢師都不必請。爲了不引人注意，尹家個個都擅長易容裝扮之術，尹獨行本身行路時，通常假扮成個全身長滿瘡疽的貧窮僧人，將珍貴珠寶都隱藏在膏藥之下。別人見他骯髒污穢，都掩鼻扭頭，敬而遠之，從未有人生疑，更從未有人向他下手。

尹獨行當時二十六歲，比之將近十六歲的楚瀚大了十歲，兩人惺惺相惜，引爲知己，之後便以兄弟相稱。

楚瀚雖與尹獨行結交，但他長年習練偷取之術，仍不忘找出破解警鐘「醒貓」的方法。他知道這醒貓極難對付，只要將它放在要保護的事物之旁，來人微一觸動，醒貓便會發出聲響，讓賊人大吃一驚，物主也能及時醒來捉賊。他對這挑戰躍躍欲試，思索良久，才靈機一動，想出了一個絕妙主意：他可以讓小影子先跳入房中，關上「醒貓」的機關。即使小影子不小心弄響了警鐘，來人發現是貓，也不會太過大驚小怪。

當天下午，尹獨行跟一個珠寶商在客店中會面洽談生意，楚瀚便留在房中，開始訓練小影子。小影子極爲聰明，在教了幾次之後，便懂得如何找到醒貓，用柔軟的貓掌輕輕一撥，將之撥倒，再用鼻子一頂，關上醒貓底部的機關，令之不會發出聲響。楚瀚大爲高興，抱起小影子親吻撫摸一番，口中讚道：「小影子，你聰明得緊，以後我每回出手，都得靠你先幫忙探路啦！」小影子睜著黃澄澄的眼睛，舔了舔他的臉。

當天傍晚，楚瀚和尹獨行一起吃了晚飯，楚瀚興致沖沖地向尹獨行道：「大哥，今夜你小心點，小弟要再去取你的珠寶。」

尹獨行呆了呆，說道：「那我今晚便整夜不睡，守護珠寶，不就是了？」楚瀚笑道：「那你便守著吧。」

尹獨行與楚瀚相處一日，已知這孩子年紀雖小，卻有著奇特的成熟和世故，偷取之術更是出神入化，匪夷所思。雖知楚瀚是跟他鬧著好玩的，心中仍不免慄慄，暗想：「他光明正大地告知我要來取物，我若眞讓他取了去，以後行路可不是每夜都不得安眠了。」

當夜兩人便在這客店中下榻。尹獨行要了個獨棟獨門的房間，晚飯後便泡了壺濃茶，戰戰兢兢地端坐屋中，將一袋貴重的珠寶放在身前一尺處，袋邊設下一圈共八隻醒貓，任何人只要略一觸動袋子，警鐘便會大響。

尹獨行等了大半夜，都沒有半點動靜。他伸伸懶腰，起身在屋中踱了一圈，探頭往窗外望去，但見楚瀚所住客房就在對面，早早便關了燈，杳無人聲。尹獨行又坐下了，枯坐苦等。將近天明，他仍不敢鬆懈，將一壺濃茶都喝完了，天邊露出曙色，他才鬆了一口氣，心道：「三家村的人物，也不過如此！」

他正要推門出去取笑楚瀚，低頭一望，感覺有些不對，再一望，見地上裝著珠寶的袋子並無改變，醒貓也好端端地放在四周，但似乎仍有些不對勁。他蹲下身，用特殊手法取起一隻醒貓，才發現那醒貓已被關上。他只道自己湊巧忘記將之開啓，連忙又去看旁邊的那隻，卻發現那隻醒貓也已被關上。尹獨行大驚失色，快手將其餘的醒貓一一拿起檢視，竟然全數都已被關上了。他再去望那袋珠寶，裡面仍是脹鼓鼓的，但他伸手提起，便知道不對了，袋子輕如羽毛，裡面的珠寶早已不翼而飛。

這下尹獨行不由得臉色大變，站起身便往對門跑去。他敲了敲門，生怕楚瀚早已遠走高飛，心中又慚又惱：「這小子跟我結交，或許就是意在奪我珠寶，我怎地如此輕信，竟跟個大盜結伴而行？這可眞正是『開門揖盜』了。」

不料門開了，楚瀚就站在門內，伸著懶腰，揉著眼睛，似乎剛剛睡醒，說道：「大哥好早啊。」

尹獨行瞪著他，說道：「東西呢？」楚瀚也不裝傻，往內一指，說道：「在我這兒。」尹獨行連忙搶進屋去，果見桌上放了一個袋子。他匆匆打開袋子，一一檢視點算袋中珠寶，發現半樣也沒短少，這才鬆了口氣，一屁股坐倒在椅上，伸袖抹去滿頭冷汗。

楚瀚笑道：「大哥昨夜沒睡好，這便去補個覺吧。不然路上疲勞，可不好趕路了。」

尹獨行緊緊抓著那袋珠寶，更不敢鬆手，心中好生爲難，暗想：「我醒著守護這袋珠寶，都不免被他偷了去。要是睡著了，豈不更加危險？」

楚瀚見了他的臉色，猜知他的心思，說道：「東西放在我這兒，我幫大哥看著便是。」

尹獨行忍不住笑了，說道：「請三家村的傳人替我看守物事，也未免太不像話了。小兄弟，別爲難你哥哥了，我服了你，哥哥該怎麼賠罪，你說吧。」

楚瀚搖了搖頭，說道：「我原是跟大哥鬧著玩的，什麼賠罪不賠罪？」

尹獨行吁了口氣，知道楚瀚若對自己沒有惡意，那是再好不過了。自己此時全副身家都掌握在他手中，他要盡數盜去、不告而別，自己也是無可奈何，守得住一日守不住兩日，不如便相信了他，省得自己提心吊膽，終日不得安寧。

當日楚瀚便護送尹獨行往京城行去。他答應了懷恩不再回京，送尹獨行到了城外的客棧，便與他互道珍重，行禮作別。

楚瀚辭別尹獨行後，又孤身往南行去。這回他卻沒走得那麼容易了，才行出數里，便知道自己被人盯上了。他假作不知，靜靜窺伺來跟蹤他的人，很快便知道對方是錦衣衛中的人物，領頭的正是那蒙面黑衣人百里段。他早先毫無預兆地離開京城，更無人能查知他的去向，這時跟著尹獨行回往京城，自投羅網，才被錦衣衛的眼線盯上了。

楚瀚發現錦衣衛追蹤自己，立即擔心起尹獨行的安危。他悄悄甩脫追蹤者，潛回城外客棧，幸好尹獨行仍在城外滯留，尚未入城，也尚未有人來爲難他。楚瀚請他立即改變裝扮，小心隱藏行跡。尹獨行見他神情嚴肅，忙問端的。楚瀚也不多說，只道：「我跟京城錦衣衛有些過不去，正打算離京避禍。我怕他們見到了你跟我同行，會來爲難你。大哥擅長易容，只要略作改裝，謹慎行事，應不會被他們識破。」

尹獨行聽說事關京城錦衣衛，知道情勢嚴重，立即改了裝扮，從個骯髒僧人變成了一個衣著華麗的商賈，並趕緊離開客店，另覓宿頭。楚瀚眼見尹獨行巧善易容，爲人機警，應能保護自己不被錦衣衛找著，這才告辭離去。

第二十九章　緊追不捨

楚瀚離開之後，暗暗思索，錦衣衛出來尋他，究竟是受了誰的指使？如果是梁芳，難道是已知道自己隱藏小皇子的祕密？還是以爲自己背叛了他，想將自己捉回去，或殺人滅口？楚瀚無法放心，便又回頭去尋那些追捕他的錦衣衛，使了些手段探聽消息，不多久便探出了眞相：梁公公確實想找他回去，但這些人卻不是他派來的。派錦衣衛來捕捉他的，乃是萬貴妃。

楚瀚知道那蒙面錦衣衛百里段曾跟蹤宮女秋蓉，見到了小皇子，定已將這個祕密稟告給萬貴妃，他們必是爲此來追捕自己。他爲了引開萬貴妃和錦衣衛的注意力，便在城中放出流言，說道小皇子已被送到宮外，自己離開京城便是爲了方便在外照顧小皇子。這流言一出，錦衣衛追捕他得更急了，萬貴妃顯然一心想捉到他，探訪出小皇子的下落，斬草除根，命令錦衣衛大舉出動，搜索京城周圍百里內的城鎮鄉村，任何一間寺廟道觀、土寮草屋都不放過，並向村民懸賞帶著一隻黑貓的黑瘦少年。

楚瀚心想該把這些人引得愈遠愈好，便故意帶著小影子在城外最大的道觀眞元宮現身，引得錦衣衛大舉圍捕。楚瀚機伶巧詐，一見他們開始圍捕，便趕緊易容走避，讓一眾錦衣衛圍了個空。他隨即又出現在七十里外的玉佛寺，引錦衣衛來追，又是一般及時避了開去。如此愈引愈遠，不久便將錦衣衛引到了京城以南數百里外的商家渡。他在渡口上最繁華的酒樓中住了數日，錦衣衛來追捕的人愈來愈多，此時聚集了總有三百來人，幾乎是傾巢而出，卻無論如何也追捕不到他。

楚瀚在京中混得久了，這些錦衣衛他大多相識，雖對他們無甚好感，卻也知道他們不過是奉命行事的一群爪牙，事情辦不成時，便會自行想法辯解推拖，回去覆命。他也知道自己需得給他們個方便，他們才好收手。恰好鄉間善堂裡有個病死的孤嬰，他便故意抱著那嬰孩的屍身在商家渡口大哭一場，引得許多百姓圍觀。哭完之後，他便掩埋了嬰孩的屍身，上船離去。錦衣衛雖心知肚明這多半是場假戲，卻也將錯就錯，挖出嬰孩的屍身回去上稟結案。

楚瀚過了商家渡後，便消失無蹤，自此錦衣衛再也無人見到他的影蹤。

然而事情並未這麼容易了結。楚瀚隱隱感到身後仍有人在追蹤，人數雖不多，武功卻頗爲高強。憑著他多年與那蒙面黑衣人百里段交手的經驗，楚瀚立即猜知是百里段帶著數名親信手下，鍥而不捨地追上來了。

楚瀚知道這人很不好對付，便想先除掉他身邊的幫手再說。他回頭去倒盯對頭的梢，發現除了百里段之外，還有五名錦衣衛隨行，武功都不弱。楚瀚在暗中窺探這六人的行動，這夜見到六人在一間客店下榻。百里段仍蒙著面，雖與其他五人同坐，卻只顧小口吃餅，也不喝酒，冷冰冰地坐在當地，悶不出聲。其中一名錦衣衛吃了幾口餅，抬頭說道：「首領，人都已在百里外了，還追麼？」

百里段輕哼一聲，冷然道：「我此番出來，不取這狗賊的性命，誓不回京！」他語音甚尖，似乎十分年輕。其餘人聽他說得決絕，都不吭聲，其中一個留著鬍子的錦衣衛冷笑了一聲。

百里段冷酷的眼光掃向那人，說道：「許鬍子，怎麼，你有意見？」那錦衣衛許鬍子喝了一口酒，說道：「貴妃娘娘只讓我們查明僞皇子一案，並沒讓我們趕盡殺絕。」百里段道：「事情哪有這麼容易？他在商家渡那一哭，自然是作戲給人看的。哼，其他人個個敷衍塞責，情願被他欺騙，我可不會這麼輕易便放過他！」

另一個錦衣衛道：「這人輕功極高，人又機伶，將我們幾百人操弄於股掌之上，耍得不亦樂乎。我們即使探得他的去向，又如何追得上？」

百里段傲然道：「你們追不上他，我追得上！」

其餘人都不言語了，氣氛冰冷。眾人各自吃完了大餅，喝了酒，自去休息。

楚瀚知道今夜是下手的最好時機，當夜便使動胡家迷香「奪魂香」，分別迷倒了那五名錦衣衛，將他們身上財物兵器全數取走，興致一起，順手將他們身上的衣服也脫光了，扔入屎坑，才揚長離去。

次日清晨，客店一陣混亂，五個漢子赤條條地衝到大堂中，暴跳如雷，大吼大叫，要店家立即賠還被賊人偷去的財物。恰巧這店主乃是宮中大太監尚銘的親戚，勢力也不小，不怕這幾個錦衣衛逞威，忍著笑賠了不是，說了些場面話，每人送了二十兩銀子當作回京盤纏，才將五名錦衣衛給請走。

那百里段冷眼望著手下憤然離去，甚至未曾向他道別，心中恚怒，知道這定是楚瀚搞的鬼。他不敢來動自己，卻使奸計將自己的手下給趕跑了，但他也看出楚瀚這人畢竟不夠心狠手辣；他能將人迷倒脫衣、偷走財物兵器，當然也能輕易將人一刀斬死，但卻留下了五人的性命。百里段眼見楚瀚不肯輕易殺人，暗露微笑，他知道，這便是楚瀚最大的弱點。

楚瀚此時正藏身暗處窺伺百里段的動靜，也沒錯過他眼角的那抹冷笑。楚瀚心中一寒，知道兩人之間的糾葛還沒了結。他在客店掩藏了半日，百里段顯然知道他並未離去，也安坐不動。楚瀚心想自己不能長久跟他在這客店虛耗，決定入夜後便離去。他等天全黑了，確定百里段在屋中熄燈歇息了，才動身往南行去。

楚瀚在黑夜中疾行終夜，直到清晨天光微曙，才找了個荒僻的山坳子睡了半晌，起身後感到肚子餓了，便來到一個市鎮上。他不願讓人記得他的特徵，留下痕跡，便將小影子藏在懷中，出手偷了三個包子，放下幾枚銅錢，再次上路。

楚瀚正要離開市集，忽然心中一動，心想這市鎮人多混雜，或可暫時藏身，便又留下，在舊衣舖中取了幾件衣物，改扮成一個體型肥胖的商販，在市集中瀏覽貨物。過不多時，他便聽聞馬蹄聲響，一個黑衣人橫衝直撞地闖入市集，馬蹄踢翻了一整排販賣瓜果蔬菜、米麵魚肉的攤子，踩傷了五六名小販，市集百姓紛紛尖喊驚呼，抱頭逃竄。楚瀚縮在一間茶舖旁，瞧得清楚，那騎馬者身穿黑衣，蒙著面，正是錦衣衛百里段。

但見他在市集當中勒馬而止，從懷中掏出一面黃銅令牌，喝道：「錦衣衛千戶百里段，奉聖上御旨，出京追捕要犯。膽敢藏匿犯人者，殺無赦！」

這幾句話一出，一眾喧嘩咒罵的小販商賈立時閉上了嘴，整個市集頓時鴉雀無聲。此地離京城已有數百里，但錦衣衛惡名遠播，一般百姓何敢與之相抗？

百里段向眾人環視一周，又道：「今晨有個左腿略跛的乾瘦少年來到這市鎮，帶著一隻黑貓。見過此人者，速速告知其去向，重重有賞！」又厲聲喝道：「誰知道此人下落，卻隱匿不報者，全家連坐！」

村民紛紛交頭接耳，低聲議論，卻無人出聲答應。楚瀚來到市集時，並未作出跛腿狀，也蓄意將貓藏起，而這市集上來來去去的少年人可多了，他的長相並不特出，也並未跟任何人打過交道，連吃食都是偷來的，之後隨即改變裝扮，更無人能猜知這肥胖商人實際上是個瘦小的少年。

百里段見無人回答，甚是不快，喝道：「村長呢？人在何處，快快出來答話！」一陣喧嚷下，一個學究模樣的老者戰戰兢兢地踅了出來，全身發抖，打躬說道：「千戶大人在上，小人王寶鳴，忝爲一村之長，老朽昏昧，實不稱職，謹聽千戶大人吩咐。」

百里段冷笑一聲，說道：「稱不稱職，很快便知道了。我要你率領村中皀隸，守住整個市集，不讓任何人出入，將所有十三歲以上，十八歲以下的少年，一一帶來我面前，讓我過目。快！立即去辦。辦不好，我要了你一條老命！」

村長唯唯諾諾地去了。楚瀚在旁冷眼旁觀，他知道百里段並不蠢，如此大張旗鼓地封村搜人，絕對無法搜出楚瀚本人，但他刻意這麼作，顯是爲了引他自動現身。

果不其然，村長將市集上的十多名少年都帶上來後，百里段便讓眾少年一字排開，假意查看他們是否欽犯，隨即抓起一根木棒，如秋風掃落葉般，迅捷無倫地打上一眾少年的左腿，只聽啪啪聲連響，轉眼間十多條腿全數被他打斷。

眾少年全未料到這天外飛來的橫禍，一一摔跌在地，抱著腿慘呼哀號：「我的媽呀！」「痛死我了！」「我的腿，我的腿斷啦！」

楚瀚不禁大怒。他自己幼年曾被人打斷腿，為此吃盡了苦頭，如今腿傷雖已為揚鍾山大夫所治癒，但筋骨仍不時隱隱作痛，還得時時擔心舊疾發作。百里段手段橫暴，隨手便打斷這十多名少年的腿，目的只不過是為了逼他出面！楚瀚握緊拳頭，咬牙忍耐，心中暗暗發誓：「總有一日，我定要讓這心狠手辣的混蛋吃盡苦頭，付出代價！」

他知道自己此時絕對不能出頭，對方狠，自己也得狠，不然只是徒然送了性命，更幫不上這些少年的忙。他硬著心腸站在當地，伸手輕輕安撫藏在懷中的小影子，直到人群散去，才默默潛出城去，逕往南行，一路更不在任何市鎮停留，揀荒僻處行走，直走了十多日。

他原本一心想甩脫百里段，但見識到他殘狠的手段後，卻改變了主意，暗想：「我該當吸引這人不斷跟上，免得他回去京城，對泓兒狠下殺手。此人心地險惡，最好能在哪裡設個陷阱，將他擒殺了。」

此後他每到一地，都留下明顯的痕跡，讓百里段一定能循跡跟上，而又恰恰快他一步，不讓他眞的追上自己。楚瀚不斷尋覓下手擒殺對頭的好地點，但始終未曾找到，便一路往南而去。

他生長在北方，雖曾出過幾回遠門辦事，但最遠也只到過江南，從未去過江南以南之地。他一路只覺氣候日漸熾熱潮濕，走不幾刻便全身大汗淋漓，衣衫濕透。這夜他趕了一夜的路，清晨來到一個市鎮，向人詢問，才知已進入廣西境內，這城鎮叫作桂平，正位於鬱江和黔江匯流之處。

他屈指計算，自己連日快奔，應已將百里段甩在身後數百里外，他要追上，最快也要兩日的時間。眼下時間充裕，自己正好可以在此設下陷阱，等他來鑽，心中籌思：「我要在此地以逸待勞，便得先熟悉這市鎮才行。」

他既決定在此設陷，等待對頭出現，便大搖大擺地來到城中最大的客店，要了間上房，梳洗一番，去客店中的食堂叫了酒菜，向店東閒閒問起左近有些什麼去處。

此地似乎遊客甚多，店東熟極而流利答道：「貴客是外地人吧？桂平左近的名勝可多了。遠些的，要數大籐峽最出奇。大籐峽便在黔江下游十多里處，地勢奇奧險峻，人稱廣西小三峽。要近些的，城西數里外有座山，稱爲西山，亦稱『思靈山』，號稱『林秀、石奇、泉甘、茶香、佛靈』。貴客要信菩薩，去西山拜佛許願，喝杯清茶，也是不錯的。」

楚瀚問道：「山上林子茂密麼？」店東道：「林子秀麗得緊，卻不怎麼茂密。若要密林，翻過了西山，沿著黔江下游行去，便進入『靛海』了。」

楚瀚奇道：「什麼是靛海？」店東道：「那是個綿延數百里的巨大樹海。那兒的樹可茂密了，全是參天古木，但本地人一般很少往那兒去。」

楚瀚問道：「卻是爲何？」店東道：「因爲那兒林子太深，很多人一進去便轉不出來了。林中瘴氣厲害得緊，中者立斃。更可怖的是瘴氣入水，林中的溪水泉水絕對不能飲用，不然立即中瘴而死。」楚瀚問道：「那麼林中更無人居住了？」

店東搖頭道：「也非如此。自古瑤人、畲人、苗人等，都居住在這靛海之中，卻也沒人知道他們是如何在那滿是瘴氣的樹海中討生活。」

楚瀚點了點頭，心生一計，決定要冒一冒險，將百里段引入靛海之中，設陷阱將他困死在林中。

當日上午，楚瀚在城中採辦了線香鮮花素果等，告訴店東：「我想去西山禮佛，傍晚便回。」店東道：「下山的路不好走，大約未申交界，客官便該啓程下山了，才能在天黑前趕回這兒。」

楚瀚點頭道謝，便揹著背囊，帶著小影子出發了。他已在暗中採買了繩索和數袋清水，放在背囊中，出城不久，便將線香鮮花素果全數供在路邊的一座土地廟中，沿著黔江而下，不多時便來到了店東所說的「靛海」邊緣。

楚瀚抬頭望向面前黑森森的一片老林，在林外勘探了一會，才吸了一口氣，抱起小影子，跨入林中。剛入林時，景觀便如一般的林子，綠意盎然，生機蓬勃，松鼠雀鳥遊走盤旋於枝幹之間。但愈是深入，景觀便愈是奇特；楚瀚留意到身周大樹的樹齡，從林子邊緣的數十年，迅速增加至數百年；再深入半里，放眼全是十多人才能環抱的千年古木，抬頭見不著樹頂，高不可測。最奇的是每株樹的樹根都龐大已極，突出地面的樹根便有一兩人高，一般人想攀上巨根摸到樹幹，都非易事。腳下原本清晰可見的硬泥土地，此時已鋪上了千百年來跌落的層積枯葉，其厚盈尺，鬆軟如氈，落足無聲。遠處隱約傳來時有時無的滴水聲，此林顯然極爲潮濕，沒走幾步便能見到一窪淺池苔泊，但都是色呈深黑的止水，更無流動，只偶爾聽聞草刃上的露珠落入死水時所發出的輕微滴答聲響。

楚瀚懷抱著小影子，一步步深入林中。小影子似乎也能感受到這古林的陰森殊異，縮在楚瀚懷中，身子微微顫抖，只露出兩隻金黃色的眼睛警戒地四下張望，瞳孔放大，不時發出充滿威脅的低咆聲。

漸漸地，四周愈發陰沉黑暗，楚瀚抬起頭來，頭上只見得一片沉鬱的濃綠，更不見天日。林深之處，四下陡然安靜下來，連鳥獸之聲都無，似乎走入了一張死寂的圖畫之中。

楚瀚不由自主停下腳步，放慢呼吸，靜靜聆聽感受這古林的氣息脈動。這地方不可能有人居住，他心想：此地全無生機，除了成群濕軟多足的蟲蛇蚊蚋外，飛禽走獸半隻不見，人能靠什麼生活？加上遠處不時升起飄浮的一股股怪紫色、泥黃色、暗綠色的煙霧，想來便是店東所說的致命瘴氣了。

楚瀚吸了一口氣，小心地在樹林中勘查地形。當天日落前，他尋路回到客店，吃了晚餐，早早入睡。次日一早，他採買了三天份的清水乾糧，告知客店店東自己還想再上西山禮佛，可能小居數日才回，便出門而去。臨行前，他想起自己此行入林十分凶險，思慮一陣，決定將小影子留在客店，對牠說道：「我要再去那可怕的樹林，你還是留下吧。自己找點東西吃，等我回來，知道麼？」

小影子喵喵兩聲，便沒有跟上，直到楚瀚走遠了，才躍上客店的屋頂，睜著金黃色的眼睛凝視著主人的背影，似乎頗爲不捨，但又顯然對昨日去過的林子滿懷恐懼，遲疑不敢跟上。

楚瀚再次進入靛海，四下勘查，熟悉周圍數十里的地形，選了一株古柏樹作爲下手的地點。他找了一處顯眼凹地，取出一件舊衣，將一袋水塞在衣裡，放在凹地當中，再加上一頂帽子和一把深色爬籐，看來便如一人俯臥於枯葉之中一般。他小心地將數條繩索結成圈套，布置在四周，再以枯葉層層掩蓋。他將繩索的另一端引至鄰近古柏的枝幹之上，打算躲在該處綜觀全局，及時扯動繩索，收緊陷阱。

設好了陷阱之後，楚瀚便沿原路回頭，在西山腳下故意留下幾個清楚的腳印，指向黔江。他飛技超卓，平時即使行走在泥濘中，地上也可以完全不留腳印，此時蓄意留下腳印，自是爲了引誘百里段追來。他每走數十丈，便留下幾個腳印，讓對頭知道自己的行蹤。

他回到靛海邊緣，在林中要緊處留下雜亂的足印，假作自己在林中迷了路，不斷繞圈子，腳步粗重，顯出慌張之態，再慢慢將足印引至古柏之下。他知道百里段一定能憑著他在枯葉上留下的線索，尋到此處。一切設置妥當後，他便隱身於鄰樹的枝幹上，靜心等候。

第三十章　蛇王之笛

過了總有三個時辰，楚瀚獨自在這寂靜得出奇的深林中守著，不禁感到一股涼意漸漸掃過全身。這林子好似圖畫般幽森靜謐，但其中究竟潛藏著什麼險惡危難，卻非他所能知曉。他心中暗暗升起恐懼，心想若是百里段不曾尋來，自己單獨留在這詭異的古林中過夜，實是危險萬分，要是半夜時瘴氣在身邊升起，或是讓什麼毒蟲蛇蠍咬螫上自己的手腳，一條命很可能便糊里糊塗地送在此地。

楚瀚想到此處，不禁有些後悔，他下手取物前，一定將環境摸得透熟，有如自己的住家一般，下手時才能從容無誤，手到擒來；但自己這回卻選擇了這極為陌生的樹海作為下手地點，雖說已花了一整日的時間探索勘查，畢竟不比一般城鎮屋宇那般容易習慣熟悉。決定在此下手不知是凶是吉，總之是沒有十足的把握，他竭力壓抑心中的憂懼，抬頭去望天色，才想起此處更望不見天空，早晚都是一片陰暗沉鬱。他定下心來，打定了主意，只等百里段鑽入了他的圈套，他便將頭也不回地離開這恐怖的古林，再也不踏入靛海一步。

楚瀚耐著性子，保持警覺，在靛海的樹梢上等候了兩日。到得最後一日，算算應是傍晚申時末，方始聽見極輕極微的腳步聲，由遠而近，慢慢掩來。楚瀚側耳傾聽，確定是一個人快步向這兒行來。他早已聽熟了百里段的腳步聲，確知一定是他，心中又是興奮，又是焦急，雙手握緊七八個陷阱的線頭，等他上鉤。

不多時，楚瀚已能從枝椏間望見一道輕盈的黑影，如煙般在林中竄過，走走停停，不時俯身查看足跡，側耳傾聽聲響。黑衣人緩緩接近古柏，遠遠望見趴在樹下凹陷處的人形，頓時停步，凝立一陣，才又往前行。他不直接往人形走去，卻從旁繞路，離開人形約莫五六丈，緩緩掩近。

楚瀚早就料到他會小心翼翼地靠近人形，在人形遠處也設下了陷阱。他全神貫注地凝望著，看準了百里段的落腳處，正在一個圈套之上，陡然用力一扯手中繩索，陷阱中的圈套登時縮起，緊緊套住了百里段的腳踝。

百里段驚呼一聲，急往上躍，想捉住樹枝，藉以擺脫腳下繩索，但身邊的古木奇高，最矮的枝幹也有五六丈高矮，饒他輕功再高，也不可能搆得著。他一躍之後，隨即往下跌落，楚瀚趁他身在半空之時，伸手又是一扯，百里段身不由主地向旁蕩開，後腦撞上樹幹，登時昏暈了過去，跌落在枯葉之上，癱倒不動了。

楚瀚立即從樹梢躍下，衝上前踩住了對頭的背心，將他的雙手彎到背後，用繩索綁起，又綁起他的雙腿，這才鬆了口氣。他將對頭翻了過來，讓他面向上躺著，但見他雙目緊閉，神色痛苦，面上仍舊蒙著一塊青布。楚瀚心想：「這王八蛋的面貌想必醜陋已極，才終日蒙著臉。我倒要看看他到底醜怪到何地步？」伸手扯下他的蒙面，卻不由得呆在當地。眼看這人不但不醜，而且皮膚雪白，鼻挺口小，十分秀氣。再仔細一看，地上這人竟是個面容妍麗姣好的少女，不過十七八歲年紀。

楚瀚呆望著眼前這少女好一陣子，心中疑惑大起：「莫非捉錯了人？」回想她方才入林的身手，世上再無別人能模仿得來，這才確定眼前這少女正是與自己纏鬥數月的大對頭。

楚瀚見她容色頗爲明豔，呸了一聲，心想：「女子又如何？生得美麗又如何？我照樣要好好地報仇，出一口惡氣！」

他一路上被這女子窮追不捨，甚至連累了無辜的平民百姓，此時終於設下陷阱擒住了她，怎能不好好回敬一下？他想起那些被她無辜打斷腿的少年，心中怒氣勃發，當即用繩索穿過她手上的綁縛，將她吊在一株古樹的樹枝上。他整治完畢，抬頭望著她吊在半空中晃蕩，心中得意，忍不住哈哈大笑起來。

百里段在昏迷中聽見他的笑聲，甩甩頭，慢慢清醒過來，發現自己被綁起吊在半空，不禁又驚又怒，低頭望見楚瀚正笑嘻嘻地望著自己，咬牙罵道：「殺千刀的渾小子，快放我下來，不然我立即剮了你！」

楚瀚笑道：「千刀萬剮，都得妳手腳自由，手中有刀才成。我看妳此刻的處境，似乎不適合多說狠話，省得我一個不高興了，索性留妳在這深山古林中蕩鞦韆，蕩個七八日、十來日，若無人經過，妳就得吊在這兒，活活餓死啦。」

百里段心中一寒，知道這人雖不殘忍好殺，但若激怒了他，他也不必當眞動手殺了自己，只要一走了之，條命便不免送在這杳無人跡的密林之中了。她想像自己懸掛在這株古樹之下，悠悠晃蕩，叫天天不應，叫地地不靈，直至餓死，或被蟲蟻咬嚙而死，那情景實在淒慘恐怖已極，思之不寒而慄。

她轉念又想：「不，這小子不會忍心讓我慘死，一定會放我下來。到時我定要捉住了他，好好折磨一番，讓他知道欺侮我的下場！」

楚瀚見她眼露凶光，猜知她心中憤恨難已，一旦脫身，定會對己痛下殺手，到那時節，自己可不會有逃過一劫的好運了，當下哈哈一笑，說道：「我雖不愛殺人，卻也不愛被殺，因此我是不會放妳走的，妳大可死了這條心。」

他舉目四望，此時四下更加陰暗，屈指算算，也該交酉時了。他生怕迷路，不願在黑夜中摸黑出林，便道：「今兒晚了，我便在這兒睡一夜。明兒天一亮，我便上路啦。」說著捧起一堆枯葉，鋪成床鋪，舒舒服服地躺下，望了望懸掛在半空中的百里段，心想終於捉住了對頭，可以安心睡上一覺，實在難得，心情大暢，不禁臉露微笑，緩緩閉上眼睛。

楚瀚卻未料到，自己的這一覺竟如此短暫。他才悠然進入夢鄉，便聽見遠處傳來古怪的沙沙聲響，似乎一陣狂風從遠處襲來，聲勢沉緩而駭人。楚瀚一驚醒來，急忙跳起身，放眼望去，夜色中但見十多丈外的枯葉之上，赫然游走著無數條蠕蠕而動的事物，逼近面前，才看出那是一群蝮蛇，一條條昂頭吐信，如潮水般向他湧來。楚瀚從未見過這許多蛇，一時不敢相信世間能有如此驚人的場面，懷疑這究竟是眞的，還是夢境？才一遲疑間，蛇潮已湧到他的腳邊，一條滑溜溜的青蛇鑽進他的褲管，順著他的小腿攀沿而上。

楚瀚只覺那蛇濕黏滑膩，大驚失色，不顧是眞是夢，連忙往後縱躍，伸腿將那條蛇踢飛了去。但成千上萬的蛇群仍舊前推後擁地逼上前來，楚瀚大叫一聲，轉身拔腿便逃。忽聽半空中百里段尖聲大叫，楚瀚百忙中抬頭一望，見一條毒蛇沿著樹枝和繩索蜿蜒而下，爬上了她被綁縛在背後的雙手，轉眼便滑行到了她的頸上。楚瀚感到一陣毛骨悚然，彷彿那蛇是爬在他自己的頸子上一般，心中頓時好生後悔，「我不該將她吊在樹上，如此被群蛇生呑活吃，也未免太殘忍了些。」

想到此處，當即伸腳踢去，踢開了環繞腳邊的群蛇，縱身上躍，拔地而起，輕巧地越過百里段，握住了吊掛她的繩索，伸手掐住纏在她頭上那條蛇的七寸，將之摜下樹去。他隨即沿繩攀爬而上，翻身站上樹枝，一邊將成群蜿蜒上樹的青蛇撥開踢落，一邊將百里段拉了上來，取出小刀切斷綁縛她的繩索。

百里段驚魂未定，顫聲道：「怎會……怎會有這許多……」

楚瀚又怎知這些蛇是打哪兒來的，此時大難臨頭，無暇細究，只能當機立斷，說道：「往上爬！」兩人施展輕功，直往參天古木的頂端攀去。

這株古木自兩千年前落地生根以來，從未有人攀爬過，饒是楚瀚和百里段輕功超卓，在黑暗中披枝穿葉，攀爬這茂密古木也頗不容易，何況身下還有十多條毒蛇尾隨在後？兩人沒命地向上攀爬，直到樹枝愈來愈細，再難落足爲止。此時能夠跟上來的毒蛇也只剩下三五條，楚瀚伸足一一踢下，才不再有蛇攀上。

兩人棲身於手指粗細的高枝之上，停下喘息。楚瀚定下神來，抬頭一望，才發現已是黎明時分，遠處天空漸漸翻起魚肚白。兩人此時身處古木之顚，放眼望去，只見身周盡是一片無窮無盡的樹海，晨風吹過，枝葉起伏，搖擺不止，彷佛大海波濤一般。楚瀚這時才明白爲何當地人稱呼這片古林爲「靛海」，這樹顚之海果眞如一片靛色汪洋，遼闊壯觀已極。

他正讚歎著，忽覺腳跟一痛，他急忙低頭，卻見一條三角頭的毒蛇竟無聲無息地爬上樹來，張口咬住了他的腳跟。楚瀚怒吼一聲，拔出小刀，彎腰斬上蛇身，將蛇斬成兩段，蛇血四濺，蛇的下半身跌下樹去，蛇頭仍掛在他的腳跟上。楚瀚感到腳上傷口有些麻木，連忙扯下蛇頭，伸指捏在傷口兩側，用力擠出蛇毒。

百里段問道：「怎地？」

楚瀚道：「給蛇咬了。」他正想叫百里段小心毒蛇，百里段已冷笑一聲，說道：「毒死了你好！省得我動手。」

楚瀚一愣，隨即想起這人乃是自己的大對頭，自己昨夜險些要了她的命，兩人危急中雖一起爬樹逃命，但豈會就此成爲盟友？

楚瀚暗罵自己愚蠢，輕哼一聲，揮手將手中蛇頭朝百里段扔了過去，說道：「不如妳瞧瞧，這蛇有毒無毒？」

百里段不知他扔過來的是條死蛇，驚呼一聲，連忙閃身躲避，那蛇頭啪的一聲落在樹杈之間。百里段看清那只是個死蛇頭，這才鬆了口氣，冷笑道：「自然有毒。你沒見蛇頭是方的？」

楚瀚聽了，心頭有氣，暗想：「我方才若不曾救妳，妳此刻早被群蛇啃成白骨了，此刻卻來咒我中蛇毒而死？」但綁她的也是自己，鬆她的也是自己，倒也很難期望她對己生起感激之情。楚瀚歎了一口氣，說道：「百里姑娘，我們身處古林深處，樹海之顛，妳我不如暫且放下舊怨，共謀生存。要鬥，等出了這見鬼的林子後再鬥不遲。」

百里段默不作聲。她被方才的蛇群嚇壞了，心有餘悸，身邊有個活人總比有個死人好，確實不願造次，沉吟一陣，才道：「不必等出林。我們下樹之後，便各走各路。」

楚瀚不禁苦笑，心想：「她不出手殺我，只限於在這樹上的幾刻。」說道：「如此甚好。我們再等一陣，等蛇群過去之後，再設法下樹。」百里段點了點頭。

兩人各自攀援在高枝之上，相隔五丈。楚瀚見百里段足踏細枝，一手輕扶枝葉，臨風微擺，身形沉穩，輕功不凡，心中不禁暗暗讚歎：「這女子的飛技，果然不在我之下。」說道：「妳一個姑娘家，卻叫什麼段啊段的，誰能料到妳是個女子？」

百里段側頭望向他，眼神冷酷，過了良久，才道：「我的『緞』，乃是綢緞的『緞』。」楚瀚道：「不過多了個絞絲旁，就算是女子的名字了？」

百里緞哼了一聲，轉過頭去，不再說話。楚瀚卻知道自己言語中又得罪了她，她心中更添仇恨，殺機已動，只待兩人雙足落地，百里緞第一件事便是殺了自己，以洩心頭之恨。他知道自己必得先下手爲強，在落地之前先解決了她，也知道百里緞心中也轉著同樣的念頭。兩人靜默不語，各自懷藏著殺機，各自盤算著己身的勝敗生死。

二人將心思都貫注於防範對方之上，卻沒想到驅蛇的敵人還未遠去，危機未解，實是大大失策，楚瀚注意到情勢嚴峻時，爲時已然太晚；他起先只感到有些頭暈，以爲是腳上被蛇咬了中毒所致，也不敢聲張，只心中暗暗焦急。之後感到眼前出現五顏六色的圓圈兒和鮮豔花朵，才知道事情不妙，忙向百里緞道：「喂，妳看見了什麼麼？」

卻不料這句話更說不出口，從自己嘴唇發出來的只是微弱的囁嚅之聲，語不成句，楚瀚這才驚覺：「這不是一般的蛇毒，而是讓人產生幻覺的幻毒！」

他勉力收攝心神，但眼前一片模糊，幾乎看不清楚身前的樹幹樹葉，也無法發出聲音，好似陷身於一場醒不過來的夢魘一般，背上冷汗直流。便在此時，他耳中隱約聽見遠處傳來細細的笛聲，悠揚頓挫，極爲美妙，令他忍不住想多聽一些。他察覺聲音乃從樹下傳來，更不多想，便往樹下攀去。他瞥見百里緞也正往樹下攀去，眼神空洞。他心中一個聲音不斷叫道：「你是中了毒，著了魔，千萬不可下樹！」但手腳硬是不聽使喚，似乎手腳已不是自己的，而是完全被笛聲所控制住了。

楚瀚在驚惶焦慮、恍惚失神中，攀下了千仞高樹，踩上了仍舊布滿毒蛇的層層枯葉，感到冰涼滑膩的蛇身游上雙腿，慢慢游走於自己的前胸後背，攀上自己的頭頸臉面，將他從頭到腳全身都遮蓋包圍住。他見到眼前五彩的花圈不斷冒出又消失，絢麗難言，動人心魄，只顧睜大眼睛直盯著那些色圈，有如著魔一般，對身上爬滿了致命的毒蛇渾然不理，然後就此不省人事。

楚瀚夢到自己全身赤裸，被數以千計的毒蛇圍繞，撥之不去，甩之不脫，滑膩冰涼，數百條蛇信在他頰邊眼前伸縮吞吐，直令他毛骨悚然。他拚命掙扎，高聲呼救，才陡然在驚恐中猛然清醒過來。

醒來時眼前一片漆黑，不知身在何處。他喘了幾口氣，低頭望望身上，衣物俱在，也沒有毒蛇攀附，這才大大鬆了一口氣。然而手腳僵麻，無法動彈，似已被粗麻繩綑綁多時。他轉過頭去，隱約見到一人躺在一旁，也是一般被綁得牢牢地，仔細瞧去，正是百里緞。她已然清醒，一雙漆黑冰冷的眼睛望向一方，臉上神色滿是驚愕恐懼。

楚瀚順著她的眼光望去，但見二人處身一間牢洞之中，洞門是一排碗口粗的鐵柵。黯淡的火光照耀下，只見柵欄外靜靜地站著一個衣衫古怪的漢子。這人頭顱甚大，額寬而眼小，鼻塌而口闊，皮膚凹凸不平，面容醜怪已極，直如從鬼故事中跳出來的妖魔一般。他身上穿著鐵青色的寬鬆袍子，綁著紅紫相間的腰帶，整件袍子上都繡著扭曲游動的五彩蛇形。

那醜怪漢子眼眶深邃，皮膚黝黑，顴骨高聳，模樣不似漢人，臉上帶著詭異的微笑。他望了二人一陣，才開口問道：「你們是漢人？」口音古怪，但字句仍能勉強聽懂。百里緞不答，楚瀚心想反正無法隱瞞抵賴，便答道：「是。你是什麼人？」

醜怪漢子竟然高興地拍了拍手，笑得十分開心，說道：「不如你們來猜猜，我是什麼人？」

楚瀚和百里緞更不知自己身處何地，又怎會知道這怪人是誰？都不知該從何猜起。醜怪漢子見他們不說話，板起臉，眼神陡然變得陰森冷酷，說道：「快猜，快猜！猜到了，我請你們吃果子。你不猜，我砍了你們的手腳！」

楚瀚何百里緞心中都想：「這人是個瘋子，不可理喻。」楚瀚當然不願就此被砍下手腳，便道：「我若猜錯了，你可不會罰我？」醜怪漢子道：「只要你猜，就不罰你。」楚瀚道：「你是天魁星麼？」

怪人一呆，問道：「什麼是天魁星？」楚瀚道：「天魁星是北斗七星中的第一顆星，封神榜中的眾神之一，最威風神氣了，跟你一個樣子。」百里緞聽了，冷笑一聲。她雖命懸人手，卻不屑出言討好這瘋子，對於楚瀚一開口便滿是阿諛奉承，心中頗爲鄙夷。楚瀚卻是小乞丐出身，又在宮廷混過幾年，老早深知嘴頭甜乃是救命自保的良方，眼下生死懸於這怪人的一念之間，多拍拍馬屁又何妨？

那醜怪漢子搖頭道：「錯啦，錯啦。我不是天魁星。」楚瀚道：「那麼你是南極壽星？」醜怪漢子又問：「什麼是南極壽星？」楚瀚道：「那是咱們漢人中最有福氣的人了。他跟你一樣有個大腦門兒，是個長生不死的神仙。」醜怪漢子呵呵而笑，說道：「我不是南極壽星。」

楚瀚又道：「莫非你是元始天尊？還是太上老君、通天教主？」

醜怪漢子哈哈大笑，說道，「不是，都不是。讓我告訴你吧，我是蛇族的大祭師。蛇王座下一切事務，都由我掌管定奪。你沒想到吧？」

楚瀚和百里緞對望一眼，兩人都從未聽過蛇族的名頭，更不知道「祭師」是作什麼的，一齊搖了搖頭。

大祭師又道：「你二人闖入蛇族的地盤，依照我蛇族規矩，闖入蛇族的外地人，若是童男，一律以鮮血祭拜蛇神，以求蛇神饒恕。」他說到此處，望著楚瀚咧嘴而笑，露出一口殘缺白森的牙齒，並手舞足蹈起來，有如孩童剛剛捉回了一隻肥大蚱蜢，可以好好玩弄一番般，興奮之情溢於言表。

楚瀚大驚失色，急道：「喂，你說我猜你是誰，便不處罰我的！」

大祭師連連搖頭，說道：「我說過你若不猜，我便處罰你，也說過你若猜錯了，我不會因此處罰你，卻沒說只要你猜了，我便永遠不處罰你，何況你也沒猜對？況且，我罰你是因爲你闖入我蛇族的地盤，跟你猜不猜我是誰有啥關係？」說著對身後的一個侍從說道：「這男娃兒好聰明機伶，多麼有趣！今兒夜裡，在祭典上放乾了這童男的血，讓族人分飲，好求蛇神息怒。多好呵！蛇神一定會很滿意的！」說完便興高采烈地去了。

第三十一章　蛇窟驚魂

楚瀚只聽得全身冷汗直冒，心中暗罵：「見鬼了！我這是倒了什麼楣，怎會陷入這鬼地方，撞上這鬼怪般的人？」等那大祭師走遠了，忙對百里緞道：「這裡都是瘋子，我們得趕緊想法逃出去！」

百里緞卻冷笑一聲，說道：「他要的是童男的血，與我何干？」

楚瀚聽她一派置身事外、事不關己的口吻，忍不住心頭火起，罵道：「臭娘皮，他們今晚要用童男的血，明晚說不定就要用童女的血了！」

百里緞卻譏笑道：「你是個公公，又不是童男，怕什麼？」

楚瀚忍不住罵了句粗話，心中不知是作宦官比較糟，還是被抓去祭什麼蛇神流乾了血而死比較糟，怒道：「妳管我是什麼？總之妳跟我同在一艘船上，我死了，妳也逃不過一劫！」百里緞淡淡地道：「我橫豎要的是你的命。只教你死在我之前，我便開心了。」

楚瀚見這女子不可理喻，想起一路上她冷血無情，手段殘狠，一心欲置自己於死地，心中對她愈發痛恨厭惡，暗想：「眼下我們若不聯手，便只有死路一條。她既無心合作，我也只能自求多福了。」但他身陷這古怪陰森的蛇族洞穴，手腳被縛，又能如何自求多福？

他沉下心來，專心運起縮骨功。他跟隨舅舅學習取技飛技多年，其中縮骨功乃是極爲重要的必學之功，令飛賊能從細小的縫隙中鑽入房室，神不知鬼不覺地取走事物。這時他努力運功，將手上骨節壓擠縮小，試圖從繩索中解脫出來。但那繩索綁得極緊，他掙扎了約莫一柱香的時分，仍然毫無進展，滿身大汗，心中焦躁。他轉頭望向百里緞，但見她好整以暇地望著石洞頂部，對自己的掙扎視如不見。

楚瀚心中對她又恨又惱，開口說道：「妳以爲他們會放過妳？還不快幫幫忙，解開我手上的綁縛？我們此時唯有攜手合作，才有逃脫的希望啊！」

百里緞只冷冷地哼了一聲，更不回答。楚瀚見她如此，知道向她求懇也是無用，手上不斷掙扎，但無論如何也無法掙脫痲繩，只得頹然停下。

過了不知多久，但聽腳步聲響，七八個蛇族手下來到牢洞外，看臉面服裝都不似漢人。當先一人打開牢門，用一塊布蒙上楚瀚的眼睛，七手八腳地將他抬出牢去。楚瀚感覺身子顛顛晃晃，全不知道眾人行走的方向距離，只覺得他們曲曲折折地走了很長一段路，才將他重重地扔在石板地上。

楚瀚聽得頭上一人說道：「啓稟蛇王、大祭師，人帶來了。」

但聽大祭師的聲音說道：「很好，很好。蒙著眼睛作什麼？快除掉了，蛇王要看看他的臉。」

楚瀚此時眼前一亮，但見處身於一間極大的石穴，滿牆滿地都爬著不同顏色、大大小小的蛇隻，當中有張花崗石製的寶座，椅臂雕刻了兩條粗大的蟒蛇，蛇首昂起，蛇信吐出；寶座上披掛著金色銀色的錦緞，似乎甚是昂貴，但放置隨便，污漬處處，顯得頗爲凌亂骯髒。就在那一團髒亂的錦緞當中，斜躺著一個身穿亮錦袍子的胖子，容貌醜怪，與那大祭師頗爲相似，看來很可能是兄弟。胖子雙眼無神，頭頂光禿，臉如豬肝，嘴唇厚而軟，皮肉鬆而垮。楚瀚一見他的臉面，便不自禁想起了京城中的皇帝，心想：「想來一個人若沉迷酒色多年，便都成了這副模樣。」

那胖子身旁立著幾個年輕秀美、身材婀娜的少女，一個替他搧扇子，一個替他搥腿，一個替他揉肩。這等宮女環繞的陣仗也與皇帝頗爲相似，只不過這洞穴陰暗簡陋，用物粗糙鄙俗，人也遠不如中土人物乾淨俊秀，看上去不但毫無威嚴，更有點兒滑稽，甚至惹人同情。

大祭師站在那胖子的身邊，低頭說道：「蛇王，這孩子闖入蛇族的地盤，今晚咱們放他的血去祭蛇神，你說好麼？」

那胖子口中嚼著不知什麼藥草，眼睛半睜半閉，沒有回答。大祭師又陪笑道：「蛇王，童男的血最好喝了，蛇神一定會很高興的，你說是不是？」

那胖子蛇王這才點了點頭，說道：「嗯，童男的筋，童女的血，都是天下珍品，好吃啊，好吃！」

楚瀚只聽得毛骨悚然，大祭師若是瘋子，那這蛇王想必是瘋子中的瘋子。但聽大祭師道：「這麼說來，蛇王想喝童女的血？」蛇王噗的一聲，將口中不斷咬嚼的一團墨綠色的事物吐入一旁的銅盂中，點了點頭，抬眼望了楚瀚一眼，說道：「這小子，不是漢人。」

大祭師一呆，又望了楚瀚一眼，說道：「他漢語流利，該是漢人。」蛇王不置可否，又從身邊的銀盆中抓起一把草藥般的事物塞入口中，開始咀嚼，說道：「你說還有一個童女？」大祭師道：「正是。」蛇王道：「那爲何不喝童女的血？」大祭師連忙點頭道：「說得是，說得是。那我們便改爲用童女的血來祭蛇神。我立即便帶她來給大王過目。」對手下揮手道：「換人啦，換人啦！快將這小子押了下去！」那幾個蛇族手下便將楚瀚的眼睛再次蒙上，將他抬起，走出那巨大的石穴。

楚瀚聽見大祭師跟在眾人身後，口中念念有辭：「蛇王要喝童女的血，嗯，童女我們有的，童女正好有一個。那剛好了，蛇王要喝童女的血，那麼今夜就放她的血來祭祀蛇神，這樣蛇王和蛇神都會高興了。時辰沒到，時辰到了，再帶人去，免得他三心二意，搖擺不定，待會又要換來換去……」

說著說著，一行人已回到牢洞的鐵柵之前。大祭師讓手下將楚瀚扔回牢中，關上鐵門，對著百里緞笑咪咪地道：「大好消息，大好消息！蛇王有令，今晚先以童女來獻祭。他說蛇神比較歡喜喝女子的血，殺個女子，用她的血祭拜，蛇神一定會很高興的！」說罷望著百里緞，嘖嘖兩聲，說道：「我們這兒好久沒有犧牲童女了，今夜想必精采得很，精采得很！」說完便笑著走了開去。

百里緞臉色煞白，轉向楚瀚，怒喝道：「你對他們說了什麼？你陷害我？」

楚瀚甚是無辜，老實道：「我什麼也沒說。是那蛇王自己說喜歡吃童男的筋，喝童女的血……」

百里緞喝道：「胡說八道！」眼光不斷往洞口望去，似乎生怕立即有人來捉她去放血祭神，口中說道：「我該怎麼辦？怎麼辦？」

楚瀚見她慌張驚恐的神情，心下甚是痛快，忍不住冷笑道：「怎麼，我被捉去作犧牲祭蛇神時，妳開心得很；換成妳去作犧牲時，反要我心生同情，出手相救麼？」

百里緞哼了一聲不答。楚瀚故意悠哉地道：「妳說我是公公，不用擔心，我瞧妳也未必是童女，又何必擔心？」百里緞呸了一聲，雙眉豎起，喝道：「死宦官，少在那兒說風涼話。我死了，你也活不長久！」

楚瀚知道這話確實不錯，兩人此時若不攜手合作，奮力一搏，絕對都沒希望活著出去。他心中思慮：「這百里緞骨子裡雖然凶惡狠辣，但外表卻是個不折不扣的美女，世間少見。那蛇王應是好色之人，如今只有靠她的美色，才有轉機。她若得手，我也才有希望得救。」當下說道：「妳若求我，我或可教妳一個方法，救妳一命。」

百里緞忙問道：「什麼方法？」

楚瀚道：「我想那蛇王不會這麼容易便殺了妳。」百里緞道：「卻是爲何？」楚瀚甚覺難以啓齒，遲疑一陣，才道：「蛇王看來頗好美色。」百里緞道：「那又如何？」話才出口，隨即明白了他的意思，又羞又怒，一張臉漲得通紅，喝道：「胡言亂語！我百里緞豈是那等人？」

楚瀚與她相處雖短，卻也知道她性情暴戾，高傲冷酷，寧可被殺被剮，也絕不會肯以美色相誘敵人。但是此時生死交關，他也只能盡力說服她，當下說道：「妳聽我說，眼下唯有這麼作，才救得了妳自己的性命。我剛才見到他身邊跟著幾個女侍，樣貌都十分姣好，因此推斷這蛇王當是好色之人。他在親眼見到妳之後，一定不會捨得殺妳的。他們將妳帶去神殿之前，會先送妳去寢宮給蛇王過目，那時妳定得抓緊機會，讓他注意妳的美貌。若不如此，妳將一條命送在這蠻荒之地，讓一群瘋子放血而死，妳想想，值得麼？」

百里緞想起鮮血流盡而死的恐怖情狀，心中也沒了計較，遲疑半晌，才道：「你……你說我該怎麼作？」

楚瀚道：「妳得讓蛇王注意到妳，讓他驚艷於妳的美色。妳的武功想必高出他許多，只要他們替妳鬆了綁縛，妳自有辦法對付他。」

百里緞懷疑道：「我……我該如何作，才能讓他注意到我？」

楚瀚暗歎一聲，心想：「這女錦衣衛除了傷人害人，什麼也不懂。」耐著性子說道：「這一點兒也不難。妳手腳被綁著不能動，必得用臉色和眼神來吸引他的注意。」但見百里緞一臉迷惑狐疑之色，只好又道：「妳看著，好像這樣。」說著裝了個含情脈脈、秋波蕩漾的神情。

百里緞恍然大悟，也試著作出同樣的神情，但臉容看來十分生澀僵硬。楚瀚只看得暗暗搖頭，但他不想讓她洩氣，忙稱讚道：「好極了，就是這樣！教妳這麼一望，任何人都抵受不了，一定會被妳迷住的。」

百里緞聽了，雙頰不禁一熱，心下感到十分荒唐，自己竟得向個小宦官學習如何色誘男人！當下呸了一聲道：「你的話半句也信不得。一個宦官知道些什麼？」

楚瀚也不爭辯，心想：「我知道的可多了，至少比妳多得多。」他腦中忽然閃過紅倌的面容，心中一暖，回憶起自己與她共度的那無數個夜晚；紅倌性子直爽瀟灑，卻又滿溢著小女兒的嬌俏可喜，時而輕嗔薄怒，時而撒嬌撒癡，時而溫柔膩愛。但他想起自己此時處境極端危險，忙將紅倌置諸腦後，說道：「妳可得千萬認眞去作。他望向妳時，妳一定得緊緊回望，直望著他的雙眼。他若見到妳的美貌，一定會動心。」

百里緞不知該不該相信他，沉吟道：「之後呢？」楚瀚道：「他若動了心，多半會讓人解開妳的綁縛。妳解除綁縛後，便跪在當地，假作恐懼發抖，說道：『請求大王哀憐，奴婢願意一世服侍大王，請大王不要殺我！』」

百里緞皺眉道：「爲何不立即出手殺了他？」

楚瀚搖頭道：「押妳過去的那些傢伙還沒離開前，妳若貿然出手，他們定會群起而攻，讓妳難以走脫。因此妳剛被釋放時，需得作出乖順柔弱的模樣，一點也別反抗，讓他們放下戒心，之後再慢慢尋找機會下手。」百里緞點了點頭。

楚瀚又道：「最好的時機，是在他準備開始對妳無禮的時候。這時他想必已將手下都遣了出去，室中只有妳與他兩個人，出手成功的機會較大，逃脫的機會也大。」

百里緞遲疑道：「但是……但是他若眞對我無禮呢？」

楚瀚歎了口氣，說道：「妳反正就快殺死他了，他若要妳脫衣解帶、對妳動手動腳，妳便讓他看兩眼、碰兩下也罷，等他死後，再多砍他兩刀就是。」

百里緞臉上露出凶狠之色，說道：「這可恨的渾帳，我定要讓他死得慘不堪言！」

楚瀚見了她的臉色，也不禁打個冷戰，乾笑兩聲，說道：「妳堂堂錦衣千戶，如何殺人，想來是不需要人教的了。」百里緞哼了一聲，不再說話。

過不多時，甬道腳步聲響，兩個蛇族中人走了過來，這回也不蒙眼了，直接將五花大綁的百里緞抬出了牢洞。百里緞回頭望了楚瀚一眼，但見楚瀚向自己點點頭，眼神中滿是鼓勵。百里緞吸了一口長氣，將他的言語飛快地想了一遍，望著他在牢洞中的身形漸漸遠去，只感到一顆心怦怦而跳。

兩個蛇族手下走出一段，將百里緞抬到一個巨大的石洞之外，洞口垂著彩色珠帘，遮住了洞內。一個蛇族手下躬身道：「蛇王！用作犧牲的童女送到了。」過了一會，裡面一個聲音說道：「帶進來，我要看看！」

兩個蛇族手下粗手粗腳地將百里緞抬入門帘，放在地上。百里緞感到心跳加快，手心冒汗。她抬起頭，但見室中點著明晃晃的巨盞油燈，一個身形龐大的醜怪禿子坐在當中一張石座之上，身旁站著三名少女，一個替他搧扇子，一個替他捶腿，一個替他揉肩，果然如楚瀚所說，容貌都甚是美麗。一個蛇族手下道：「啓稟大王，用作犧牲的童女帶來了，請大王過目。」

百里緞連忙將眼神集中在那禿頭胖子的身上，但見他一臉橫肉，口中不斷嚼著不知什麼東西，身穿亮錦袍子，袒露的胸口生著一片黑毛。她感到一陣噁心，仍勉強自己望著他的雙眼，等到他望向自己時，連忙依照楚瀚所說，緊盯著他不放，直到兩人目光相對。蛇王見到她的容色眼神，果然留上了心，嗯了一聲，說道：「帶上前來，讓我仔細瞧瞧。」

蛇族手下將百里緞押上前去。百里緞跪在他的面前，假作發抖，說了楚瀚教授的一番話：「請求大王哀憐，奴婢願意一世服侍大王，請大王不要殺我！」

蛇王聽她語音十分生硬，怎想到是因爲她這輩子從未說過這等示弱求饒的言語，只道她是嚇得狠了，心生憐憫，放下戒心，對她身後的族人道：「解開她的綁縛。」

百里緞大喜，暗想：「楚瀚那小子的話，果然還有點兒道理。」她想起楚瀚的囑咐，手腳得到自由後，仍舊跪在地上，假作發抖不止，暗中緩緩活動筋骨。

蛇王直盯著她，說道：「妳不想死？」百里緞點了點頭。蛇王道：「好！供奉給尊貴蛇神的犧牲，必得是童女。妳若不想作犧牲，那麼我也可以成全妳。妳就留下來，作我的侍女吧。」百里緞忙道：「謝大王慈悲！」

蛇王點頭道：「妳過來。」百里緞走上前去，蛇王就近觀望她的臉，又伸手在她臉上、腰上、腿上到處摸摸捏捏，開始不規矩了起來。百里緞滿面通紅，心中怒火燃燒，但當此情境，也只能勉強忍耐。蛇王摸了一陣，點了點頭，表示滿意，說道：「妳很好，很不錯。來，過來我這兒坐下。」揮揮手，讓其他人都出去。蛇族手下和三名侍女都不聲不響地退了出去，寢宮中便只剩蛇王和百里緞二人。

蛇王確實從未見過如此美艷的女子，只看得雙眼瞇起，色心大動，呵呵而笑，坐直了身子，開始自解腰帶。百里緞忽然往前一撲，將他推倒在寶座之上。蛇王不知她心懷殺念，笑道：「嘿，慢慢來！」百里緞的雙手卻已扣上了蛇王的咽喉。蛇王用力一掙，未能掙開，慌忙掙扎踢蹬，但百里緞的手卻愈縮愈緊。蛇王哪裡料得到這女子的手勁竟如此之大，想呼救卻已叫不出聲，舌頭愈伸愈長，雙目突出，臉色轉紫，過得半晌，便再也沒有呼吸了。

百里緞鬆開雙手，喘著息，心中怒氣未解，側頭見床旁掛著一柄彎刀，順手取過，一刀下去，蛇王登時身首異處。

她又在蛇王的屍體上斬了好幾刀，才扯過幾塊錦緞，將他的屍身和血跡掩蓋起來。她知道自己時間不多，隨手將彎刀掛在腰間，來到洞口，偷眼望去，但見四個蛇族手下在洞外的小室中守候，低聲閒聊。百里緞看準了各人的方位，陡然閃身躍出，揮動彎刀，無聲無息地割斷了四人的咽喉。

她正準備往外闖去，心中忽然動念：「我是就此逃出去呢，還是該回去救那小子？」一時心中掙扎，難以委決。她自離京以來，便一心要取楚瀚性命，兩人經過數場你死我活的勾心鬥角，原本仇深應當更加深重才是。但此時她身處異域，爲詭異恐怖的蛇族所擒，身周全是古怪殘狠的蛇族族人，楚瀚反倒成了她身邊唯一的正常人。若不救他，也不知自己能否單獨逃出？而且自己能夠脫身，還是拜這小宦官之賜，教了自己以色相誘之計。她思來想去，一咬牙，終於決定回去牢洞，救出楚瀚。

第三十二章　三只盒子

楚瀚躺在牢洞之中，手腳被縛，四周一片寂靜，心中的希望愈來愈渺小，暗想：「要是百里緞色誘蛇王不成，暗殺失敗，此時多半已被蛇王送去割血犧牲了。那麼過不多久，便要輪到我了。」隨即又想：「就算她下手成功，又怎會回來救我？」

這麼一想，不禁更加絕望，心想：「我寄望她會有點好心，回頭救我，才教她自救之道。但世上哪有那麼多好心之人？尤其這心狠手辣的錦衣衛，又怎能期待她對我大發善心？」歎了口氣，又想：「也罷，我死了也就算了，只盼泓兒平安無事，好好地長大。那百里緞雖可惡，但也實在是個美女，死了未免可惜。」

他個性謹慎保守，絕非貪花好色之徒，自少年以來，有過肌膚之親的伴侶便只有紅倌一個。他雖曾擒拿百里緞並將她綁住吊起，但全是出於報復之心，並非出於色念。然而美麗女子和稚嫩嬰孩一樣，都會自然而然地勾引起人心底的愛憐之情。他雖對百里緞本人絕無好感，卻也不忍心見到她慘死在蛇族手中。

正胡思亂想時，隱約聽見甬道中傳來細微的腳步聲響，接著他眼前一亮，一盞油燈陡然出現在面前，映照著百里緞蒼白秀美的臉龐。楚瀚瞇起眼睛，還未回過神來，百里緞已打開牢門，用一柄沾血的彎刀替他割斷了繩索，拉他起身，冷然道：「還不快走！」

楚瀚見她回頭來解救自己，心中大爲驚訝，暗想：「她不是一心想要取我的性命麼？怎會回來救我？」但此時也不容他多想，連忙跳起身，一邊活動痲痺的筋骨，一邊一步一蹭地跟著她往外逃去，兩人在甬道的一個轉角停下，屏息傾聽人聲。

楚瀚低聲問道：「蛇王死了？」百里緞不答，過了一陣，才咬牙切齒地道：「誰敢捉住我，意圖輕侮，我絕不會讓他活命！」

楚瀚吞了口口水，不敢再說，心想自己曾捉住她，也曾輕侮過她，最好她別太快想起這回事，不然她一惱火，下一個要殺的就是自己了。

這時洞穴中陡然間人聲沸騰，想來蛇族中人已發現蛇王暴死，驚怒交集，立即大舉出動，搜尋凶手。楚瀚和百里緞互望一眼，聽見人聲從右首傳來，不約而同拔步往左邊的叉路奔去。兩人慌不擇路，摸黑在彎彎曲曲的蛇窟中奔跑，只顧往人聲較少的甬道奔去，忽然眼前一亮，二人停步一望，卻是來到了一間小室。

楚瀚倉皇中一抬頭，但見小室深處供了個神壇，壇上點著幾百盞油燈，光亮便是由此而來。百里緞見此地沒有出路，連忙回頭奔去。楚瀚卻不自由主地走上前，望向壇上供著的三只圓形小盒，其中一個漆成金色，一個漆成銀色，一個則是木製的，通體漆黑，看來十分古老。百里緞見他不走，停步急道：「你在幹什麼？還不快走！」

不知爲何，楚瀚對這三只盒子生起一股強烈的好奇心，似乎有個聲音急迫地呼喚他、勸誘他、鼓動他走近前，伸手將盒子打開。他在這性命交關的逃命途中，竟然抵禦不住那股強烈的誘惑，跨步上前，快手將壇上的三只盒子抓過，塞入懷中，才跟著百里緞奔了出去。

這蛇窟有如一個巨大的迷宮，兩人在黑暗中更無法分辨方向，只能蒙頭亂闖。所幸此時大多蛇族族人都聚集在蛇窟深處的神蛇大坑之中，準備參加犧牲儀式，楚瀚和百里緞專往人聲稀少的方向奔去，竟然給他們誤打誤撞，找到了一個出口。此時已是深夜，洞外黑漆漆地，迎面便是一片猙獰黑暗的叢林。

百里緞當先往叢林奔去，楚瀚卻聽見身後傳來細微的聲響，回頭一望，但見大祭師領著十多個蛇族族人手持彈弓，一字排開，站在洞口上方的石臺之上，準備發射。楚瀚驚叫道：「小心！」連忙施展輕功追上百里緞，將她攔腰抱住，兩人一起撲倒在地，向旁連滾幾圈，只聽身旁答答連響，幾枝短箭已射入身邊亂草之中。

兩人不敢站起，只能憑藉野草掩護，快速向前爬行。楚瀚爬出數丈，忽然悶哼一聲，感到左後肩劇痛，想是中了一箭，只能忍痛強撐著往前爬。但聽身邊答答聲不絕，又是一排短箭落在身周，幸而沒有射中二人。此時百里緞已爬到叢林邊緣，鑽入樹叢，回身拉起楚瀚，兩人在樹叢荊棘的掩護下，鑽入黑暗之中。

蛇族眾人又向著樹林射了幾回短箭，才追上檢視。他們雖生長於蠻荒叢林，卻也不敢在深夜中入林追敵。大祭師見到地上血跡，冷冷地道：「一個死定了，一個想來也離死不遠。我們明日再循著血跡入林去找屍體。」

百里緞和楚瀚都是當代輕功高手，但在這蠻荒叢林之中，伸手不見五指的黑暗裡，又如何施展得開半點輕功？只能盡量避開荊棘，跌跌撞撞地摸索前行。楚瀚走出一段，感到後肩劇痛如囓，頭腦發昏，不得不停下腳步，雙腿一軟，跪倒在地。

百里緞聽見他停下腳步，問道：「你受傷了？」楚瀚沒有回答。百里緞連忙回身查看，但見他俯身撲倒在地，濃眉蹙起，雙目緊閉，已然昏暈了過去。她吃了一驚，伸手推了他幾次不醒，心想：「莫非已經死了？」這念頭一起，心中竟升起一陣強烈的恐懼，心中暗叫：「別死，別扔下我一個人！」忙伸手去探他鼻息，似乎還有一絲細微的呼吸。她俯身想揹起他，但在這荊棘叢林中，獨自行走已經很不容易，她又如何能揹著一個人行走？

她坐倒在地，猶豫不決。這地方不能多待，是該揹起他上路呢，還是就留他在此，讓他自生自滅？她在黑暗之中，心中再次掙扎難決。方才她決定回去牢洞救出他，是因二人曾同處牢籠，出於同仇敵愾之心；現下他顯然快要死了，自己救不救他，都毫無分別。如果兩人易地而處，他也想必也會扔下自己，獨自逃逸而去的。但她心中隨即知道：「不，楚瀚一定不會留下我。他一定會揹起我逃走，即使累死了自己，也會盡力帶我離開險境。」

她感到心頭一暖，眼眶一熱。她爲何相信楚瀚會這麼作？原因只有她自己清楚。她暗中探查楚瀚這個人，已有好幾年的時間了。自從那年楚瀚在揚鍾山家養傷，以至入宮之後在梁芳手下辦事，楚瀚的爲人處事全在她的暗中觀察之下。雖然她相信此人跟萬貴妃作對，罪該萬死，但她也確實知道他是個心地太過善良的傻子。

百里緞一咬牙，俯身揹起了楚瀚，默默往前行走，一步一蹎，卻不肯將他放下。或許在沒有人看見的時候，她對自己說，我也可以作一回傻子。

如此走到天明，百里緞揹著楚瀚來到一條小溪旁。她也聽當地人說起此地瘴氣厲害，不敢喝溪水，只坐了下來，替楚瀚檢視傷口。但見他肩頭這一箭射得極深，傷口只看得見箭尾；周圍肌膚發黑，箭頭顯然餵了毒。百里緞皺起眉頭，伸手想將短箭拔出，卻又不敢。

這時楚瀚感到左肩劇痛，清醒過來，睜開眼睛，喘息道：「不要碰，我來。」伸右手在左肩傷口摸索一陣，反手握住箭身，奮力一拔，將箭頭連著血肉拔了出來。百里緞即使久任錦衣衛，見慣了煉獄中血腥殘酷的情景，此時也不由得驚呼一聲。

楚瀚咬著牙，將箭頭折下，用布包起，收入懷中。百里緞忙撕下衣服下襬，用布條將他的傷口層層包紮起來。她問道：「爲何收起箭頭？」楚瀚喘息道：「箭上有毒，我想留下箭頭，或許能有助於解毒。」百里緞點了點頭。

楚瀚強忍傷口劇痛，四下望望，說道：「我們這是在哪裡？」百里緞道：「我也不知道？昨夜你昏過去後，我便揹你繼續往森林深處走去，到了天明，才來到這條小溪旁。」

楚瀚點了點頭，心中再度懷疑起來，「她怎會如此好心，竟揹著我走了整夜，不曾將我扔下？」但此時也無暇多問，說道：「沿著溪流走去，大約會有村落。」

百里緞遲疑道：「村落？就怕住的還是蛇族的人。」楚瀚感到喉間乾渴如焦，說道：「我很口渴。今日若找不到飲水，我們很快便要沒命了。」

百里緞也感覺口渴得緊，心想楚瀚流了不少血，想必更加需要飲水，知道此時已別無選擇，只能冒險去尋找村落，如果再次遇上蛇族中人，也只能自歎倒楣了。當下說道：「好吧，我們走。你能走路麼？」

楚瀚撐著坐起身，向著晨霧瀰漫的叢林望去，只覺全身空蕩蕩地，不知是因爲失血過多，還是因爲中毒的關係。他感到腦子異常地清楚，想起自己過去曾多次面臨死亡，這回身受重傷，處境艱危，存活的希望極爲渺小，看來是逃不過一劫了。他吸了一口氣，勉強站起身來，緩緩說道：「我盡量跟著妳走，希望能活到今晚。我死後，妳趕緊喝我的血解渴，多撐幾日，走遠些再尋找村落。」

百里緞聽了這話，忽然臉色一變，大聲斥責道：「你胡說些什麼！」

楚瀚見她反應如此激烈，倒頗出乎意料之外，微微一呆，說道：「我是死定了，妳卻有機會活下去。人死後就什麼都不知道了。我自願助妳活下去，這有什麼不對？」

百里緞憤怒地向他瞪視，斬釘截鐵地道：「我不准你再胡說！」過了一陣，忽然哽聲道：「你將我當成什麼了？爲了自己活命，我難道會作出這種事？你將我當成什麼了？」

楚瀚不料這心狠手辣的女子也會哭泣，並不明白她爲何如此，只得低聲道：「別哭，別浪費了眼淚。」百里緞轉過身去，背心仍不斷抽動。

楚瀚道：「妳誤會了我的意思，我無意指責妳。活下去是很好的。爲了活下去，我曾作過許多不可告人的事情，妳也該盡一切努力，想辦法活下去。」

百里緞情緒激動，不斷搖頭，說道：「你是好人，我是壞人。若有人要死，該是我死才對。我往年作的壞事太多，捉拿無辜，拷打囚犯，逼取口供，陷人於罪……我幫主子作盡傷天害理的事，今日也該有報應了！」

楚瀚默然。他靜了一陣，才道：「我在京城的那些時日中，也替梁公公作了不少壞事，便是爲此才不得不離開京城的。」他笑了笑，說道：「看來妳我都不是什麼善類。死到臨頭才知道懺悔，只怕有些遲了。咱們走吧！」百里緞上前扶住他，兩人涉過小溪，繼續往前走去。

走到中午，熾熱的日頭透過枝葉籠罩著森林，四周熱得有如火爐，兩人都汗流浹背，全身濕透。更可怖的是身周繞滿了蚊蚋虻蠅，揮之不去，嗡嗡聲響縈繞耳際。兩人只能用衣衫包住頭臉，但袒露出的手臂卻不免被咬得血跡斑斑，又紅又腫，痕癢難忍。楚瀚傷口的血跡更招引了成群的血蠅，停在他肩頭吸血。但他傷口仍布滿毒性，許多血蠅吸不幾口便僵硬死亡，跌落下來。楚瀚無力驅趕，只能勉強忍耐，努力往前走去。兩人都口乾如裂，咽喉焦渴，難受已極。

走到黃昏，眼前的濃密森林似乎仍舊綿延不絕，沒有盡頭。楚瀚感到身上燥熱難耐，頭暈腦脹，眼前更出現許多五彩的圈紋，再也支持不住，雙腿一軟，坐倒在地。百里緞也停下腳步，靠著樹幹喘息不止。楚瀚背靠著一株大樹，望著逐漸暗下的叢林，感到生命正一點一滴地從自己身上流逝。他低聲說道：「我不行了。妳休息一夜，明日再上路吧。」

百里緞沒有回答。她倚著一株樹坐了下來，嘴唇乾得更說不出話來。兩人相對默然，等著夜色和死亡慢慢降臨。

楚瀚感到全身痠軟勞累，手腳都如灌了鉛一般沉重，後肩傷口好似有無數尖利的蛇牙不斷地反覆咬囓，痛徹骨髓，心中極想就此放棄，一死了之；死亡想必要比在這密林中受盡飢渴、蚊蚋、蛇毒、體熱煎熬要好上許多。他閉上眼睛，緩緩吐出一口氣，打算不再吸入下一口氣。過了不知多久，他感到自己已經死了，不是瀕臨死亡，而是眞正地死了。他察覺身上不再疼痛，眼前出現耀眼的光明，童年少年的回憶一片片在眼前閃過，這便他心頭平靜，正猶疑自己將何去何從，鼻中忽又聞到一股奇異的香味。

那是他從未聞過的香味，悠悠淡淡，溫柔蘊藉，卻似乎飽含活力，讓他神智陡然一清，忍不住大大吸了一口氣，眼前的光亮倏然消失，身上的疼痛霎時全回來了，痛得他忍不住悶哼一聲。這一回吸氣，那香味更加明顯，裊裊圍繞在他的身周，包圍著他的頭臉，輕撫著他的肌膚。

楚瀚喘了幾口氣，發覺耳中清淨，之前厚如沙塵、揮之不去的蚊蚋竟然一掃而空，險惡的叢林似乎陡然清涼安逸了下來。他睜開眼，見到百里緞坐在不遠處的樹下，身邊仍舊繞滿了蚊蠅，神情疲乏苦惱，心中動念：「爲什麼這香味只圍繞在我身周？爲什麼她好似完全無法聞到？」

楚瀚又吸了幾口清新的香味，忽然領悟，這香味是從自己身後的那株樹上散發出來的！他勉力將身子往前略傾，回頭望向背靠著的那株大樹。但見樹幹樹幹漆黑，約有三人抱粗細，在這叢林中並不算古木，但木紋細密如織，紋路盤旋如玉，細看之下，卻見樹皮呈沉鬱的赭紅色，又似鮮血凝結後的鐵紅色。他在這林中行走了許久，從未見過如此顏色質地的樹木。他這時面對著樹幹，只覺從樹中散發出的香味更加濃郁，如撲天蓋地般地圍繞著他；這香味的力量極大，似乎能將他整個身子托起，又似乎能將他身上一切的傷痛病苦都袪除洗淨，不留痕跡。他忍不住舉起右手，伸手去摸那赭紅色的樹幹，樹幹的質地看似堅硬冰冷，不料觸手卻極爲溫潤，好似人體肌膚的微溫一般。楚瀚大奇，伸手撫摸一陣，望見樹幹上有一節略略突出的小樹枝，心中一動，便伸手將突出的樹枝折了下來。

不料這一折，他全身卻陡如遭到雷擊一般，劇烈震動，眼前一黑，就此昏了過去，手中仍緊緊握著那段折下來的赭色樹枝。

百里緞坐在數尺之外，仍被千百隻蚊蠅所圍繞困擾，並未注意到楚瀚的舉動。無奈之下，她只好點起火摺，不斷在身邊揮舞，勉力將蚊蠅驅散了一些，喘了一口氣，望向逐漸暗下的天色，感到四周寧靜得可怕。她出聲喚道：「喂！你還活著麼？」

楚瀚沒有回答。她凝目望去，見到他側身倒在一株樹下，雙目緊閉，神色安詳，胸口起伏，顯然還在呼吸。百里緞見他沒死，這才略略放心。

一片黃昏的寧靜之中，忽聽遠處傳來一陣尖銳的哨聲，百里緞一驚，跳起身來，握緊彎刀，生怕是蛇族的人追上來了。但聽前方樹叢沙沙聲響，接著一團黑影從樹叢中快速竄出，鼻如豬，牙如象，一身粗毛，醜怪已極。她從未見過這等生著豬鼻獠牙的怪物，不由一驚，待看得仔細了，這才恍然：「是頭野豬！」

她反應極快，一躍上前，揮彎刀砍上野豬的脖子。那彎刀乃是蛇王珍藏的寶刀，極其銳利，她的刀法又極精準，一刀斬下，豬頭登時落地，豬身又衝出七八步，才翻倒在地。

百里緞歡呼一聲，立時抓起野豬的頭，湊著傷口大口喝起血來。豬血入口雖腥羶，此時對她卻如甘霖玉露一般甜美。她喝了幾口之後，將豬身拖到楚瀚身前，就著他的口餵下了一些豬血。楚瀚半昏半醒，閉著眼睛，吞下了好幾口豬血。兩人只喝得滿臉滿身鮮血，有如野人，雖狼狽不堪卻再痛快不過。楚瀚喝完了血，又昏睡了過去。

百里緞鬆了口氣，正動念生火烤豬肉吃時，但聽周圍沙沙聲響，樹叢中鑽出十多個人，膚色黝黑，身穿黑白兩色的布衣，頭包白布，手持尖利長矛，眼光落在她腳邊的野豬之上。百里緞登時想到：「或許這頭野豬是他們正在追捕的獵物，卻被我殺了。」心知自己二人一個傷重昏迷，一個飢渴疲累，更不是這群獵人的對手，只能緊握著彎刀，側眼去望楚瀚時，但見他雙眼緊閉，臉色極白，兀自不省人事。

那群獵人走上前來，爲首的是個老者，頭髮花白，留著一部長鬚，眼光銳利，向著百里緞厲聲說了幾句話，卻非漢語。百里緞聽不懂，搖了搖頭，說道：「我們是漢人。」

老者似乎聽得懂漢語，點點頭，指了指野豬，又指了指自己。百里緞道：「野豬你拿去，求你們救救我的同伴！」說著指著楚瀚，作出懇求的手勢。

老者皺起眉頭，低頭望了楚瀚一眼，眼光停留自在他肩頭的傷口片刻，又望向百里緞手中的彎刀。

百里緞會意，立即丟下彎刀，表示自己沒有敵意。但那群獵人仍舊滿面懷疑，緊握長矛，護在身前。老者搖搖頭，說了幾句話，一個獵人小心翼翼地走上前，彎腰扛起山豬，又趕緊後退。老者一揮手，一行人一齊後退，轉眼便要消失在森林之中。

百里緞大急，叫道：「求求你們，救救他！」說著便跪倒在地，向那老者拜了下去。

老者見狀即停下腳步，眉頭皺得更深，與身邊的幾人商議了幾句，才招了招手，示意百里緞跟上，便回身走去。百里緞瞥見一線生機，大喜過望，連忙揹起楚瀚，跟在一眾獵人的身後，走入深山密林之中。

第三十三章　血翠神杉

楚瀚醒來時，感到全身極爲疲勞虛弱，頭暈目花，肩頭傷口仍火辣辣地疼痛，但一條命似乎已揀回來了。他舉目四望，發現自己躺在一間房室當中，牆上掛著五彩的掛飾，門口垂著門帘，一旁還有木製的矮几和草編的坐墊。他仔細一瞧，才發現這不是個房室，卻是個洞穴；地面、牆壁和屋頂都是粗糙的石壁，門口則是這洞穴的洞口。

他正疑惑這是什麼地方，百里緞又去了何處，忽見門帘掀處，一個衣著奇特的老婦走了進來。她身穿靛藍上衣，胸口有一片紅色繡花裝飾，肩上披著五彩披肩，頭上以黑紅兩色布條層層疊疊地包裹著，最頂上是一片圓板，板沿垂下白色的流蘇；衣襬甚長，以腰帶綁在腰間，下身穿著窄褲，小腿以黑布條綁腿，光著雙足。

楚瀚好奇地望著她，老婦見他清醒，驚喜地說了幾句他聽不懂的話語，俯下身在他額頭摸摸，又在他身上摸摸。楚瀚見她皮膚黝黑，滿面皺紋，身上服飾顯然不是漢人，心想：「我大約是在什麼邊地民族的村落中，只要不是蛇族的人便好。」正要開口詢問，卻見那老婦站起身，匆忙出門而去。

過了一會兒，一個老人走入洞屋之中。他身穿黑色長袖對襟衣衫，胸口一排布鈕扣，頭上以青布包頭，下著黑色寬褲。老人留著長鬚，滿面皺紋，看來總有六七十歲年紀，神色十分嚴肅。他在楚瀚身旁坐下，凝望著他，操著生硬的漢語道：「少年人，好些了？」楚瀚點了點頭，說道：「多謝老丈相救。」

老人擺擺手說道：「不必謝。在叢林中那時，你的同伴跪在地上求我們救你的命。我們瑤人的傳統，若是性命相關的事，任何人只要跪地相求，我們便不能不答允。」

楚瀚微微一呆，心想：「百里緞竟爲了我，跪地求他們救我的命？」又想：「原來他們是瑤族人。」問道：「我的同伴……她在哪兒？」老人道：「她在外邊休息。你受傷很重，多睡一會兒。幸好你有蛇族的解藥，才沒死去。」楚瀚奇道：「我有解藥？」

老人指指放在一旁地上的金盒子，說道：「這是在你身上找到的。我以前中過蛇毒，又見到箭頭上餵的毒藥，因此知道這便是解藥，加上我們自己的治傷草藥，才將你的命救回來了。」

楚瀚連忙道謝，暗暗慶幸自己臨時起心取走的金盒中竟藏有解藥，恰巧救了自己一命。他還想再問，但見剛才那老婦走了進來，手中端著一碗湯，一碗糯米蒸飯。老人用瑤語吩咐那老婦幾句，對楚瀚道：「我遲些再來看你。」便出屋而去。

那老婦扶楚瀚坐起，餵他喝湯吃飯。楚瀚早已又飢又渴，但感到氣息虛弱，渾身疲倦，喝完了湯，吃了小半碗蒸飯，便再也吃不下，又躺下休息。老婦收拾了碗瓢出去，又回進洞來，作手勢要他起身。楚瀚全身無力，哪裡爬得起身來？老婦卻堅持要他起身，伸手去扶他。楚瀚掙扎著站起，只覺一陣頭昏眼花，幾乎又跌倒在地。

老婦攙扶著他來到洞屋後方，但見當地放著一個半人高的大木桶，裡面冒著煙，楚瀚低頭一看，見裡面盛滿了熱水，不禁一呆。那老婦彎下腰，從一旁的瓷瓶瓦罐中取出五六種草藥，一一扔入水中，草藥受那熱氣一蒸，登時藥香四溢。

老婦望著楚瀚，伸手指指木桶，說了幾句話。楚瀚瞠目不知所措，老婦便走上前來，伸手去脫他的衣衫。楚瀚這才明白：「她是要我去洗澡。」心想自己受傷仍重，全身虛弱，何須急著洗澡？但見那老婦堅持，只好點了點頭，掙扎著脫下沾滿血跡的衣褲，眼見那老婦仍望著自己，微覺羞赧，趕緊爬入木桶，浸入熱水之中。

他感到肩頭傷口仍然痛極，全身虛弱，但浸泡在那飽含草藥的熱水之中，身上的虛弱和疲憊似乎一點一滴地離他而去，融化消散在熱水裡。楚瀚不禁閉上眼睛，深深地吸了一口氣，感到一股濃郁的藥味充斥胸襟，舒暢無比。

卻不知瑤族人長年居住於潮溼陰冷的深山之中，每人日日都用木桶盛熱水而浴，稱爲「桶浴」，且往往在熱水中加入各種治病養生的藥草，以強身健體，驅寒袪病。楚瀚傷後虛弱，此時最需補充體力，這一泡，直將他筋骨的損傷消耗修復了一大半。

他閉目泡了一陣，感到水溫漸漸變涼，那老婦取過一個小桶，注入剛煮好的熱水，以保持水的熱度。楚瀚心中感激，向那老婦微笑道謝，老婦滿是皺紋的臉上始終維持著慈祥的笑容，嘰哩咕嚕地說了幾句話，又在旁邊坐下煮水，不時為木桶注入熱水。等楚瀚泡了大半個時辰，老婦才讓他出來，助他穿上衣衫，替他後肩傷口重新包裹敷藥，扶他躺下。

楚瀚通體舒泰，昏昏沉沉臨睡前，鼻中又充溢在叢林中聞過的奇異香味，心中一動，側頭見到自己折下的那塊赭紅樹枝便放在枕頭旁。他伸手拿起了，感到觸手溫潤如玉，香味不若當時在那大樹旁時那麼濃烈，但也中人欲醉。他將那段樹枝握在手中，只覺手心溫暖，頭腦異常清醒，頓時明白：「想來這木頭具有奇特的療效。當時我在叢林之中，已在死亡邊緣，這奇木的香味和功效不但驅逐了大批蚊蠅，更抑止了我傷口的毒性，降低我的體熱，甚至讓我起死回生。」

他想到「起死回生」四個字，腦中靈光一閃：「莫非……莫非這就是血翠杉？」想起舅舅、揚鍾山和紀娘娘都曾說起血翠杉的奇效。紀娘娘曾告訴他，血翠杉是一種極罕見的神木，生長在西南深山之中，即使是長年居住在山中的少數民族，幾百年來也難得一見。她還說藏在東裕庫地窖中的血翠杉，乃是歷來被人們找到最大的一塊，是瑤族世代相傳之寶；她的父親當年身為族長，曾負責掌管此物，後來瑤族被明軍打敗，這件寶物才流落到皇宮的寶庫地窖之中。他回想自己潛入東裕庫地窖時，曾就近觀察過那塊血翠杉，記得它約莫兩寸見方，黑黝黝地，表面透著血絲般的紋路，與自己手中這段樹枝極爲相似，只是眼前這段樹枝較爲細小而已。

楚瀚大覺稀奇，難道自己眞的如此幸運，在叢林中恰好撞見了百年難得一見的神木？而自己隨手折下一截，竟就此取得了稀世珍寶血翠杉？他頭腦仍舊有些昏眩，想不通一棵樹或一段樹枝怎能有這等奇效，只小心地將那段血翠杉收入懷中，貼身而藏，安然入睡。

次日清晨，楚瀚睡醒過來，感覺精神好得多了，注意到懷中有什麼事物疙瘩著，便伸手取出，見是從蛇窟中取出的另兩只盒子，一個是銀色，一個是木製的。他心中好奇：「那金色盒子中藏有蛇毒解藥，不知另兩只盒子中藏著什麼？」隨手打開那銀色盒子，見其中放著一段尺來長，彎彎的銀白色事物，仔細一瞧，才看出那是一隻巨大的蛇牙，尖銳如刀，彎如新月，順著盒沿而放，想必是取自一隻體型龐大的蟒蛇。

他關上銀盒，想伸手去打開那木盒，卻猶疑起來，心頭升起一陣莫名的驚悚。那木盒看來十分陳舊，毫不起眼，但卻有著一股古怪的吸引力，催逼著人將它打開。楚瀚正遲疑間，鼻中忽然聞到一股溫潤的香味，腦中陡然清醒，放下木盒，想起這香味乃是身上帶著的血翠杉所發出，便伸手握住了懷中的血翠杉，心中才較爲踏實了些。

他感到打開木盒的衝動漸漸消失，便想將兩只盒子都收回懷中，但一轉念間，暗覺這木盒頗爲詭異，不知何時又會讓自己心動神搖，便只將銀盒收入懷中，四下望望，在洞屋深處的石壁高處找到了一個凹陷處，便將木盒藏在其中，旁人甚難見到。

此時一陣風吹入洞中，從洞外飄來一片悠揚的歌聲。楚瀚感到精神一振，雖聽不懂歌辭，但音調歡暢調皮，伴隨著笑聲，似乎是對年輕男女正以歌聲打情罵俏，傳情達意。他爬起身，往洞門走去，卻見一人抱膝坐在洞屋門口，臉望洞外，側頭傾聽隨風傳來的歌聲，正是百里緞。她嘴角露出少見的微笑，令原本妍麗的面容更顯得美豔動人，楚瀚靜靜地望著她的側面，竟自呆了，屏住呼吸不敢出聲，生怕打擾了這平和靜謐的一幕。

過了不知多久，百里緞微一側頭，見到他站在石穴內，癡癡地望著自己，微微一驚，咳嗽一聲，板起了臉，說道：「你醒了。」

楚瀚問道：「妳在看什麼？」百里緞忍不住又往洞外望了一眼，頓了頓，才道：「沒什麼。」楚瀚道：「我聽到有人在唱歌，不知道在唱些什麼？」

百里緞忽然雙眉一豎，冷冷地道：「我又不是瑤族人，怎知道他們在唱些什麼？」站起身走了開去。其實她不需要懂得瑤語，也聽得出那是山林中青年男女互訴愛戀傾慕的情歌。

楚瀚見她發起脾氣，心想：「這女子當眞古怪。聽那老人說，她曾跪地懇求他救我性命，但我最好還是提高警覺，多多提防。免得無緣無故又惹惱了她，她一怒之下，又要提刀殺我。」當下轉變話題，說道：「幸好瑤族人救了我們。」

百里緞輕哼一聲，說道：「你以爲他們懷著什麼好心麼？哼，這些瑤人對漢人極爲仇視，起先根本無意救你性命，想讓我們在叢林中自生自滅。後來才改變主意，讓我帶你來到他們的村莊。」她顯然故意省去了跪地懇求他們救楚瀚的一段，楚瀚心知肚明，也不提起。她又續道：「那時我揹著你，跟著他們來到這個村子。他們清洗了你肩上的傷口，見到毒性已深，就跟我說你已經沒救了，要我去村外挖個坑，等你斷了氣，就將你埋了，還要我一埋好就趕緊離去，對我充滿敵意。」

楚瀚一怔，剛才那老婦對自己親切關懷，似乎出於眞心，那老人對自己也頗爲客氣，當初怎會狠心如此？忙問道：「後來呢？」

百里緞露出困惑的神色，說道：「後來那老婦人似乎說了，人死前要洗乾淨身體才好下葬，就脫下你的衣服，替你清洗。她將你翻過來時，忽然驚叫起來，連忙叫其他人過來看。」楚瀚忙問：「看什麼？」

百里緞道：「我也不知道？她似乎看到你身上有什麼標記。他們十分興奮，圍在一起看了許久，指指點點地不斷討論，之後才決定替你治傷。我從你衣袋中掏出毒箭的箭頭，交給那老人。那老人看了一會兒，說了一些話，我們又從你的衣袋中翻出幾只盒子，老人在其中一個盒子中找到了解毒的藥膏，替你敷上，你的體熱才慢慢退去，但也昏睡了三天三夜才醒來。」

楚瀚更加奇怪，問道：「我身上有什麼標記？」百里緞哼了一聲道：「我怎麼知道？我又沒看見。」

楚瀚知道她一定看見了，只是不願承認，便轉開話題，問道：「妳沒事麼？」百里緞聽他探問自己的情況，語氣關切，微微一呆，似乎有些驚喜，趕緊轉過頭去，說道：「我自然沒事。」

楚瀚見她已梳洗整齊，換上乾淨衣衫，穿的是與那老婦人一般的瑤族服飾，除了沒有以布帕包頭外，活脫便似個瑤族姑娘，不禁微微一笑，說道：「妳這身裝扮，可好看極了。」百里緞臉上一紅，隨即皺起眉頭，厲聲道：「不准你胡說八道！」

楚瀚甚覺無辜，說道：「我稱讚妳好看，怎是胡說八道了？」

百里緞哼了一聲，神色轉爲嚴肅，說道：「你過去三番四次對我無禮，我只道你是個宦官，不跟你計較。哼，往後你若敢再對我無禮，我立即便取你性命！」

楚瀚一驚：「她已發現了我沒有淨身？」想起那老婦替自己脫衣清洗時，定然被她瞧見了，這時也只能裝傻，口中說道：「這話怎說？」

百里緞直瞪著他，冷冷地道：「你當初是怎麼混進宮的，我回去定要好好追查清楚。」楚瀚假作驚訝道：「怎麼，妳趁我昏迷時偷看過我？」頓了頓，作出傷心委屈的神情，歎道：「百里姑娘，妳想必沒見過宦官脫了褲子的模樣。咱們都是這樣子的。」

百里緞聞言一呆，不禁暗暗懷疑起來。宦官非常忌諱別人望見他們的下身，在京城的盡忠胡同中，有個專供宦官使用的澡堂，只有宦官可以進入使用，如有非宦官者來到澡堂周圍，立即便會被宦官圍毆而死。百里緞確實從未見過宦官脫了褲子的模樣，她甚至連正常男子應當是如何模樣也並非十分清楚，這時被楚瀚一糊弄，便心生動搖了，不敢再說，免得自取其辱。她哼了一聲，瞪了他一眼，起身走了開去。楚瀚生性寡言謹慎，甚少戲弄他人，這時作假騙倒了百里緞，心下甚是得意，在洞中暗自偷笑了許久。

當天下午，那瑤族老人又來洞屋探望楚瀚，檢查他的傷口，說道：「毒退了，恢復得很好。」

楚瀚有心探問他們為何決定收留救治自己，卻不願直言相問，當下說道：「多謝老丈收留我們。瑤族人心地善良，仗義相助，我等好生感激。」

老丈卻神色肅然，凝望了他一陣，忽然伸出手臂，說道：「少年人，你看。」但見他粗壯黝黑的手臂上有個奇異的刺青，似乎是個顏色鮮豔的「米」字，米字中間有隻小小的蜘蛛。

楚瀚一呆，感覺這圖案似曾相識，卻是從未見過。他怔怔地望著老人，老人也回望著他，伸手指向他的後腰。楚瀚大奇，伸手去摸後腰，腦中靈光一閃，想起自己最後一回與紅倌同眠時，紅倌曾告知自己腰臀之際有個刺青，自己雖看不見，但她所形容的圖形，正與老人手臂上的刺青一模一樣！

他脫口道：「我背後也有……也有這樣的刺青？」老人點點頭，說道：「你和我們是同族人。我們是大籐瑤族，這是我們族人的標記，一出生就刺上的。」

楚瀚大出意料之外，脫口道：「我是瑤族人？若是如此，我……我又怎會在幼年時跑去了京城？」

老人臉現哀傷之色，緩緩說道：「我想我知道原因。十多年前，漢人派軍隊攻打我族，殺了很多族人，擄走了一群童男童女，送去京城，你應當就是那時被捉去的。」楚瀚恍然：「紀娘娘想必也是那時被捉去，送入皇宮作宮女的。難道我是跟她一塊兒被俘虜去京城的？」問道：「那時被捉去京城的有些什麼人，老丈可知道？」

老人神色黯然，回答道：「當時我們被漢族軍隊打敗，勇士死傷眾多，老弱婦孺逃入叢林，一片混亂。大家的親人不知是死了，還是給捉了去，沒人說得清。只曉得漢軍帶走了幾十個人，聽說都是些年輕的少男少女，也有孩童在其中。」

楚瀚點了點頭，聽來當年戰況混亂，自己那時可能還只是個幼童，卻被當成俘虜一起押解上京，其中原因大約沒有人能夠說得明白，除非能找到跟自己一同上京的瑤人來詢問。他打定主意，日後若能回京，定要找機會向紀娘娘探問此事。心中又想：「他們對漢人頗爲仇視，原本想等我死了，就趕緊埋了，將百里緞趕了出去。後來改變主意，原來竟是因爲發現我跟他們本是同一族的人。我們在這濃密的叢林中亂鑽，竟然會遇上自己族人，被他們救起，倒也是極巧。」

卻不知瑤族人長久散居在這靛海之中，人數過萬，村落逾百，這時又剛好是狩獵季節，在叢林中撞見瑤族獵人並非什麼稀奇的事；倒是那老婦恰巧見到楚瀚背後連他自己都未曾見過的刺青，發現他是大籐瑤人，才是眞正的巧合。

楚瀚對於自己身屬瑤族仍舊頗感難以接受，忽然想起蛇族的追殺，問道：「你們……我們瑤族跟蛇族有交情麼？」瑤族老丈道：「沒有交情。我們怕他們的蛇毒，他們也怕我們的蛛毒。」

楚瀚聽他說起蜘蛛，又想起族人身上的刺青以蜘蛛爲標記，問道：「瑤族崇拜蜘蛛麼？」瑤族老丈道：「不錯，蜘蛛是我們瑤族的大恩人。」

楚瀚甚是好奇，問起詳細。老丈緩緩說出一段古老的瑤族傳說：「許多許多年前，瑤族的老祖宗原本住在長江流域。後來外族土司前來侵襲，祖宗們抵禦不了，一路往南奔逃，逃入瑤山，走投無路，只好躲入一個山洞。正危急時，忽然有成千上萬的蜘蛛出現，在洞口結起密密的蛛網，讓追兵見不到祖宗們，這才逃過了一劫。祖宗們就此在瑤山定居了下來。深山寒冷，蜘蛛又教我們紡紗織布，縫製衣褲，讓大家都有衣服穿，不怕寒冷。因此我們瑤族人一向感激蜘蛛，崇拜蜘蛛，從來不敢傷害蜘蛛，也不敢破壞蜘蛛網。」

楚瀚想起自己曾見到紀娘娘的屋中滿是蜘蛛網，當時以爲她潦倒困蹇，無心打掃，怎知竟是因爲她乃是瑤族人，崇拜蜘蛛的關係。他忽然動念：「娘娘入宮時，年紀總有十多歲了。如果我當時和她一起被俘虜，押解入京，她或許根本便認得我。莫非她原本就知道我是瑤族人，但又爲何始終裝作不知道？」

轉念又想：「但我幼年流落京城街頭，之後被舅舅收養，再次在宮中見到她時，中間至少隔了好幾年，我也從小孩兒長成了少年。她並未見過我背後的刺青，又怎麼可能認出我來？」

他一時想之不透，偶一側頭，見到百里緞坐在一旁留神傾聽，臉上神色甚是複雜。楚瀚心中警惕，暗想：「她在京城日久，肯定知道紀娘娘是瑤人的往事。最好還是別讓她知道得太多，免留後患。」

第三十四章　深山瑤族

當時瑤族人見百里緞揹著楚瀚在叢林中行走，只道兩人是夫妻或兄妹，便讓他們同住一間洞屋。楚瀚傷重昏迷時，百里緞並不介意，甚至隨那老婦一起照顧他更衣服藥，包紮傷口，但此時楚瀚清醒過來後，她便不願與他同洞而住了，卻又不知該如何向瑤人提出要求，爲此苦惱不已。

楚瀚猜知她的心意，暗暗好笑，心中雖感激她救了自己的性命，並盡心照顧自己的傷勢，但對她仍舊沒有什麼好感，常常半夜故意翻個身，說幾句夢話，讓百里緞驚醒過來，坐起身戒備許久，才又躺下去睡。楚瀚心中甚覺滑稽：「我受傷未復，哪有力氣去侵犯妳？再說我此時打不過妳，怎敢自討苦吃，自找罪受？何況妳連我是不是宦官都搞不清楚，又何必怕我怕成這樣？」

他在洞屋中養傷，如此過了十多日，瑤族老丈不時來跟他說話，每說起十多年前那場戰爭，便老淚縱橫，憤恨難掩。楚瀚雖發現自己是瑤族人，並聽聞了瑤族與明室的深仇大恨，但他自幼跟著漢人長大，早將自己當成了漢人，心中頗難對漢人生起仇恨之心。他暗想：「若說報仇，我替梁芳窺探皇帝，教他進獻春藥，又替梁芳搜刮寶物，收取賄賂，也算對損害明朝皇室作了一些貢獻吧？」但若要他對泓兒生起仇恨，那是絕對不可能的。再說，泓兒的母親紀娘娘也是瑤人，泓兒未來若成爲皇帝，天下之主豈不是半個瑤人？因此儘管瑤族老丈不時向他哭訴十多年前的仇恨，楚瀚也只默默而聽，並不答腔。

又過數日，楚瀚的傷勢漸漸恢復，已能出洞行走。他見這個瑤族村寨依山而建，地勢險峻，有不少人家以山壁上的自然洞穴爲屋，屋外再以竹木搭建平臺，另建木屋。山腳下還有數十座以木柱土牆草頂搭成的矮屋，因山地潮溼寒冷，都沒有窗戶。他自己所住洞屋乃是那老婆婆所有，她是村中醫者，平日住在這洞屋中，因山洞能防寒擋風，她也常讓病人留在洞中休養。

這一支瑤族共有五百多人，一百多戶人家，算是較大的村落。村民在山腰上刀耕火種，開闢出了一片梯田，種植稻穀、棉花、藍靛、瓜果等，自給自足。此時正值春末夏初，乃是農閒期，族中男子不時結伴入林打獵，因此才剛好撞見了受傷的楚瀚和百里緞。

瑤醫婆婆有個孫子名叫多達，剛滿十五歲，是當時跟著老丈一起出獵的青年之一。他對楚瀚這外地來的瑤人充滿好奇，時時鑽入洞屋探望，等他身子好些後，便領他去村中走走。多達生得矮矮壯壯，爽朗愛笑，和楚瀚一樣笑起來雙頰都有酒渦。兩人十分投緣，雖然語言不通，但兩人比手畫腳，楚瀚教多達幾句漢語，多達教楚瀚幾句瑤語，慢慢便能猜知彼此的意思。

楚瀚平日與族中青年雜處，看他們編網削箭、造設陷阱，偶爾也隨他們一同出獵。他飛技高絕，即使傷勢尚未完全恢復，已能在樹叢中縱躍自如，捉鳥擒豬、射鹿逐獐，對他來說自是駕輕就熟，手到擒來。族中青年對他佩服不已，很快便公認他為勇士，對他極為恭敬親熱。

不出獵時，楚瀚便待在村落中，看男子剝燻獸皮、醃製乾肉、修製農具，看婦女紡織染布、刺繡縫紉、裁衣納鞋。楚瀚原本是瑤人，穿上瑤族服飾後，更看不出半點漢人的痕跡，他又很快便學會了不少瑤語，跟瑤族人打成一片。

瑤族村落偏遠，長年住在與世隔絕的深山密林之中，相較於漢人的種種文化傳承、禮俗器用，自是顯得十分落後，甚至沒有自己的文字，種種歷史往事僅以歌謠口耳相傳。而且由於這民族十分古老，族中充斥著對繁衍生殖的崇拜，村中空地中供奉著巨石製成的男陽女陰，婦女哺餵嬰兒時往往當眾袒露胸脯，年輕男女間的求愛更是赤裸直接，傍晚時互唱一首情歌，彼此看對眼了，便一塊兒共度春宵。

村中年輕少女對楚瀚這從外地來的瑤人滿懷好奇，成群結隊地來邀他對唱情歌，或乾脆直接邀他去山坳裡幽會。楚瀚外表雖與瑤人毫無分別，內心卻知道自己畢竟來自漢地，一來不會唱情歌，二來生怕誤觸族中風俗禁忌，只好藉口傷勢未復，對這些邀約一概婉拒了。

多達見楚瀚如此受姑娘們歡迎，十分羨慕，不斷鼓動他入山見識見識瑤族男女如何對唱情歌，說道：「去聽聽有什麼不好？就算你自己不唱，開開眼界也是好的。」

楚瀚被他說動了，便在一日傍晚隨多達進入山林。沒想到兩人才入山，便被七八名少女圍繞住了，逼二人唱答情歌。多達自告奮勇唱了幾段，少女們卻一定要楚瀚唱。楚瀚漲紅了臉，他瑤語懂得原本不多，即便是漢語的歌謠也唱不上幾句，一時之間只想起了紅倌平時喜愛的句段，便紅著臉唱了《西廂記》中張生唱的一段：

鶯啼燕轉，撩人心，敏捷才思，含深情。

國色天香，善詩韻，

月兒作證與你酬唱到天明。

門掩了，梨花深院，粉牆兒高似青天。

恨天不與人方便，

只怕這刻骨相思，病更添。

眾瑤女從未聽過中土戲曲，大感新奇，齊聲叫好，求他解釋內容。楚瀚熟悉《西廂記》中崔鶯鶯和張生私定終身的故事，便簡單解說了。眾瑤女聽得津津有味，又要他多唱幾段。楚瀚大窘，他只記得紅倌平時掛在嘴邊的幾句唱辭，而且紅倌是刀馬旦，唱辭不似花旦那麼多而繁複，緊急中只想起《穆桂英掛帥》中的一段，唱道：

穆桂英多年不聽那戰鼓響，

穆桂英二十年未聞號角聲。

想當年我跨馬提刀、威風凜凜、衝鋒陷陣，

只殺得那韓昌賊丟盔卸甲、抱頭鼠竄、他不敢出營。

南征北戰保大宋，俺楊家爲國建奇功。

至如今安王賊子犯邊境，我怎能袖手旁觀不出征！

老太君她還有當年的勇，難道說我就無了當年的威風？

我不掛帥誰掛帥，我不領兵誰領兵！

我懷抱帥印去把衣更，到校場整三軍要把賊平！

注　《穆桂英掛帥》亦是近代京劇，並非古作。

楚瀚唱了這段英氣勃勃、雄心萬丈的段兒，眾瑤女更加不讓他走了，還要他唱。楚瀚不禁苦笑，心想：「在這瑤族山坳子裡，夜色溶溶，合該唱些纏綿溫柔的情歌，我卻唱起了《穆桂英掛帥》，未免太不對頭。總不能再唱孫二娘《打店》了吧！那可是十足煞風景了。」

他只好推說夜已深了，堅拒力辭，總算跟著多達逃難般地逃回了村寨。兩人好不容易擺脫了一眾瑤女，多達抹著汗笑道：「納蘭今夜沒讓你咬她一口，留下牙印，想必失望極了。」楚瀚奇道：「納蘭是誰？我怎會去咬她？」

多達笑道：「我們瑤人習俗，男女看對眼了，兩情相悅，男子便要咬女子的手臂一口，女子要咬男子的手背一口。這叫作：『咬手疼入心，郎意誠似金』。咬得不能太輕，太輕表示你沒有眞心；也不能咬得太重，若咬破了皮，那可是會被大家嘲笑的。」楚瀚問道：「這跟納蘭又有什麼關係？」多達道：「納蘭自認是族中最美貌的姑娘，誇口說今夜一定要得到你的一咬，好向其他姑娘炫耀。你沒咬她，甚至連她是哪一個都不知道，她定要慚愧死了。」

楚瀚不禁好笑，說道：「不如你代我去咬她一口吧。」多達連連搖手，說道：「這怎麼行？她才看不上我呢！」

瑤族女子不明白楚瀚為何拒人於千里之外，估量定是百里緞從中作梗，將一腔不滿都投注在百里緞身上，認爲是她霸占了楚瀚，不肯跟別的女子分享，在背後對她指指點點，毫不掩飾她們的怨恨怪責。

百里緞身處這半開化的瑤族當中，自是渾身不自在。她看不慣瑤族男女自由奔放的愛情，受不了處處聽聞的情歌，吃不消那公然陳列的巨石，更不情願繼續與楚瀚同住一洞。楚瀚的傷勢一日日好起來，她的臉色便一日日愈加難看，往往整日獨自坐在洞屋深處，更不與人說話，偶爾楚瀚來找她攀談，她也總是冷冷地瞪著他，眼中滿是憤恨鄙夷。

楚瀚心中明白，她是想催自己儘快跟她一起離去。但他離開京城之後，並未一定得去的地方，此時發現自己是瑤人，住在瑤族中也沒什麼不好，因此根本無心離開。百里緞本是自己的大對頭，雖在兩人被蛇族擒住時，不得不爲了保命而攜手合作，但也說不上有什麼深厚交情。她若不開口求自己離去，楚瀚便也樂得裝作不知道，整日自己尋快活，不去理睬她，對她的氣憤視而不見。

時至十月，正逢瑤族一年一度的「還盤王願」祭典，村中男女老幼都聚集在村口的大石旁，飲酒歡宴，載歌載舞，熱鬧了一夜。瑤族人尊奉龍狗「盤瓠」爲始祖，尊稱之爲「盤王」。傳說盤王子孫原本住在南京海岸，因天下大旱，舉族坐船往南遷徙，不料在海上遇到狂風暴雨，七日七夜不得靠岸。當時瑤人便焚香許願，祈求始祖盤王保佑子孫們平安渡海，承諾往後將世世代代祭祀盤王。許願之後，盤王果然顯靈，海上頓時風平浪靜，瑤族後代不敢忘記盤王保佑之恩，年年舉辦「還盤王願」之典。

瑤族人最愛歌舞，祭典上族人輪番表演舞蹈，包括盤王長鼓舞、蘆笙長鼓舞、羊角短鼓舞、傘舞、蝴蝶舞、穿燈舞、奏鐺等等，形式多樣，精采紛呈。尤其是奏鐺，在鑼鼓嗩吶齊奏之下，數十人排行成隊，同唱共舞；舞姿共有三角定、四角定、五點梅、六點梅、七星堂、八卦堂、串義堂、小葫蘆、大葫蘆、單線珠、雙絲珠等十一種，動作簡練，熱鬧歡騰，尚未成家的男女，紛紛在祭典上連襖而舞，彼此傳意定情，稱之「踏瑤」。

當晚楚瀚跟幾個瑤族姑娘跳舞飲酒，玩得十分盡興。到得半夜，他已喝得醉醺醺地，勉強婉拒了兩個姑娘的熱情邀約，忽然想起百里緞並未前來參加祭典，可憐她一個人孤獨冷清，便搖搖擺擺地走回洞屋。

才入得洞，他便警覺不對，急往後退，但見眼前黑影晃動，兩枝短箭倏然從面前急飛而過。楚瀚立即著地滾去，感覺觸手濕滑，地上竟已爬滿了毒蛇。

楚瀚大驚失色，酒意盡去，翻身躍起，但見洞口立著一個衣著古怪的人，頭顱奇大，正是蛇族的大祭師。

大祭師的醜臉上露出猙獰的微笑，說道：「小子，我可找到你啦！」一揮手，身後數十名蛇族徒奔上前來，守住洞口。楚瀚飛快地四下張望，沒見到百里緞，略略放心，勉強鎮定下來，望向大祭師，笑著說道：「大祭師，你可來啦！我已經等你很久了。」

大祭師聽他這麼說，微微一怔，似乎有些受寵若驚，笑咪咪地問道：「小子，你等我很久了？你等我幹什麼？」

楚瀚知道此時能多拖一刻，便多一分生機，當即哭喪著臉道：「因爲跟我一塊兒的女娃兒不見啦，我想請你幫我找她。」

大祭師微微一怔，說道：「她不見了？她去那兒了？」

楚了聽了，稍稍放心，知道百里緞並未落在他們手中，當下說道：「我就是不知道她去了哪兒，才請你幫我找呀。你不是什麼都知道的麼？你告訴我，她去哪兒了？」

大祭師嘿了一聲，說道：「她不是跟你一塊兒來到這瑤族村落了麼？我們今兒早上還見到她的，一早醒來，她先去溪邊洗了臉，又梳了頭髮，才去吃早飯。你呢，先去山凹子裡撒泡尿，洗臉漱口，才過去跟她一塊兒吃早飯。」

楚瀚背上冷汗直流，心想：「這些人老早盯上我們了，我竟然毫無知覺，實在太過輕忽，該死，該死，該死！」

他放眼望去，只見洞外蛇族人眾黑壓壓地，個個手持毒蛇，地上樹上滿是蜿蜒蠕動的毒蛇，顯然蛇族傾巢而出，定要將自己和百里緞捉回去才肯罷休。楚瀚心知瑤族人雖擅長打獵，族中不乏勇士，也豢養蜘蛛，提煉蛛毒，但能否敵得過這成千上萬的毒蛇，卻也難說。他生怕為族人帶來殺戮災害，念頭急轉，知道此時定需將敵人引開，離族人愈遠愈好；但他又不能扔下百里緞不顧，正猶疑時，忽聽洞外上方傳來非常輕微的啪啪兩聲，似是以手指輕彈樹葉的聲響。楚瀚立時知道百里緞藏身於洞屋外的大樹之上，也知道百里緞要他趕緊逃上樹去躲避。

楚瀚不暇思索，向著石穴深處一指，大叫道：「你看，原來她在那兒！」趁著大祭師和蛇族眾人一轉頭之際，楚瀚已向前躍出，輕巧地穿過守在門口的一排蛇族族人，接著往上一躍，鑽入了樹梢，頓時不見影蹤。當時已是深夜，周遭一片黑暗，除了蛇族中人打著的火把，別無燈火，但能在數十對目光下如此神出鬼沒地閃身出洞、消失無蹤，也只有楚瀚這等絕頂飛技高手才能辦到。

他一上樹，果見百里緞高踞樹梢。楚瀚竄到她身邊，作了個「扯乎」的手勢。百里緞點點頭，往南望去。楚瀚會意，立即踏著樹枝，往南方躍出。兩人悄沒聲息地從樹枝躍到樹枝，逃出了數十丈，楚瀚忽然停下，高聲以瑤語叫道：「蛇族來襲，大家小心！蛇族來襲，大家小心！」

他這麼一喊，仍在歡宴中的瑤族人立時警覺，紛紛高呼吹號示警，壯士趕忙拿起武器，婦女則迅速抱起孩子躲回穴屋。蛇族中人聽到楚瀚的喊聲，才知道他已往南方逃逸去了，立即指揮毒蛇，循聲追上。

楚瀚側頭見百里緞眉頭緊皺，神色驚怒交集，向自己投來惱恨斥責的眼光。楚瀚一轉念間，便明白她無法諒解自己爲何出聲喊叫。自己是爲了向族人示警並引開敵人，但卻將危險直攬到身上來。對她來說，保命最爲緊要，絕不會爲了救人而陷己於危，尤其是一群與她毫無關係的人。

但此時楚瀚也管不了這許多，低聲道：「快走！」兩人一齊繼續往南逃竄，在黑暗的樹梢間騰躍了十餘里，躍下地面，又狂奔了半個時辰，才慢下腳步，在一條山澗旁停下喘息。此時夜色已深，清亮的月光照著山澗，發出粼粼波光。

楚瀚感到自己小腿和手臂有些麻痺，想是剛才入洞的短暫數刻之間，被滿地的毒蛇咬傷了。他已被毒蛇咬過數次，也不驚慌，伸手擠出蛇毒，從懷中取出解藥自行敷上了，問道：「妳沒事麼？有沒有受傷？」

百里緞緩過氣來，重重哼了一聲，走開兩步，說道：「不要你管！」

楚瀚道：「若是中了蛇毒，我這兒有解藥。」

百里緞冷然道：「你讓我毒死了便是，這不是趁了你的心意麼？」

楚瀚奇道：「我若有意讓妳死，又幹麼跟著妳逃出來？」百里緞冷笑道：「你不過是爲了自己活命罷了！」

楚瀚聽她語氣滿是憤恨嘲諷，說道：「幸好妳保持警覺，蛇族中人到來時，未曾落入他們的手中。」百里緞冷笑道：「我可不似某人，整夜唱歌跳舞，喝得醉醺醺地，更無半分警覺！」

楚瀚此時酒早醒了，想起方才在洞屋中的驚險，心中也不禁暗暗慚愧，說道：「若不是妳，我只怕無法逃出蛇族的包圍。」

百里緞哼了一聲，說道：「你卻仍不怕死，還要出聲讓敵人追來！你到底要命不要？」楚瀚道：「我當然要命，因此等到逃出了一段路後，才出聲喊叫。我若不出聲示警，瑤族被蛇族攻個措手不及，傷亡定然慘重。」

他只道自己說得很有道理，不料百里緞聽了，卻更加惱怒，重重地呸了一聲，怒道：「瑤族！瑤族！你心中就只有你的瑤族！」

楚瀚一呆，不料百里緞對瑤族的反應如此，說道：「他們是我族人，難道妳要我不管他們的死活？」

百里緞道：「你那麼重視自己的族人，爲什麼不早早留了下來？我看你在那兒混得挺好的，尤其是那些姑娘家，整日跟你打情罵俏，眉來眼去，早將你的魂都勾了去！」

提起瑤族女子，楚瀚這些日子來竭力抵抗誘惑，雖然每夜都有不少瑤族少女邀他共眠，他都忍心拒卻，乖乖地回到洞屋，與冷冰冰的百里緞共宿一洞，寂寞冷清已極，還不是因爲擔心蛇族來侵，關心百里緞的安危，不願冷落了她？這些用心百里緞顯然全不知曉，楚瀚也不禁啞口無言，呆了一陣，才道：「妳見我跟她們胡來了沒有？妳見我跟她們親熱了沒有？」

百里緞怒道：「我怎麼知道？那又不干我的事！」頓一頓，又道：「反正你是個宦官，想胡來也無從胡來起。」

楚瀚不禁笑了出來，說道：「妳是怎麼回事？一會兒嫌我跟瑤族姑娘打情罵俏，眉來眼去，一會兒又說我是宦官！我若是宦官，跟誰打情罵俏都無關緊要。我若不是宦官，跟人打情罵俏又有什麼不對了？妳到底要我如何，妳才高興？」

百里緞轉過頭去不答。楚瀚只覺得十分荒唐，自己被迫跟一個大對頭結伴而行，蠻荒山林之中，蛇族追殺之下，不得不互相倚靠，以求活命，但兩人之間恩怨交錯複雜，這百里緞究竟是要自己的命，還是要自己作什麼，他可是半點也摸不著頭腦。但此時不哄她開心，那可是丟命的事，只能歎了口氣，說道：「瑤族女子雖好，但哪裡及得上妳的美貌？」

沒想到這話也沒說對，百里緞勃然大怒，喝道：「我說過了，不准你對我言語輕薄，胡說八道！」

楚瀚甚覺無辜，說道：「我說的可是實話。難道妳覺得自己比瑤族女子貌醜？」百里緞刷一聲拔出彎刀，喝道：「你再胡說，我割了你的舌頭！」

楚瀚沒了主意，說她美也不對，說她醜也不對，自己還能說什麼？回想兩人的對話，像極了戲曲中小夫妻拌嘴吵架的情景，他想到此處，不禁啞然失笑，腦中靈光一閃，忽然明白了，說道：「百里姑娘，我問妳一個問題，請妳老實回答我。」百里緞沒好氣地道：「什麼問題？」楚瀚道：「我若不是宦官，妳可願意嫁給我麼？」

百里緞一張臉陡然漲紅，轉過頭去，呸了一聲道：「臭小子胡說八道！」語氣卻不若言辭中那麼惱怒。

楚瀚知道自己說中了，微笑道：「這樣吧，我跟妳約定，如果有朝一日，妳不作錦衣衛，我也不作宦官了，那麼我便娶妳爲妻，如何？」

百里緞哼了一聲，說道：「哪有你說不作宦官，便能不作的？」

楚瀚微笑不答。他此時已過十六歲，離開京城數月之間，臉上長出鬍鬚，喉音低沉，早已沒有半點宦官的模樣，若非百里緞對男女之事一知半解，早該看出他這宦官是假的。但她既然看不出，楚瀚便也不說破。這回爭吵便就此告一段落，兩人都閉上了嘴。

第三十五章　穿越靛海

當天夜裡，楚瀚和百里緞不敢睡下，分吃了僅剩的乾糧，商討下一步該如何。百里緞道：「蛇族的人窮追不捨，這叢林是他們的地盤，最好能儘快逃出叢林，才有生機。」

楚瀚皺眉四望，這叢林浩瀚無邊，說出林容易，卻不知該往哪個方向行去？他幼年時曾在上官家的藏寶窟中見過一張古地圖，名為《始皇天下一統圖》，他當時甚覺新奇，曾仔細觀察研究，因此略略知道一些中原大地的山川地勢。他回想那地圖，說道：「我們從桂平往西南走了一段，才遇見深山中的瑤族，再往西去，應是雲南，東邊則應接壤廣東；不如我們往南行走數日，再轉往東去。進入廣東境內，應該便能覓路北返了。」百里緞點頭同意。

楚瀚匆匆離開瑤族，身上只帶了少許乾糧，所幸他已在族中居住一陣，養成了隨身攜帶明礬、水袋、小刀和彈弓的習慣，此時便解下腰間皮袋，裝滿了溪水，將明礬沉浸其中，使之成為能夠飲用的淨水，兩人摸黑向南行去。

兩人行到天明，略事休息，之後又走了一整天，除了飲水外，更未停下休息。直到傍晚，兩人肚子咕咕而響，飢餓難忍，才停下歇息。但夜間也難以狩獵，只好餓著肚子睡了一夜。

次日天明，楚瀚才起身，便聽得頭上簌簌聲響，凝目望去，但見一隻體型巨大的禽鳥正收翅落在十多尺高的枝頭之上。透過茂密的枝葉，仍能見到牠五彩斑爛的羽毛在曙光下搖曳生姿，燦爛奪目。

楚瀚輕輕地從懷中取出彈弓，凝神瞄準，咻咻一連射出三枚石彈子。其實他不必連發三枚，第一枚便已打中了巨鳥的頸子，巨鳥展翅想飛，但已不及，帶著一片雨點般的樹枝樹葉轟然跌下樹來，在落葉中掙扎。

兩人望著那五彩斑斕的巨鳥，卻不知這便是廣西叢林中廣受土民尊敬崇拜的「天虹鳥」，據說對之禮拜便能保佑全村平安，佩戴其羽毛更能醫治百病，甚至能幫助婦女得子云云。但楚瀚和百里緞身處杳無人煙的密林，前有綿延無盡的森林，後有緊迫追殺的敵人，一日一夜未曾進食，肚中只餓得咕咕作響。此時自然毫無心思欣賞這鳥的體態羽毛，更不知道牠的種種靈異高貴之處，眼中看到的只有一隻肥美的烤鳥。

百里緞開口問道：「能吃麼？」楚瀚聳了聳肩，說道：「哪有不能吃的？與其去挖掘樹幹土壤中的肉蟲來吃，不如吃這有血有肉的禽鳥。」上前拽住了那猶自掙扎的五色鳥，拔出小刀，割斷了鳥的咽喉。

兩人商量之下，因不知蛇族離自己有多近，若生火烤鳥，炊煙可能會洩漏自身所在，太過危險，只能拔了羽毛，用小刀割下鳥肉，生吞下去。入口但覺鮮腥，皮粗肉韌，甚是難吃。兩人勉強塡飽肚子，楚瀚將五色鳥的羽毛內臟小心掩埋了，才又上路。

兩人來自京城宮廷，天下首善文明之地，此時身處蠻荒，除了楚瀚在借居瑤族的數月中學到的打獵和叢林求生之術外，更無其他的本領可以倚仗。還好兩人都是吃過苦頭、練過功夫的，一時倒也不氣餒，每日生肉爲食，獸皮爲衣，勉力往下走去。

蛇族大祭師並不放棄，仍率領蛇族族人不斷進逼，不管兩人走得多快，遠遠總能聽到蛇苗之聲。楚瀚心中暗罵，他見識過這大祭師的怪異瘋癲，心想若是一般人，追出個一百里，也該放棄了；但這大祭師想必是怪人中的怪人，蛇王被人殺了，此仇不能不報，竟然死命追出了數百里還不肯停下。

兩人想起在蛇洞中的恐怖經歷，生怕被大祭師捉回去放血祭祀蛇神，不敢稍稍停留，不眠不休地穿越叢林，往南逃去。只見地形愈來愈崎嶇，山勢高聳起伏，如波如浪，翻過一座山後，眼前又矗立著一座，延綿不絕，了無盡頭。二人被蛇族捉去前後，也曾在靛海中行走，但爲時不過數日，而且只在樹林邊緣，並未深入叢林。此時他們不得不往最陰暗蠻荒的深山逃命，所面臨的艱難險阻，實是剛入林時所難以想像。

他們翻山越嶺，向南疾行了十幾日，才略略擺脫了蛇族的糾纏。兩人正打算轉往東行，忽聽東邊傳來蛇笛之聲，聽來似乎只在數十丈外。兩人生怕又受笛聲之惑，連忙掩住耳朵，埋頭便往西奔，奔出數十里，直到完全聽不見笛聲了，才敢止步。他們環望身周，仍舊身處一片深山野嶺，蠻荒叢林之中。

兩人坐下休息，商議下一步該如何。但既不知道自己身在何處，也不知道這山林究竟有沒有止境，誰曉得下一步該如何？楚瀚只能安慰道：「我若沒有記錯，一直往西行去，便能到達雲南境內了。我在宮中見過從雲南進貢的普洱茶，那地方既然有人種茶喝茶，想必是文明之地。我們繼續往西去吧。」百里緞也只能默然點頭同意。

百里緞人雖孤傲冷漠，但在這深山密林中卻不失是個極有用的伴侶。她沉穩鎮靜，靈敏警覺，行事謹慎，觀察細微，很快便摸索出了在野林中求生存的種種訣竅。她自己砍木削皮，製了一把彈弓，也開始狩獵，起初準頭不好，大半日也打不到一隻禽獸，但漸漸地幾乎每日都能獵到些飛禽走獸。她與楚瀚分工合作，一個打獵，一個便負責設營，傍晚聚在一起生火煮食，夜間則相偕睡在大樹之上。兩人約定一個放心沉睡，一個則負責守夜，保持警覺，好抵禦半夜前來侵襲的毒蛇猛獸。白日走山時，前夜熟睡的便在前領路，守夜的則一邊打瞌睡，一邊在後跟上。

許多時日下來，兩人合作無間，默契極好，漸漸地不必說話，也能知道彼此在想什麼，打算作什麼；合作打獵時得心應手，爬山穿林時也總能互相照應，避開種種危險。

這一日，百里緞和楚瀚來到一個水源邊上，見到三五頭水鹿正低頭飲水。楚瀚對百里緞打個手勢，百里緞會意點頭，舉起彈弓。楚瀚緩緩潛行至離水鹿數尺遠近的樹叢中，準備等百里緞射出彈子後，便躍出制服水鹿。

兩人即使相隔數丈，卻似乎能感受到彼此的呼吸和心跳；百里緞知道楚瀚已準備就緒，楚瀚也知道百里緞轉眼就將射出彈子。不料就在這當兒，身後陡然傳來一聲低沉的嚎叫，接著沉重的腳步聲響起，一頭巨獸穿越樹叢，直奔到水源邊上，低頭大口喝水，卻是一頭體型龐大的野牛。水鹿受到驚嚇，紛紛快奔而去。

楚瀚嘴角露出微笑，他知道百里緞也在動同樣的念頭：鹿跑了不要緊，這頭野牛更加肥大多肉，他們便轉而獵殺這牛有何不可？他仔細打量那頭野牛，但見牛頭巨大，牛角尖銳，體型龐然，通身漆黑，尾巴直如一條鐵鞭，擺動時颯颯聲響。獵殺野牛自然比捕殺水鹿要艱難得多，但憑他二人的武功，並非辦不到之事。

楚瀚抬頭往百里緞的方向望去，見到寒光一閃，知她已將彈弓上的尖石換成了尖刀，當下握緊手中小刀，蓄勢待發，只等她一彈出刀子，便縱出斬殺野牛。

他感到手心出汗，連忙控制呼吸，鎮靜心神，如下手取物之前一般，讓自己心思平靜如水，心跳呼吸便同沉睡時一般平穩緩慢，眼前的一切事物變得清晰異常，牛尾的擺動，流水的聲響，以及頭上樹葉的隨風搖晃、飄然跌落，都盡收眼底。當百里緞的尖刀射出時，在他眼中就如期待已久的一幕一般，緩慢而確定，毫無驚奇。他看清尖刀的去勢，在尖刀即將射入野牛的頸子的那一剎那，他人已飛身上前，小刀在手，便在野牛仰頭嘶嚎、開始猛烈掙扎的那一瞬間，楚瀚的小刀已割斷了野牛的咽喉。

百里緞從樹叢後竄出，手中持著彎刀，本想上前相助殺牛，只見楚瀚身形奇快，出手乾淨俐落，等她來到野牛身邊時，野牛已然斷氣，鮮血潑灑一地，染紅了水源。她也不禁佩服楚瀚身手之敏捷，脫口讚道：「好！」

楚瀚一笑，兩人聯手獵牛成功，都甚是高興，合力剝了牛皮，割下牛肉，生火烤熟。兩人隔火而坐，各自大啖牛肉。楚瀚這些日子吃多了禽鳥水鹿，幾乎已忘了牛肉的味道，雙手抓著一大塊牛腿肉，張口大啃，只吃得津津有味。百里緞知道這一餐得來不易，一邊吃，一邊思慮該如何製些乾肉，帶在身上一路吃食，偶一抬頭，卻見楚瀚滿面驚恐之色，全身僵住，眼光直望著自己的身後。

百里緞尚未來得及回頭去看身後有何事物，楚瀚已扔下牛腿，飛身越過她，直向她身後撲去。百里緞此時才聽見身後傳來低沉的嘶吼之聲，離自己背後不過數尺遠近。她慌忙起身回頭，卻見楚瀚快捷無倫地撲向一隻巨大的獸物，那巨獸被他一撞，翻倒在地，但見牠身上布滿黑黃色的條紋，瞧仔細了，竟是一頭老虎！

楚瀚和那頭老虎在地上糾纏翻滾，直滾出了好幾圈。那老虎體型巨大，身上條紋細長狹窄，毛色甚深，尾巴尖細，乃是在南方叢林中常見的「印支虎」。這虎類素居深山密林，以野豬、水鹿、野牛等動物爲食。此番因尋找水源來到左近，聞到血腥味，掩上察看，正見到楚瀚和百里緞在大啖野牛，當即無聲無息地從樹叢中竄出攻擊，打算搶奪獵物。

此時楚瀚和老虎在地上翻滾了好幾圈，才終於停下。他感到嘴唇一痛，不知是在翻滾時撞傷了，還是被虎爪抓傷。他想趕緊翻身站起，不料一隻虎爪已重重按在他的胸口，巨大的虎頭離自己的臉不過一尺之遙，正張開血盆大口，直往他咽喉咬來。楚瀚危急中拳腳並用，一拳打中老虎耳際，雙足猛踢老虎腹部。但那老虎身形龐大，身體比楚瀚還長出一半，重量更遠遠超過楚瀚，他這一打一踢只略略阻擋了老虎的攻勢，轉眼老虎又低頭張口咬來。

楚瀚自知這回是死定了，耳中只聽那老虎突然猛吼一聲，聲震山林。楚瀚抬起頭，卻見老虎人立而起，一柄彎刀嵌在老虎的背後，深入尺許，鮮血四濺。老虎暴吼一聲，回身便往百里緞咬去。百里緞來不及從老虎身上拔出彎刀，趕忙施展輕功奮力往上一躍，拔高數丈，險險避開了這一咬。

楚瀚早已爬起身，隨手撿起一根粗樹枝，雙手握住，用盡力氣，猛然往老虎頭上打去。老虎吃痛，怒吼一聲，但牠頭骨甚硬，並未受傷，回頭盯著楚瀚，暴吼數聲，似乎又要躍上攻擊。楚瀚怕牠受傷後凶性大發，奮力一擊，眼睛緊盯著老虎，雙手握著樹枝，準備隨時躍起躲避，但見面前那頭巨獸神態殘狠凶猛，身子也不禁微微發抖，所幸那老虎自知受傷不輕，不敢戀戰，瞪了楚瀚一陣，終於轉身鑽入樹叢。

百里緞和楚瀚正鬆了口氣，卻見花影一閃，又是兩頭老虎從左首的樹叢中鑽出，體型比剛才那頭還要巨大。想來他們殺死野牛的血腥味兒遠遠傳了出去，加上剛才打鬥的聲響，將左近的老虎都引來了。

楚瀚和百里緞對望一眼，更不遲疑，同時回身，拔步狂奔而去。身後兩隻猛虎同時追上，緊跟在後，二人慌不擇路，只能往最深的叢林、最陡的山坡上逃去。楚瀚感到嘴唇裂處陣陣作痛，耳中聽見隱約的轟然聲響，他只道是自己方才與老虎搏鬥時撞到了頭，產生耳鳴，但那聲音愈來愈響，似乎真有其聲，正懷疑間，百里緞忽然停下腳步，倒抽一口涼氣。他也連忙停下，抬頭向前望去。

此時天色已黑，楚瀚睜大眼睛，過了許久，才漸漸看清身周事物。兩人身處一個巨大山洞的洞口，抬頭幾乎望不見洞頂，而洞口寬闊出奇，兩人站在山壁的這一邊，竟然看不見洞口的另一邊在何處。

而更奇的是，站在洞口竟能聽見澎湃洶湧的水流奔騰之聲，震耳欲聾，並有陣陣陰風吹襲而出，令人臉面冰涼，徹骨皆寒。楚瀚和百里緞一時都呆了，僵立不動，在洞口站了好一陣子，楚瀚才回過頭，正見到兩隻老虎疾追上前。他只叫得一聲：「走！」兩人提步奔入巨穴，直往黑暗的巖穴深處奔去。奔出數十丈，楚瀚再回頭時，但見兩頭老虎停在洞外，來回盤旋，卻不敢進來。

楚瀚喘了一口氣，忽聽百里緞尖叫一聲，跳了起來。楚瀚低頭望去，只見黑壓壓的許多不知何物在地上穿梭蠕動，連忙伸手入懷，打起火摺，一絲火光劃破了巨洞的深沉黑暗，只見凹凸不平的石灰地上爬滿了七八寸長短、全身青赤斑紋的蜈蚣，一望便知有劇毒。

楚瀚臉色大變，忍不住咒罵一聲，說道：「躲過猛虎，卻撞上了蜈蚣！」

他拉住百里緞的手，兩人展開輕功，一齊往洞內高處奔去，好不容易脫離了蜈蚣群，來到一處較平坦的高地。楚瀚拿著火摺四處觀看，確定地上沒有蜈蚣，才鬆了一口氣，卻聽百里緞悶哼一聲，左膝跪倒在地，雙手按著小腿，口中呻吟。

楚瀚驚道：「妳怎麼了？」連忙低頭檢視，但見她左小腿上懸著一尾色彩斑斕的大蜈蚣，口鉗仍緊咬著她的肉。楚瀚大驚失色，想取她的彎刀來斬斷蜈蚣，才想起她的彎刀已在剛才砍老虎時失去了，連忙從腰間取出小刀，揮刀斬斷了蜈蚣。那蜈蚣數十條細長的腳劇烈擺動，咬在腿上的半截身子和地上的半截身子各自扭曲不止。楚瀚只看得心驚肉跳，勉強沉住氣，用小刀戳入蜈蚣緊咬的口，使勁挑開，才將蜈蚣挑飛了去，傷口噴出紫黑色血液。

百里緞此時已躺倒在地，面如金紙，雙眼翻白，呼吸急促，這蜈蚣的毒性顯然極爲猛烈。楚瀚見她性命垂危，大驚失色，慌忙從頸中扯下那段血翠杉，放在她鼻邊讓她聞嗅，說道：「妳撐著，我替妳將毒吸出來。」撕開她的褲腳，見她被咬嚙處的肌膚上留下了一個銅幣大小的紫色圈子，正快速往外擴散。楚瀚不暇思索，立即低下頭，將口湊上她小腿傷口，用力吸吮，隨即將血液和毒汁吐去。如此吸了十餘次，百里緞腿上的紫色圈子才漸漸消失，呼吸也漸漸平穩下來。

楚瀚喘了幾口氣，忽然感到頭暈眼花，嘴唇傷處愈發劇痛難忍，隨即驚覺：「我嘴上有傷口，方才吸蜈蚣毒，只怕毒性已進入了傷口！」想到此處，不禁暗罵自己愚蠢，但也已於事無補。他伸手去摸自己的上唇，只摸到高高腫起的一大塊，總有雞蛋大小，奇痛無比。他感到腦中暈眩，眼前一片霧濛濛地，再也支撐不住，撲倒在地，昏暈了過去。

楚瀚再醒來時，耳中轟轟作響，全身發熱，嘴唇陣痛不絕，好似自己的心臟跑去了嘴唇上，在那兒怦然跳個不止，一跳便是一陣劇痛。正苦痛間，忽覺口唇上一陣冰涼，似乎有人用冷水澆上自己的嘴巴。他感到疼痛略減，微微睜眼，見到百里緞坐在自己身旁，雙手正擰著一塊濕布，將冰涼的水淋在自己的嘴唇上，又將裝滿了冰水的水袋放在自己的額頭上。

他感到好過了一些，再睜眼去看時，百里緞的身影卻已消失不見。過了不知多久，她才又出現在身邊，帶回一塊沾濕的布，將冰水淋在自己的唇上。楚瀚時睡時醒，只約略記得每次醒來時，耳中便聽到轟然水聲，百里緞有時在自己身邊，用冷水澆淋自己的口唇，替自己火熱的額頭換上冰冷的水袋，有時卻不在。每回她取冷水回來澆淋，對他便如甘霖一般，略略澆熄他如燒似灼的上唇和渾身的燥熱。

楚瀚在一片疼痛火熱中，腦中昏昏沉沉地，感到自己漸漸陷入一個醒不過來的惡夢，夢中自己往年曾經歷的一切災難恐怖都重演一遍，從被父母遺棄開始，到被城西乞丐頭子打斷腿，在三家村祠堂前罰跪，被錦衣衛圍打重傷，在梁芳家中遭受鞭刑，被梁芳送入淨身房，遭蛇族的群蛇圍繞纏身，受蛇族毒箭射傷，以至此時嘴唇上的劇痛……他知道自己都能忍受，都能撐過去。在夢中他見到了泓兒，泓兒已不是嬰兒了，而是個兩三歲的孩童，搖搖擺擺地跟在自己身後。楚瀚怕他跟著自己會陷入危險，不斷揮手要他別過來，泓兒卻笑嘻嘻地直跟上來。楚瀚又驚又急，見到乞丐頭子、上官婆婆、柳攀安、錦衣衛、梁芳、毒蛇、猛虎和蜈蚣全追在泓兒身後，伸出魔爪要將他扯落深淵。楚瀚大驚，衝上前緊緊抱住泓兒，盡力保護他不受傷害，但身周所有的魔爪利齒都落在他身上，扯下他的血肉，並將他和泓兒一起拖入深穴，兩人相擁著往下跌落，不停地跌落，似乎永無止境。他極爲後悔，他原本應當保護泓兒，卻抱著他一起跌下，兩人都免不了一死。他望向懷中的泓兒，泓兒卻已不見，只剩下一團膿血，他大驚失色，鬆開了手，四周傳來轟轟巨響，他知道自己就將跌到谷底，跌得粉身碎骨……

第三十六章　巨穴奇遇

楚瀚大叫一聲，驚醒過來，不斷喘息，感到滿頭滿臉都是冷汗，耳中仍舊充斥著巨大的轟然聲響，一時不知身在何處。他睜眼望去，見到百里緞便在眼前，靠著山壁而眠，自己竟枕著她的腿睡著了。

百里緞也醒轉過來，低頭觀望他的嘴唇一會，從一旁取過一塊濕布，將冰水擰在他的唇上。楚瀚正感到口渴，便張口喝下了水，只覺入口清甜，冰徹胸肺。

他喝完了最後一滴水，開口問道：「哪裡來的水？」

洞中水聲極響，百里緞聽不見他的言語，俯身將耳朵湊在他口旁。楚瀚又問了一次，卻因嘴唇腫脹，發音不清，又多說了兩回，百里緞才終於聽明白了，在他耳邊答道：「地底下有條河流，這巨響便是那河流發出的。放心，水很乾淨。」她輕輕扶起楚瀚的頭，讓他躺在地上，說道：「我再去取水。」站起身，一跛一拐地緩緩走去，消失在洞穴深處。

楚瀚見了，心想：「她腿上被蜈蚣咬了，可能毒性還未除盡，走路仍不方便。」他躺在當地，感到身體僵硬，頭腦發昏，方才的惡夢似乎仍縈繞在他腦際。他甩了甩頭，試圖坐起身來，掙扎了好半晌，才終於爬起身。他四下望望，昏暗中只隱約見到石壁上怪石嶙峋，洞穴巨大，高不見頂。他又覺全身虛弱，只能再躺倒地上。

等了許久，百里緞才回轉來，手上的布塊沾滿了冰涼的水。她餵他喝了水，又用濕布替他擦拭嘴唇和臉頰。楚瀚伸手去摸嘴唇，感到腫塊只剩下鴿蛋大小，疼痛也已減輕了許多。他想起自己在半昏半醒中，百里緞來回替自己取水清洗傷口和冰敷頭臉，不知已走了多少回，心中感激，開口說道：「謝謝妳。」

洞中水聲太大，百里緞聽不見他的言語，即使聽見，楚瀚嘴唇腫得厲害，說話也含糊不清。但百里緞能從他口形猜知他想說什麼，她沒有回答，只是凝望著他，眼神中滿是關切。楚瀚從未見過她露出這樣的眼神，心中不禁一動，但見她臉色極白，美艷的容貌在陰暗的洞穴中顯得如眞似幻，若隱若現。他見到她的口唇有股淡淡的紫氣，甚覺奇怪，微微皺眉，開口想問，又想起她聽不見自己說話，便伸手去指她的口唇，露出疑問之色。

百里緞伸手摸上自己的嘴唇，忽然雙頰通紅，轉過頭去，拾起布塊，一跛一拐地快步離去。楚瀚瞥見她左腿褲腳撕破，露出一段白色的肌膚，肌膚上被蜈蚣咬嚙的紫點已然淡去，只留下一抹淡紫色。楚瀚想起她口唇上的紫氣，心中一動，霎時明白她爲何臉紅：「我替她吸去腿上毒液，毒液卻進入我唇上的傷口。莫非她也用口替我吸出了毒液？」

想到此處，也不禁臉上發熱。但他當時陷入昏迷，在惡夢與劇痛中掙扎，即使她眞的爲他吸了毒，他也沒有半點印象，也知道她定會絕口不提此事。

楚瀚感到腦子仍舊混亂昏沉，心想自己中毒多半尚未清除，便又閉上眼睛歇息，忽然肚子咕咕作響，想起昨日生火烤野牛肉的情景，只恨當時沒有多吃幾口。

百里緞這回去了甚久，回來時手中竟提著五條白魚。她將魚放下，轉身便往洞外走去。楚瀚猜知她要去收集樹枝生火烤魚，便勉力坐起身，持小刀剖開魚肚，清理肚腸，又用刀背刮去魚鱗。

過不多時，百里緞果然取回了許多樹枝，楚瀚便開始生火烤魚。兩人在叢林中合作慣了，平日便甚少言語，此時即使在巨大水聲之下無法交談，兩人卻也不覺得有何不便。

楚瀚嘴唇腫脹疼痛，吃食十分不便，勉強吃了半條魚，算是塡了塡肚子，又感到身子虛弱疲倦，便躺下休息。洞中寒冷陰濕，他盡量依著火堆而臥，百里緞也躺下了，兩人並頭而臥，相隔數寸，一齊抬頭仰望。

此時外頭已然天明，從遠處洞頂的天窗中透出微微光線，能看出這洞乃是石灰岩穴，石壁猙獰，色彩各異，而最奇的是這岩穴寬闊無比，整個岩洞似乎比宮中從皇極門到謹身殿之間的廣場還要大上許多，穴頂高遠，幾不可見；穴內究竟延展多深，更是難以臆測。楚瀚所見過最高的塔是京城廣安門外的天寧寺塔，高十三層，這巨穴中就算放上好幾座天寧寺塔，也遠遠搆不上巨穴的頂部。

他正想著，百里緞忽道：「五座也放得下。」她的口就在楚瀚耳邊，楚瀚聽見了，不禁一呆，轉過頭湊在她耳邊問道：「妳是說天寧寺塔？」

百里緞也一呆，側過頭來，說道：「你怎知道我在想什麼？」楚瀚道：「我才覺得奇怪，我正想著天寧寺塔，妳便說五座也放得下。」

百里緞嘿了一聲，說道：「天寧寺塔是京城最高的塔，這穴頂這麼高，我們同時想到天寧寺塔，也不出奇。」

楚瀚仍覺得十分古怪，耳中聽著澎湃的水聲，忽然想起追到洞外的老虎，暗想：「那兩頭老虎莫非是怕了這聲響，才不敢追進來？老虎不知離去了沒有？」便聽百里緞道：「這兒聲響太大，老虎不但不敢進來，甚且不敢多停留。我去撿柴時，便沒再見到牠們了。」

楚瀚大覺有趣，轉頭望向百里緞，說道：「妳眞的知道我心中的念頭！我才在想洞外的老虎，妳便說了這話！」

百里緞似乎也覺得頗爲特異，說道：「不知怎地，我聽著這聲響，便想起老虎害怕不敢入洞的情景，我想你或許會擔心老虎，便說了出來。」

水聲太吵，兩人說話都得湊著耳朵，扯著嗓子，十分不便。楚瀚忽然很想看看這麼大的水聲究竟是從哪兒來的，百里緞望著他，微微一笑，與剛才一般，不用言語便能明白他的心意。她站起身，伸手將楚瀚扶起，楚瀚也笑了，跟著百里緞向巖穴深處走去。

兩人高高低低、彎彎曲曲地在巨穴中行走攀援，但聽水聲愈來愈響，震耳欲聾。兩人攀行了總有一盞茶時分，才來到一條湍急的地下河流之旁。水旁的石頭潮溼多苔，水色幽黑，夾雜著一團團白色的浪花。楚瀚小心地跨上苔石，走近水邊，水花濺得他褲腳和鞋子盡濕。他見到近水的石頭上有許多雜沓的鞋痕，知道是百里緞來替他取水時留下的，心中感激：「我昏暈處離這地下河這麼遠，她腿傷仍重，卻來回替我取水清洗傷口，以冷水布塊退熱，也不知跑了多少回。」回頭見百里緞站在岸邊高處，神色關切，似乎害怕自己一個不留神，滑倒跌入水中。

楚瀚向她微笑揮手，意示放心，蹲下身，俯身用雙手撈起一掊河水，但覺觸手冰涼，奇寒刺骨。他就著手喝了一口水，感到一股寒線由口腔穿過胸膛，直落入肚中。

楚瀚低頭望去，見到黑色的水中有不少白色魚影，他正想著百里緞是如何捉到魚的，便見百里緞身影一閃，落在大石之上，手中持著一根尖尖長長的樹枝，陡然往水中戳去。她手法極巧，這一戳便戳中了一條肥大的游魚，在樹枝尖上翻動掙扎。楚瀚心中不禁高讚：「漂亮！」

百里緞側頭向他一笑，楚瀚知道這回她又能聽明白自己的心思，報以一笑，兩人一齊回到岸上，在河邊並肩站了一會兒，望著黑色的流水，聽著澎湃的水聲，各自想著彼此都能體會的心事。

楚瀚中毒不淺，毒性雖被吸出，頭腦仍有些昏眩，此時一股疲倦襲來，感到眼皮沉重，四肢無力。百里緞扶著他走回離洞口較近的一塊空地，讓他躺下。楚瀚背脊才碰地，人便沉沉睡去了。

之後數日，兩人便在這巨穴中休息養傷。洞中時而昏暗，時而漆黑，時而光明，全隨氣候而變，幾乎感受不到日月朝暮的輪轉；只有地下河流澎湃的聲響和洞中無止無盡的潮溼陰冷從不改變，始終縈繞在二人身周。

在這空曠無比的巨穴中，除了兩人曾誤踏的蜈蚣巢外，幾乎沒有別的生物。兩人偶爾捕魚煮食，此外大部分時間都並肩躺在大石頭上休養，聽著水聲，感受著彼此的呼吸，似乎蒼茫廣闊的天地間只剩下了他們兩個人。

有時洞中光線充足，抬頭仰望，能見到五座天寧寺塔之外的洞頂之上，有不少猴子攀爬出入，捕食洞中的蝸牛。壁頂有許多天窗，猴子顯然是從這些天窗爬進爬出的。楚瀚暗想：「我若走在那山坡上，不知道山下有此巨穴，一不小心跌落那些天窗，跌下五座天寧寺塔，豈不要摔個粉身碎骨？」想起中毒昏迷時跌入深淵的惡夢，不禁打了個寒戰。

楚瀚左上唇破裂，又中了蜈蚣毒，一度腫得有如雞蛋大小，數日後漸漸平復癒合，但仍有些紅腫。兩人在巨穴中住了一月有餘，都漸漸習慣了這充滿了水聲濕氣的所在，甚至感到頗為閒適安穩。然而天氣漸漸轉涼，兩人心想這巨穴不是久留之地，等楚瀚體力恢復了七八成後，便決定出洞。

兩人來到洞口，放眼望去，觸目便是一片深山野林，藤蔓糾結，煙霧瀰漫，洞外正飄著綿綿細雨。兩人不辨方向，見到遠處有座高山，便決定往那座山走去。

此時正是七八月間，南方叢林正值雨季，從早到晚不是大雨便是小雨，兩人全身衣衫很快便被汗水雨水濕透，即使晚間紮營生火，也總烤不乾濕淋淋的衣服鞋襪，兩人只能穿著半濕的衣褲，終日在濕滑腐爛的爛泥枯葉上行走跋涉。晚間有時幸運，能找到個石穴遮雨；有時找不到石穴，兩人便縮在大如傘蓋的芭蕉葉下躲雨，終夜都能聽見淅瀝瀝的雨打芭蕉之聲。

這日晚間，雨勢稍歇，兩人找了塊空地生火。楚瀚出去打獵，只帶回兩隻手臂長短的綠色蜥蜴，似是變色龍一類。

百里緞皺眉道：「這能吃麼？」楚瀚苦笑道：「不能吃也得吃。」兩人即使心意相通，時時能體會明白彼此的心意，但發覺如果習慣了不言語，幾日下來，兩人幾乎連如何說話也忘記了，便又開始交談。

那日晚間他們烤了蜥蜴吃，肉有些韌，倒也並不難食。吃飽後兩人一個躺下睡眠，另一個坐著守夜，有一搭沒一搭地說著話，都是不著邊際的話題。兩人都不敢去談能否走出這蠻荒叢林，或論及自己的生死未來；他們心中都很清楚，能否活過當夜都是未知之數，毒蟲、毒蛇、猛獸、瘴氣隨時能悄悄掩上，取人性命。兩人經過數月的穿林涉野，又各自中毒，身體都已極爲勞累虛弱，任一個粗心，任一個意外，都可能是兩人踏上死路的第一步。

這一夜，楚瀚回想著自他離開三家村後的種種經歷，忽然問百里緞道：「妳是從什麼時候開始跟蹤我的？」

百里緞側過頭，說道：「從你在揚鍾山家治傷開始。」楚瀚點頭道：「是了，我在揚大夫家時，曾警覺有人在窗外偷聽，想來便是妳了。」

百里緞在夜色中微微苦笑，說道：「不錯。後來我發現揚鍾山逃跑，悄悄去跟梁芳說了，因此他才鞭打你，拷問你揚鍾山的去處。」

楚瀚恍然，想起那時打在身上的幾百鞭，背上肌膚仍不禁發麻，忍不住道：「原來我那回被打得死去活來，乃是拜妳之賜！」百里緞轉過頭去，低聲道：「我也沒想到，你還是個孩子，他竟會這般拷打你。」

楚瀚搖搖頭，心想：「我的直覺果然沒錯，後來在紀娘娘房外偷聽的，自然也是她了。」但他有件事情始終未能想通，問道：「那時我在城外被錦衣衛圍攻，滾下河岸，險些死去，是誰將我救去揚大夫家的？」

百里緞搖頭道：「我不知道？」過了一會，又道：「我當時聽從萬貴妃的指令，去揚鍾山家探訪幾件寶物，剛好撞見你在那裡養傷，回去報告了，梁芳才會知道你在那兒。至於你之前是怎麼受傷的，是誰送了你去揚家，我卻並不知曉。」

楚瀚點點頭，沒有再說話。

在兩人這回的談話之後，楚瀚心頭的疑惑解開了一些，但仍有不少疑點尚未釐清。此時身處蠻荒叢林，朝不保夕，這些過去的事情似乎也不重要了，兩人仍舊得咬牙苦撐，繼續往下走去。

傍晚時分，兩人常常見到一團朦朧的煙霧從樹叢間升起，在叢林中緩緩飄浮，有時是黑色、黃色，有時是紫色、白色，兩人知道那是叢林中令人聞而色變的「瘴氣」，多數含有劇毒，若被瘴氣圍繞，輕者大病一場，重者當場喪命。二人觀察後知道瘴氣大多從沼澤淺窪處形成，紮營過夜時便盡量找乾爽的高地，隨時留意四周升起的瘴氣團動向，如果見到一團瘴氣向自己這邊飄來，便得立即拔營走避。

這叢林中除了毒蟲猛獸之外，也有無數奇異的動物植物。楚瀚見到過棋盤大小的野生靈芝，若拿到京城去賣，總值得幾千兩銀子；也見過巴掌大的紅色蘑菇，上面布滿鮮紫色的斑點，一望而知含有劇毒。其他五顏六色的蜘蛛、毒蛇、蜥蜴、蛙類、蜈蚣、蟲蟻等，更是形形色色，不可勝數。

最特異的是一種形貌古怪的猴子，比一般猴子的體型要大，臉上長著顯眼的白鬍子，身上皮毛黑色、白色和灰色相間，只腿上生著紅毛，臀部和尾巴卻是白色的，看起來好似穿著件白褲衩，乃是叢林中罕見的白臀葉猴。這猴子也十分少見人類，對兩人頗爲好奇，在樹上晃蕩跟隨，直跟出了好幾里才離去。楚瀚和百里緞曾想躍上樹枝，與眾猴較量較量輕功，但畢竟太過冒險，只好作罷。

之後又是連日大雨，兩人感到徹骨冰涼，濕寒難受，只靠著一口氣勉強支撐，才沒病倒。又過數日，面前出現一片混濁的大水，想是山雨太大，溪水沖刷山泥，造成山洪暴發。

楚瀚和百里緞望著面前咆嘯翻滾的濁浪，挾雜斷木樹枝向下游快速沖去，都感到有些麻木。若說叢林中的瘴氣、毒蛇、猛獸、綿雨是在暗中時時刻刻折磨人，慢慢謀奪人的生命；那這嚎嘯的山洪就顯得太過粗糙，太過明目張膽了，反倒並不令人害怕。

兩人也不擔憂，站在山洪邊觀望了一陣，決定紮營等待。等了兩天，山洪之勢漸漸減弱，兩人施展輕功，踏上波浪中的流木，先後過了河。

渡過山洪，兩人不辨方向，又繼續往下走去。如此走了總有數月，這日清晨，楚瀚爬到大樹頂稍，往南方望去，忽然大叫起來：「來看，快來看！」

百里緞聽他喚得緊急，便也攀爬上樹，往楚瀚凝視的方向看去，心中不禁一陣狂喜：他們竟然看到了靛海的盡頭！

但見遠處樹林盡處便是一片平原，丘陵起伏，綠草如茵，一條波光晶瑩的河流蜿蜒其間，河的彼岸是一片碧綠的稻田，隱約可見屋舍農莊點綴其間。楚瀚眨了眨眼睛，聲音顫抖，說道：「炊煙，我見到炊煙了！」

百里緞深深吸了一口氣，甚覺無法置信。他們過去數月來在這險惡艱難的叢林中跋涉，日夜防備猛獸，驅逐毒蟲，逃避瘴氣，茹毛飲血地過著野人般的日子，如今竟能回歸人的世界，豈不如作夢一般？

兩人雖興奮難抑，卻都是謹慎小心之人，不願在這最後一段路中出現差錯，反而放慢腳步，又走了三日，才徹底離開了靛海叢林。兩人翹首望去，但見一片平野、河流和農田歷歷在目，離叢林邊緣不過數十里之遙，文明的福地便如此大方地展現在二人眼前。

兩人當時並不知道，他們已踏入了大越國的疆界，眼前那條波光燦爛的河流，便是大越國最重要的農業命脈之一洮江的支流；這片平原，便是被稱爲「大越米倉」的洮江平原。

楚瀚和百里緞見到不遠處便是個村莊，農夫村婦的衣著服飾都和中土人大不相同，皮膚黝黑，頗有點兒瑤族人的影子。遠遠聽得村人之間彼此呼喚，用的語言既非漢語，也非瑤語，總之是完全聽不明白。

兩人對望一眼，開始討論入村後又該如何。楚瀚道：「第一件事，當然是想法填飽肚子。」百里緞道：「我們這身衣服也該換了。」

但兩人又該如何覓食，如何尋衣？楚瀚沉吟道：「我身上有些銀錢，就怕此地遠離中土，無法使用。」百里緞道：「買不到，就去偷罷了。」二人都是輕功高手，要偷竊甚至強搶當然都不是問題。楚瀚沉吟道：「但是在這陌生地方，我們不熟習風俗人情，如此去幹未免太過冒險。」

百里緞也猶豫起來。她錦衣衛的身分在大明土地上自是吃得開，橫行霸道，無所顧忌，但在這陌生地方卻是一籌莫展。她不願多所停留，說道：「這兒住的更非中土人士，語言不通，我們也不必跟他們打交道，悄悄偷些糧食，趕緊繞道回返中土便是了。」

楚瀚雖不能回去京城，卻也並不反對回去中土，兩人當下決定在樹林中留到天黑，等到晚間再出去窺探情況。

注 巨洞的原形取自二〇〇九年在越南偏遠叢林中發現的世界最大天然洞穴「韓松洞」。據報導，洞穴橫截面達到八十米見方，洞中有毒蜈蚣，洞頂高三百米，頂部的天窗有猴子出入。

第三十七章　書生黎灝

到得傍晚時分，兩人都覺得餓了，儘管熟食近在眼前，畢竟天還沒黑，出去偷食仍屬危險，楚瀚決定入林打獵，先解決一餐再說，百里緞便留在林邊生火。

楚瀚持著彈弓，深入林中。傍晚正是山貓出獵的時分，楚瀚素來愛貓，常常跟蹤山貓，觀看牠們打獵，甚至出手相助。這時他聽見了輕微的聲響，直覺知道有隻山貓在附近，便循聲追了上去，果然遠遠見到一隻黑黃斑斕的動物隱身在樹叢間，一動不動，尾梢微甩，似乎正準備攻擊獵物。

楚瀚悄無聲息地躍上山貓頭上的大樹，從樹枝間往山貓的視線望去，不由得一驚，那山貓想攻擊的獵物竟是一個人！但見那人身穿黃衣，背對樹叢，正自讀書，神態悠閒，不遠處有個十來歲的書僮，正靠在書篋上打鼾。山貓眼睛緊盯著那黃衣書生，片刻不離。他正懷疑山貓怎會如此大膽，竟意圖攻擊一個成人，低頭一望，這才發覺那黑黃相間的獸物竟然並非輕巧纖小的山貓，而是一頭雄壯的山豹！楚瀚曾與老虎廝打糾纏，幾乎沒喪命，這山豹體型雖比老虎小些，卻也不是易與的。楚瀚見牠尾尖陡然停止不動，知道牠立即便要攻擊，心中一緊，不暇思索，立即縱身一跳，從樹上往那山豹身上撲下。

此時山豹已從樹叢中躍出，撲向那黃衣書生。便在這千鈞一髮之際，楚瀚落在山豹背上，伸臂鎖住了牠的咽喉。那山豹全不料敵人會無聲無息地自天而降，嘶吼一聲，奮力掙扎。楚瀚緊緊扣著豹喉，但覺這獸物不但體型巨大，而且勁力極強，牠掙扎了兩下，便掙鬆了他的手臂，回頭張開大口便咬。楚瀚連忙往後急躍，避過山豹的利齒，但卻閃不過山豹快如閃電的一爪，四片利爪抓上了他的右臂。

此時那黃衣書生和書僮已然警覺，各自跳起，一個從腰間拔出長劍，一個從書篋中掏出弓箭，先後衝上，各自向那山豹斬去射去。山豹眼見偷襲失敗，對方人多且有武器，便扭身竄入了叢林，轉眼消失無蹤。

楚瀚喘了口氣，低頭往右臂看去，見四道爪痕鮮血淋漓，痛如火燒。黃衣書生臉上滿是驚惶之色，說了幾句話。楚瀚聽不懂，那人又向書僮吩咐了幾句，但見書僮奔回書篋，匆匆取出藥物和布條，黃衣書生作手勢要楚瀚別動，那書僮便快手替他敷藥治傷，包紮起來。楚瀚點頭致謝。

黃衣書生向楚瀚上下打量，但見他衣著破爛，鬚髮蓬亂，有似野人，且面目黝黑，似有瑤人的血統，問道：「多謝小兄弟阻止山豹，救我性命。請問小兄弟如何稱呼，爲何在這『十萬大山』中？」

原來「靛海」在大越國境內被稱爲「十萬大山」。但稱呼什麼都行，楚瀚橫直聽不懂這人的言語，瞠目不對，只能答道：「我是漢人，來自中土。多謝閣下替我治傷。」

這幾句話那黃衣書生卻聽懂了，面露喜色，用漢語說道：「你來自大明中土？」楚瀚點了點頭。黃衣書生拱手說道：「多謝閣下擊退山豹，救我性命。在下姓黎，單名一個灝字。請問閣下如何稱呼？」

他的口音雖有些古怪，但漢語尙屬流利，楚瀚喜出望外，不料在這異地還能遇見會說漢語之人，回禮答道：「在下姓楚名瀚。」黃衣書生望著他，問道：「你既是中土人士，怎會來到我大越國？」

楚瀚在那書僮替他包紮傷口時，已留心打量了這黃衣人，但見他面容俊逸，寬廣的額頭上有個淡紅色的胎記，約莫三十上下年紀，衣著華貴，黃衣乃以絲綢製成，扔在一旁的書本寫的乃是漢字，打扮雖似個書生，腰間卻掛著長劍。

楚瀚身處異地，一時看不出這人的身分地位，若在中土，這或許是個崇尚武功的書生，也或許是個附庸風雅的俠客，更可能是個文武雙全的勳爵之後。當此情景，楚瀚也無法憑空臆測，這人既然沒有敵意，那便當他是朋友也罷。自己的眞實來歷當然是說不得的，只能暫且編個故事虛應過去，當下說道：「不瞞黎公子，小弟跟家人到廣西作買賣，不幸在山間遇上強盜，被逼得逃入靛海。我們在樹林中迷了路，不辨方向，走了好幾個月，才找到出林的道路，卻沒想到竟已來到大越國了。」

黎灝顯得十分吃驚，說道：「這十萬大山可不是人能去的！許多越族壯士闖入山中，便再也沒能出來。我們越人有句俗話說：『大山一丈，平原百里』。那是說在十萬大山行走一丈，比在平原行走百里還要困難。楚兄究竟是如何在林中待了這麼長的日子，並且平安出林的？」

楚瀚苦笑道：「也不算平安出林，傷痛病餓，沒一日缺了，好在我們都挺過來了。」黎灝問道：「還有誰跟你一道？」

楚瀚道：「還有我的姊姊，名叫楚緞。她和我一起千里跋涉，互相扶持，才天幸走出了這林子。」他說這幾句話時故意將聲音提高了一些，因為他察覺百里緞已來到了左近，正隱身於樹叢之中觀望。他故意提高聲音，一來是為了讓她聽清楚自己編的故事，免得待會兒露出馬腳；二來是為了讓她知道自己已察覺她藏身近處；三來是示意她可以適時現身，甚至露一手功夫。兩人在叢林中相處數月，早已練就旁人難及的默契，細微之處，往往一個聲調，一個眼神，便含藏了許許多多只有彼此能夠意會的信息。

這時百里緞聽了楚瀚的言語，便一躍下樹，有如一片落葉般輕巧地落在楚瀚身旁。黎灝吃了一驚，瞪大眼睛望著眼前這女子，只見她身形纖細，臉容冷豔，不意身手竟如此輕巧矯捷。他回想楚瀚撲到山豹身上時的情景，輕身功夫如鬼如魅，倏然明白站在自己面前的這兩個少年男女都不是尋常人物，能夠在這十萬大山中行走數月，從廣西一路走到大越國又全身而出的，豈會是等閒人物？

他忽然仰天笑了起來，轉身對那書僮說了幾句話，書僮應諾而去。黎灝拱手說道：「楚小兄弟，楚姑娘，兩位功夫驚人，實爲天下少見的異人。黎灝不才，想請二位來敝舍坐坐，好讓我有機會多向兩位請教請教。」

楚瀚心中正盼他邀請自己前去，好換取渴望已久的飲食衣物，當即答應了。黎灝便領二人出林，向南行去。百里緞始終沒有言語，只跟在楚瀚身後，待與黎灝隔得遠了，才低聲道：「這人來頭不小。」楚瀚低聲回道：「莫非是大越國的什麼大官？」百里緞搖搖頭，說道：「我也看不準。」

此時天色已然全黑，一行人出林不久，便見林邊火光點點，黑壓壓地站了數十名壯漢，衣著一致，隊列齊整，肅然靜候。楚瀚一呆，心中思量這不知是什麼樣的人物該有的陣仗，但見隊伍中奔出了三個衣著華貴的中年人，服飾頗似中土大官，急急搶上前來，對著黎灝跪下拜倒，誠惶誠恐地說了幾句話，似乎是爲黎灝在林中遇險請罪。那書僮此時已回到黎灝身邊，垂手侍立，顯然已將黎灝的遭遇說給了這幾人知道。

黎灝擺了擺手，說了幾句安撫的話語，並指向楚瀚和百里緞。那三個大官轉過身來，對著楚瀚和百里緞拜下，說了一些似是感激的話語。楚瀚和百里緞瞠然不對，楚瀚在皇宮之中，終日給皇帝、嬪妃、大太監跪拜磕頭，從未見過有人對他跪拜，慌忙也跪下還禮，說道：「快起來，快起來！可折煞我了。」百里緞則見慣被錦衣衛捉來審問拷打的犯人向她磕頭求饒，倒安然接受了。

黎灝笑著向楚瀚道：「楚小兄弟，不必這麼客氣，我的手下會好好招待兩位的。請兩位休息一會兒，待會兒跟我一塊兒進餐，我請你吃大越國的好菜，喝大越國的好酒。」說完便自去了。

楚瀚和百里緞正面面相覷，這時一個總管模樣的人趨上前來，作手勢請二人跟他去。楚瀚和百里緞便跟他走下山坡，進入一間木屋，總管吩咐房中的兩名侍女幾句，便出去了。

兩名侍女見楚瀚和百里緞全身污穢，衣著破爛，形貌有如野人，都睜大了眼睛，甚是驚訝，但也未多說什麼，作手勢請二人分往左右行去。原來這間屋子是個澡堂，左右各放了一個木製浴盆，裡面已注滿了冒著白煙的熱水，兩盆之間以人高的木板隔開。

侍女伸手欲替楚瀚脫下衣服，楚瀚已記不得上回脫衣洗浴是什麼時候了，不待侍女幫手，自己早快手將一身污穢的破布爛衫急急扯下，伸手去浴盆中試了一下水溫，便赤條條地跳入熱騰騰的浴盆之中，霎時感覺自己這不是在人間，而是在天上！他將頭浸入水中，隨手亂抓糾結骯髒的頭髮，感到人生再也沒有更加痛快的事。他探頭出水，聽見隔壁久久都沒有水聲，忍不住喚道：「妳怎地還沒下水？痛快極了！」

百里緞沒有回答，但楚瀚隨即聽見她伸足跨入水中，又聽見她慢慢沉浸入浴的輕微水聲。楚瀚完全可以體會她此時的感受，數月以來作夢也想像不到的舒適享受，終於成眞了！楚瀚腦中浮現她浸泡在熱水中的神態：冷漠的臉孔上想必也露出了一絲微笑吧。而她的面容想來已比自己第一次見到她時憔悴了些，蒼弱了些。楚瀚心中一動，陡然升起一股奇異的感受：百里緞對他而言，早已不再是拚得你死我活的大對頭，甚至也不是擁有豔美臉龐和曼妙身段，能令人心生遐想的美女。自己對她的親密關切已超越了一般的親人朋友；她似乎已成爲自己的一部分，關懷她與關懷自己的手腳一般，自然而然，彷彿出於本能直覺。

楚瀚忍不住舉起手臂，望向自己剛剛才被山豹抓出的傷口，在熱水中雖火辣辣地疼痛，卻掩蓋不了全身浸泡在熱水中的通體舒泰，渾身輕飄。這抓傷並不甚重，卻也不輕，需得好好照料，才不致損傷筋骨，發炎潰爛，造成日後不便。

楚瀚眼睛盯著那幾道血痕，忽然動念，百里緞可不就如他的傷口一般，是他身上不可分離的一部分，是他切身貼膚的喜樂和痛苦？這傷口即使此時火辣疼痛，惹人煩惱，卻非得好好照料保護，不令惡化。等傷口癒合了，成爲一道疤痕時，這疤痕便會跟隨你一輩子，再也不離開你，你也再擺脫不了它。疤痕是記憶的凝結，是往事的印刻。喜歡不喜歡都已不緊要，緊要的是它將永遠是你的一部分，不分彼此，不離不棄。

楚瀚不禁對著自己苦笑：我怎會給自己弄來這樣一個傷疤？而這傷疤又是如何看待我的？他感到沉重，也感到輕鬆，耳中聽得百里緞在數尺外，跟他一般享受浸泡在熱水中的舒適輕歎。一片無言中，忽聽百里緞低聲說道：「傷口莫浸水太久。記得待會需重新敷藥包紮。」

楚瀚一怔，百里緞一定知道他此時正望著自己受傷的手臂，也知道他正動著關於傷疤的念頭。他明白百里緞也已體會到了這奇妙的轉變，兩人在靛海中共同經歷了數月煉獄般的折磨考驗之後，已從一對敵手變成了心靈相通、默契十足的伴侶。

浸泡了半個時辰之後，楚瀚感到肚子餓得狠了，才戀戀不捨地出了浴盆，侍女早已替他準備好了乾淨衣物，放在一旁的几上。楚瀚穿上一件素色積麻對襟長衫，玄色長褲，質料輕薄，甚是涼快舒爽，正合適在這南方燥熱之地穿著。

他回頭見到百里緞也已換上了乾淨衣衫，是件桃紅斜襟長衫，白色長褲，配上一雙竹屐，露出腳趾。這身長衫剪裁合身，更顯出百里緞腰身纖細，體態婀娜。百里緞對這套衣衫不置可否，但對露趾的竹屐卻頗不習慣，不斷低頭望向自己的雙腳，試圖用長褲褲襬將腳掩藏起來。

楚瀚看得好笑，說道：「妳穿瑤族衣衫已經很好看了，沒想到穿上越族的衣衫更加好看！」百里緞臉一板，瞪了他一眼，沒有回答，卻也沒有眞的發怒。

兩人跟著侍女來到村中的廣場之上，但見數十人露天席地而坐，圍繞著一個大圓桌，四周點滿了火把，大圓桌的當中已放好了香噴噴的各種菜餚。黎灝坐在首位，賓客圍著圓桌坐了一圈，只留下黎灝左手邊的兩個位子。黎灝顯然也已沐浴過，穿著一身紫色便袍，顯得神清氣爽。他向二人招手笑道：「兩位中土來的朋友，快請過來坐下。」

楚瀚和百里緞來到黎灝左首的空位坐下了。黎灝舉起一只小杯，向二人道：「一杯薄酒，感謝兩位相救之恩。」說著仰頭喝盡了，將杯子遞給楚瀚，旁邊一個侍女趨上前來，在小杯中倒滿了清澈透明的酒水。楚瀚在漢地喝酒時，都是一人一個杯子，各喝各的；越國規矩，卻是只用一只杯子，輪流喝酒。楚瀚一怔之下，很快便明白過來，仰頭喝乾了那杯酒，又將酒杯遞給百里緞。

但覺這酒氣味香甜，入口微辣，酒氣濃烈，乃是以糯米所釀的越國名酒「白酒」，與瑤族所釀的「黃精糯米酒」不盡相同，味道要更清甜一些，酒味更濃烈一些。楚瀚的肚子早已餓得咕咕亂叫，喝了酒，更覺飢腸轆轆，眼睛盯著桌上的菜餚，只見一隻燒烤肥雞躺在中央，旁邊圍繞著一團團炸成金黃色的糯米餅，四周放著一盤不知作何用處的葉子，一碟包著新鮮大蝦的春捲，一鍋生牛肉湯粉，其粉細薄如紙，還有涼拌黃瓜、香茅豬排、炸軟殼蟹、酸魚湯、羊肉爐等等，楚瀚只看得口水險些流了下來。

黎灝見到他的餓相，舉筷替他夾了一隻烤雞腿，笑道：「趕緊吃吧，不用客氣。」

楚瀚立即伸手拿起筷子，心中只動了一念：「幸好越國人也是用筷子的。」便大啖起來，但覺入口有鹹有酸，恰到好處，每道菜皆美味無比，一時只將所有其他念頭都拋在腦後，只專注於進食。他年幼時曾淪爲乞丐，過的是有一餐沒一餐的生活，終日都得忍受肚餓之苦。年長後在三家村和京城中，日子雖然好過了些，甚至吃盡了皇宮中的美味，但童年時的飢餓之感仍不時縈繞心頭，令他對飢餓充滿恐懼，只要肚子一餓，就會不自覺地感到心慌意亂。這段日子在叢林之中行走，大多時候他都能勉強塡飽肚子，但也有獵不到鳥獸的時候，一餓他便終夜難以入眠，情緒急躁不安，一直到能找到吃食爲止。此時終於有美食可以果腹，對他來說心已安了一大半，就算天塌下來也不顧了。

百里緞側目望著他，對他此時的心境瞭若指掌，不禁露出微笑。她當然也餓了，舉筷吃了起來，但自比楚瀚的狼吞虎嚥文雅得多，一邊吃食，一邊不失警戒，留心觀察黎灝和他身邊的諸人，暗自揣測這人的身分來頭。

楚瀚直吃到撐極了，再也無法嚥下一口，才終於停下筷子，長長地吁出一口氣。黎灝停止和身旁其他客人以越語交談，笑吟吟地望向楚瀚，說道：「楚小兄弟，大越國的菜餚，還合你的胃口麼？」

楚瀚摸著肚子笑道：「我要能日日吃貴國的菜，便一世住在大越國也願意！」

黎灝哈哈大笑，舉起酒杯道：「我敬小兄弟一杯！」仰頭喝完，將酒杯遞給楚瀚。楚瀚接過喝了，將杯子遞給百里緞，百里緞也喝了。

黎灝道：「既然小兄弟這麼喜愛敝國菜餚，不如便讓爲兄作個東，請兩位在敝國多盤桓幾日。大越國山水秀麗，天下無雙，爲兄一定要帶兩位探幽訪奇，飽覽美景。」

楚瀚原本閒著無事，聽見留下有得吃有得玩，當然不會拒卻，便道：「黎兄盛情相邀，小弟感激不盡。」

當天晚上，黎灝安排楚瀚和百里緞住在一間民屋之中，兩人分床而眠。原本男女共處不甚方便，但兩人一路逃難而來，朝夕相處，終日同吃同住同睡，百里緞早已習以爲常，不以爲意。當夜兩人在黑暗中悄聲交談，百里緞道：「這人想必是大越國的什麼高官貴族，但他口風甚緊，什麼消息都未曾透露。」

楚瀚道：「我們不過是兩個流落越國的中土百姓，他何須有這許多顧忌？」百里緞沉吟道：「他對我們表面雖友好，背地裡卻不忘嚴密防範。」楚瀚點點頭，他自然已聽見門外許多細微的腳步聲和呼吸聲，知道那是派來看守自己二人的守衛，用意自是要防止他們逃走。

百里緞又道：「莫非他已知道了我們的身分？」楚瀚搖搖頭，說道：「我們又有什麼了不得的身分了？一個逃出皇宮的小宦官，一個錦衣千戶，在京城也只不過是芝麻綠豆的小魚小蝦之流。再說，越國長年進貢，與大明關係甚好，他就算知道我們的身分，又何須防範？」

百里緞也無法回答。她長年生長於皇宮，從懂事起便與錦衣衛混在一起，宮廷中的種種陰謀鬥爭、陰暗詭計，無日無之，因此她遇事也只知往陰謀詭計的方向想去。這時身處異域，確實捉摸不到黎灝私底下究竟打著什麼算盤。

楚瀚畢竟是乞丐出身，酒醉飯飽之下，一切心滿意足，說道：「且不管這麼多了，他們顯然並不想要我們的命，趕明兒我直接去問黎灝便是。」

百里緞道：「他若不准我們離開，一定要我們跟著他去，卻又如何？」楚瀚道：「去就去吧，走一步算一步。反正我們隨時想要離開，誰也攔不住我們。」

百里緞皺眉道：「陌生異域，你莫將事情想得太過容易。我們離開中土愈遠，便愈多一分危險。」楚瀚打著呵欠道：「難道在大明土地，皇宮內院之中，便不危險了？」轉過身去睡了。

百里緞無奈，在黑暗中睜大了眼，耳中聽著楚瀚沉緩的鼾聲，一時彷佛置身夢中：數月之前，她絕對料想不到自己有朝一日，竟然會跟這個小宦官同舟共濟，同室而眠。

第三十八章　大越皇帝

次日，黎灝一早便請二人共進早膳，吃的是酸酸甜甜的涼拌米粉，十分可口。楚瀚忍不住讚道：「大越國食物，比我中土的什麼山珍海味都要好吃百倍！」

黎灝微笑道：「我道楚小兄弟昨日是餓壞了，才如此盛讚我大越食物。不料今兒吃足睡飽了，也同樣讚譽，可眞讓爲兄感到榮幸啊。」楚瀚笑道：「好吃就是好吃，餓了飽了都是一般。」

黎灝呵呵而笑，說道：「我大越國東京升龍的菜餚，那才叫精緻豐盛呢。我今日便啓程，回往升龍，不知兩位可願意與我同行麼？」楚瀚道：「能吃到好菜，我們自然願意去了。」

黎灝笑著望向百里緞，卻見她臉上並無喜色，更微微皺眉，便問道：「莫非楚姑娘有什麼顧忌，不願來升龍作客麼？」百里緞仍舊不作聲。楚瀚忙陪笑道：「我姊姊是擔心路途遙遠，此時跟著黎先生行走當然不要緊，但往後我倆要尋路回到中土，只怕不容易。」

黎灝問道：「兩位有急事需回中土麼？」楚瀚道：「我姊姊在中土還有年高的……這個年高的公婆要照顧，放心不下。是不是，姊姊？」他原想說年高的父母，但兩人既是姊弟，姊姊的父母便是他的父母，如此說未免不通，只好臨時改口爲公婆。至於這麼一說，便當百里緞是已出嫁了，他卻也顧不得了。

百里緞聽他胡說八道，心中暗惱，低下頭，不置可否。

黎灝嗯了一聲，說道：「原來黎姑娘是位孝媳。卻不知令姊夫現在何處？」

楚瀚沒想到百里緞有了公婆，便得有個丈夫，此時也只能隨口亂編，苦著臉道：「我姊夫不幸在叢林中喪命了。」

黎灝啊的一聲，臉現悲憫歉疚之色，說道：「楚姑娘，恕在下不知情，還請節哀。」

百里緞眼中閃爍著怒意，轉過頭去。楚瀚知道今晚定然不好過，但謊話既已說出口，再難收回，也只能硬著頭皮繼續編下去了。

但聽黎灝說道：「爲兄不敢耽誤兩位的回程。只是我與二位一見如故，若無緣向兩位一表感激之情，爲兄只怕一世都要感到內疚。不如這樣，東京離此不過兩日路程，並不甚遠。我請兩位來東京小住幾日，看看我大越國京城的風光，嚐嚐我大越國的美食。兩位何時想動身回去中土，只要跟我說一聲便是，我立即派手下護送兩位翻越十萬大山，回去中土。」

百里緞聽他如此說，又見到楚瀚鼓動的眼神，便點頭答應了。

當日楚瀚和百里緞便跟著黎灝啓程，往南行去。行了數日，只見黎灝的衣著愈來愈華麗，車乘愈來愈光鮮，身邊的隨從也愈來愈多，其中不少穿戴盔甲、手持刀矛弓箭的漢子，顯然是士兵。楚瀚和百里緞都已確知這人來頭不小，但兩人不識越語，不明越國習俗，仍舊無法辨明他的身分。

這日一行人來到升龍城外，但見城牆堅厚，城外已有軍隊列隊迎接黎灝，向他跪拜迎接。楚瀚和百里緞跟在大隊之後，緩緩進城，心中再無疑慮，這黎灝不是越國的皇親國戚，便是皇帝本身了。但越國皇帝怎會是個二十多歲的青年，又怎會輕裝簡從地跑到明越邊境，楚瀚和百里緞卻無從猜知，只默默地跟著一眾人馬進了升龍城。

入城後，但見街坊整齊清潔，商品豐美，車水馬龍，路人摩肩接踵，確實是個十分繁華富裕的大城。一行人穿遊城中，遠遠便見到一座高大的城牆，裝飾富麗堂皇。黎灝當先由大門進入，隨從人馬則大多在此停下，列隊等候。城牆當中另有宮殿，以漆成赭紅色的高牆圍繞，格式與紫禁城頗爲相似，只是規模小了些。楚瀚仰頭觀望，見城中建築高大華麗，美輪美奐，建築風格與中土近似，但在屋簷、色彩和裝飾諸處又別有異國風味，不禁嘖嘖稱奇。

楚瀚和百里緞望著黎灝和幾個侍從乘馬進入了禁城，對望一眼，心中都明白，這人不可能是別人，定是大越國皇帝本人了。他們後來才得知，這精通漢語的青年便是大越後黎朝的第四任君主，後世稱之爲「黎聖宗」的黎思誠，又名黎灝。

卻說楚瀚和百里緞在皇城之中，望著大越國皇帝黎灝走入了內城的城門。一個宦官模樣的人趨上前來，請楚瀚和百里緞到皇城中的迎客館休息。兩人跟著那宦官走去，來到一間小院落，但見窗明几淨，屋中裝飾多爲精巧的竹製工藝品，布置得十分雅致。兩人共用一間廳堂，左右各有一間臥室。楚瀚和百里緞對望一眼，數月來兩人第一次不必同室而居，比鄰而眠，反而有些不慣。楚瀚摸摸鼻子，說道：「男左女右，我住左邊這間吧。」百里緞也無異議，便走入右邊臥房，兩人各自梳洗更衣後，又來到廳上。

但見廳中已有一人在等候，身穿官服，膚色甚黑，留著長鬚，約莫四十來歲年紀，眉目間頗有文氣。他見到楚瀚，立即上前恭敬行禮，以漢語說道：「下官禮部右侍郎兼國子監司業吳士連，奉上旨款待兩位貴客。楚先生、楚姑娘來自上國明土，遠道而來敝邦作客，我大越國定得克盡主人之道。兩位需要什麼，儘管吩咐，下官定當盡力備妥。」

楚瀚在京城也見過不少禮部侍郎、兵部侍郎，聽這兒的官名與大明一模一樣，甚感親切，笑道：「吳大人不必多禮。我們不過是中土草民，忝得貴國盛情招待，實在當之不起，只請吳大人不要嫌棄我等粗鄙無文，便是大幸。」

吳士連聽他言語有禮，心中甚是高興，他多年來鑽研漢書，精通漢文經史，卻從未見過漢地來的人，更遑論中土學者了。此時見到連一個中土來的布衣少年出言都如此客氣得體，不禁滿心嚮往，忍不住問道：「楚先生來自中土，學問想必深厚。下官冒昧，想請問先生時下中土儒學，乃以朱子爲尊，抑以象山爲尊？」

楚瀚雖然在皇宮中混得久了，耳濡目染，嘴上雖能說些冠冕堂皇、四平八穩的應對之辭，但畢竟肚中墨水有限，什麼儒家傳承、朱熹和陸九淵等大儒的學說，他可是聽也沒聽說過，瞠目不對，側頭向百里緞投去求助的眼光，但這擅長羅織罪名、拷打逼供的錦衣衛所知更加有限，只一臉茫然，微微搖頭，沒有接口。楚瀚只好答道：「好教大人取笑了。我姊弟並非讀書出身，只爲了經商而識得幾個字，那些個聖賢經典、古文詩辭，我們可都不曾讀過。」

吳士連顯得十分失望，便問起中土的山川文物，風土人情。這楚瀚倒能說上幾句，將他在京城所見所聞，偶爾出京辦事時見到的風物人情，略略撿了些精采的加油添醋說說。爲謹愼起見，三家村藏寶窟中的寶物和皇宮中的種種重寶自都未曾提起，但已讓吳士連聽得津津有味。

兩人直聊到過了午時，吳士連才想起是該用餐的時候了，忙問：「啊喲，可別誤了午膳！請問楚先生想吃什麼？我立即讓人替兩位送來。」

楚瀚道：「請問大人，我們住的這地方，是什麼所在？」

吳士連似乎沒想過他會有此一問，微微一呆，才道：「此地是京城之中的『皇城』，乃是皇帝與大臣會面和辦公之處。外地入京的一方重臣，他國來訪的貴賓使節，好似兩位貴客，都受邀暫居在皇城的迎客館之中。」

楚瀚指向遠處的赭紅色城牆，說道：「那麼那座牆裡面，便是禁城了？」吳士連道：「正是。紅牆之內，我們稱爲『禁城』，乃是今上和后妃皇子公主居住之所。」

楚瀚點點頭，心想：「這地方和我們京城皇宮的格局倒也相似，只是小了許多。」心中打定主意，要在半夜潛入禁城，看看大越的禁城與中土的紫禁城究竟有什麼不同，嬪妃們長得是否美麗，穿著什麼服色；皇子公主受到什麼樣的照顧和教育，宮女宦官是否如明室的宮女宦官那般卑微可悲，或是囂張跋扈。

他正神馳天外，吳士連又問他想吃什麼。楚瀚心血來潮，說道：「我們早些入城時，見到街上有許多食肆飯館，香味撲鼻，很想去街坊上走走，嚐嚐貴國的風土小吃。」

吳士連聽說他想上街走走，心中老大不情願。他滿腹經史，身居高官，乃是東京人人仰望的大學者，平日在皇城中替皇帝修史，那可是清高無比的職務。因大臣中只有他能說漢語，才被皇帝指派出來招待這兩位來自中土的客人。他原本興致沖沖，只道能會見大明學者，好切磋請教，沒想到來的是兩個少年少女，不但年紀輕輕，而且是僅僅粗通文墨的兩個草包。他原本已感到有些委屈，出城逛街對他來說更是庸俗可鄙之極，但他轉念又想：「待客之道，貴在順客之意。況且我大越國富庶繁華，讓這兩個草包見識見識也好，莫讓他們看低了我大越國。」當下雖不情願，也只好陪笑著領楚瀚和百里緞出了皇城，來到京城的市集之中。

楚瀚原本只是想試探試探，看他們會否關著自己二人不放出城，但見吳士連傻頭傻腦，輕易便帶領二人出城，暗暗放下了戒心。他只要略知方位路徑，即使在遙遠陌生的大越國京城裡，防守嚴密的皇城中，也能神不知鬼不覺地來去自如，如入無人之境。百里緞見到他嘴邊的一抹笑容，老早知道他心中在動的念頭，也微微一笑，說道：「瞧你猴子似地，出城後切莫亂走，要走丟了，我可找你不回。」

楚瀚回頭望了她一眼，微感驚訝，百里緞一向沉默寡言，冰冷自持，沒想到來到異地，竟也放開了心胸，跟自己說起笑來。

卻說吳士連領二人來到升龍出名的三十六條街坊，但見街坊兩旁攤販商舖林立，有賣絲織長衫褲服的，有賣竹編斗笠和木屐的，亦有賣竹雕、刺繡、銀飾等手工藝品的，還有各種調味草藥、烹膳香料、蝦貝魚蟹、鹹魚辣醬等等，琳琅滿目，直讓人看得目不暇給。百里緞往年在京城中時，因自幼練武，又一向與粗魯男子相處，從來未曾上街挑撿胭脂花粉、衣衫首飾之類的瑣物，此時見到攤子上物物精巧，樣樣新奇，也不禁心動，放慢了腳步，仔細觀看。楚瀚見到她的臉色，知道她心中喜歡，便對吳士連悄聲道：「我姊姊看中意了幾件事物，我身上雖有大明制錢，卻沒有貴國的銀錢。可否請吳大人借我幾許銀兩，日後定當歸還。」

吳士連帶二人上街，便是希望聽見中土貴客稱讚大越國物產豐富，工藝精緻，當下眉開眼笑地答應了，掏出許多大越銀錢交給楚瀚，說道：「楚先生儘管拿去用便是，千萬別客氣！陛下若知道您們喜歡敝國物產，一定高興得緊，多少都願意送給兩位。」

楚瀚心中卻是一凜，他向吳士連討錢，原本只是問問而已，心想他這麼一個大官，在街坊上想要什麼，取過便是，哪裡用得著付錢？他當年身任御用監右監丞，百里緞身任錦衣衛千戶，上街時哪個不是趾高氣揚，店家跪著奉上寶貝都不一定肯收，何曾眞正付錢買過東西？而這大越國的高官卻規矩守法，似乎天下沒有白拿白買這回事，不禁令楚瀚對大越國另眼相看。

楚瀚替百里緞挑購了不少首飾衣衫、胭脂花粉和竹製手工小玩意兒，兩人滿載而歸，甚是興奮。回到皇城下榻處，便見一個小宦官候在當地，等著傳旨。吳士連翻譯了，卻是黎灝邀請二人當夜到皇城中赴宴。楚瀚問道：「請問那是什麼宴會？」

吳士連詳細問了那小宦官，說道：「皇帝出遊數月才返回京城，升龍城中的皇親國戚、公侯官卿等一同設宴替皇帝接風，賓客總有三百來人，乃是一場盛大的國宴。」

楚瀚聽了，笑道：「這可是絕佳機會，正好讓我的好姊姊試穿新衣。」

百里緞卻退怯起來，說道：「我不去了。你自己去吧。」

楚瀚軟逼硬求，一定要她挑一件最高雅別致的漢式衫裙，好艷驚四座。百里緞一生從未學過穿著打扮，全靠楚瀚在宮中看多了嬪妃宮女梳頭上妝、著衣配色，不知不覺中也學會了一手，當即替她挑了一件湖綠色絲綢束腰垂地長裙，配上鵝黃楊柳紋披肩，又替她梳了明室嬪妃最風靡的「牡丹頭」，髮鬢蓬鬆而高髻光潤，又在髻上斜插了三枚垂掛著碎花的銀簪；最後替她修了眉，撲了粉，點了唇，一代絕世美女就此出現在百里緞手持的銅鏡之中，連她自己都看得癡了好半晌。

當天晚間，楚瀚陪著百里緞坐轎來到皇城東的宴客大殿。只聽絲竹笛鼓飄揚，一隊宦官宮女坐在殿外，演奏著悠浮曼妙的樂曲。裝扮得粉雕玉琢的宮女們來往穿梭，引領貴客入座。

然而當百里緞下轎之時，廳內廳外所有目光霎時都集中在她的身上：只見一個身著漢族衫裙、豔光四射的女子飄然步入大廳，神態端莊，步履輕盈，彷若天人。一時大廳全靜了下來，連見過百里緞多次的黎灝也看得雙眼圓睜，手中酒杯一側，酒水傾倒了一桌。

與宴的一眾皇親國戚、公侯官卿紛紛交頭接耳，探問這漢人美女究竟從何而來？待得知她是跟皇帝一塊兒從北地返回的，心中都想：「皇帝特地去北方數月，原來是選妃去了。也虧得他挑了一個如此美貌的漢族女子，也不知是從哪兒找來的？莫非是明朝皇室朱家之女，是一位公主？」但見到黑黝瘦小的楚瀚隨侍在百里緞身後，又想：「這少年想必是這位公主身邊的奴僕，跟著來服侍公主的。」

女眷們則紛紛談論百里緞的一身行頭，說這湖綠色的布料定是中土大城杭州織造的，別處絕不可能織出如此柔滑細緻的絲綢；腰身剪裁得宜，想必是湖州師傅量身訂作的；又說她的髮髻梳得多麼光鮮，頭上的碎花銀簪肯定是內庭所造，專供御用的珍品，民間絕少得見；那件鵝黃披肩的色澤圖案更是中土最新款式，想必是她千里迢迢從大明京城攜帶來的。然而沒有人比楚瀚更清楚，百里緞的這身行頭全是他在升龍城三十六街坊中搜尋而來。他二人穿越十萬大山，狼狽逃到大越，中間還曾在廣西瑤族停留，身上早已沒有一件完整的漢族服飾，更別說絲綢衣裙、披肩或貴重髮飾了。

百里緞自然聽不懂眾人的吱喳耳語，只顧眼觀鼻，鼻觀心，抿著塗上胭脂的雙唇，從皇族大官、命婦嬪妃們驚艷羨慕的眼光前走過，顯得極端雍容自信，風華絕代。

黎聖宗黎灝驚艷於百里緞的姿色，不自由主站起身來，迎上前去，請百里緞上座，就坐在他自己的右邊。楚瀚一時倒成了配角，只能挨著百里緞的另一邊坐了下來。黎灝待他二人坐定，才轉身對著百官大臣道：「這位楚公子，和他的姊姊楚姑娘，乃是漢地來的貴客，更是朕的救命恩人。」

眾人聽說這兩個少年男女竟然救了皇帝的性命，都肅然起敬，連忙起身舉杯向二人敬酒，說了不少感恩敬佩的言語，又向皇帝詢問詳情。黎灝便將楚瀚空手力搏山豹，救了自己性命的經過說了，並讓楚瀚出示手臂上的爪痕。眾賓客皆讚歎不已，心下卻都暗想：「大約是皇帝迷上了他姊姊的美色，一定要帶他們回京，才編出這麼一個空手搏山豹的故事來。否則這少年不過十多歲年紀，瘦瘦小小，哪有這等勇氣本領去空手搏山豹？」

一場盛大的宴會便在眾人讚歎稱頌之聲中展開，酒杯傳遞不絕，眾賓客暢飲美酒，飽食佳餚。正當酒酣耳熱之際，一隊宮廷樂師來到廳中，演奏起銅鼓、獨弦琴、木琴、達勒琴等越國獨有樂器，八名身穿五彩羽衣的少女碎步進入場中，跳起「孔雀舞」，羽衫翻飛，色彩斑斕，直讓人看得目不暇給；之後又有身穿宮裝的少女入廳表演「燈舞」，個個手持宮燈，腰肢擺動，婀娜多姿，滿堂皆采。

當夜黎灝十足爲百里緞所迷，眼光看都不看那些曼妙起舞的妙齡少女，只不斷與百里緞低語說笑，連坐在他左邊的重臣黎弄，以及他素來敬重的文人武將如吳士連、丁列和黎念等，都全給冷落了。

楚瀚心中雖然甚爲百里緞感到驕傲，卻也不禁有些後悔，「怎地我教給她的都不是什麼好事兒？上回爲了活命，我教她去色誘蛇王；這回又教她化妝打扮，看來轉眼便要被大越國皇帝娶去作妃子了。」轉念又想：「那也沒什麼不好，總比她幹錦衣衛，整日替那面目可憎的萬貴妃辦事好上許多倍。大越國雖小些，她若得寵，說不定也有出頭的一日，當上個貴妃娘娘甚至皇后都說不定。」

但想到她要嫁給黎灝，心中卻不禁感到有些不值；黎灝雖然正當盛年，生得一表人才，又貴爲皇帝，楚瀚卻總覺得他配不上百里緞。爲何配不上？他卻也說不出個所以然來。

眾人歡宴之中，楚瀚注意到有幾個人臉色非常不悅，坐在黎灝身後的兩個貴婦神情肅然，臉色微微發綠，看服色大約是越國皇后和寵妃。楚瀚心中一凜，暗想：「這幾個后妃不知勢力如何，其中若有如萬貴妃那樣的厲害角色，我倆都要吃不了兜著走。」

他側頭望向百里緞端麗的臉龐，霎時看透了她美艷外表之下的冷酷殘狠，心中更覺後悔：「人家大越國後宮多半上下相安無事，我卻專程替他們送了個小號的萬貴妃來，多半要將他們的宮廷弄得天翻地覆，這可未免太不厚道了。」

他胡思亂想，這一餐飯只吃得心驚肉跳，思潮起伏，雖有吳士連在他身邊不斷敬酒，引他談笑，他卻魂不守舍，十句話中只聽進了兩三句。

宴席散後，一眾王公大臣都心知肚明，知道皇帝納妃是轉眼的事了。然而百里緞卻並非眾人想像中的大明公主或貴族之女，甚至不是大家閨秀、小家碧玉，而是個殺人不眨眼，心狠手辣的錦衣衛。不出數日，黎灝便發覺這女子極不好待，若僅止於談笑，那自是相安無事；但若是對她表示一絲仰慕之情，多說幾句讚美之辭，或透露少許追求之意，她立時便翻臉不認人，管你是皇帝還是天王老子，拂袖而去，一點兒情面也不留。

黎灝不禁惱羞成怒，但又不好發作，去向楚瀚探問時，楚瀚又裝得傻頭傻腦地，一問三不知。每回黎灝提起楚瀚的「姊夫」，楚瀚便顧左右而言他，或是露出悲哀的神情，低頭拭淚。黎灝提出納妃的要求，楚瀚就更推得一乾二淨，先說我中土之人最重貞節，女子守寡後便不能再嫁，又說即使改嫁也得得到翁姑的同意。然而翁姑遠在萬里之外，姊姊自己能否作主，那也得看她的心意了。至於她的心意如何，陛下為何不自己去問問她呢？

黎灝就是不敢自己去問他姊姊，才來問楚瀚。眼見楚瀚害怕姊姊，更加無法作主，黎灝也束手無策。他本身最推崇儒教，當年元月才頒下飭令：「子居父母喪，妻居夫喪，當居三年制，不得徇情直行，悖禮逆法。」並詳細規定，子居父母喪時，若讓妻妾懷孕，罪至流放；妻居夫喪時，若肆行淫亂、喪未滿即除下喪服、改嫁或通嫁信，該女及娶之者都是死罪。也碰巧楚瀚信口胡說，無端替百里緞添上了個死去的丈夫，讓她得守三年之喪，黎灝礙於儒教禮法，不好硬逼娶之，也只能將這事情暫且放在一邊。

注 黎灝乃是大越國第二代君主黎太宗的第四子，史稱黎聖宗。《大越史記全書》中記載了不少關於他出生和年幼時的神奇事蹟，但大多應是由於他在位時功績彪炳，後世才附會添加上去的。如他母親光淑皇太后吳氏爲婕妤時，祈求得子，夢到天帝賜給她一個仙童，才懷了孕。快要臨盆時，太后假寐一會兒，夢到自己又到了上帝那兒，上帝指派一個仙童下凡去作太后的兒子，仙童卻拖拖拉拉地不肯去。上帝怒了，用玉笏敲仙童的額頭，打得他皮破血流。太后夢醒後，就生下了黎灝，據說嬰兒的額頭上隱然有傷痕，如夢中所見一般，一直到年長，黎灝額上的這個胎痕都沒有消失。（餘請續見書末補注）。

第三十九章　黑夜突襲

黎灝畢竟是個胸懷雄圖大略的君主，儘管在追求百里緞上碰了一鼻子的灰，卻也沒放下正事。他貴為大越皇帝，當時卻帶著少數隨從神祕兮兮地出現在明越邊境的叢林之中，乃是有原因的。這位二十九歲的皇帝不但是個喜好遊山玩水、滿腹詩辭的才子，更是個野心勃勃的軍事家。他藉口想一覽大越國北部的風景，輕裝簡從來到明越邊界，實際上是想勘查明朝邊界的守備情況。三年前他出兵侵占廣西憑樣，明軍僅僅守備，並未反擊，這令他的膽子大了不少。原本大越入貢大明皆取道廣西，但當時的雲南鎮守太監錢能貪恣，遣人搶了他的入貢貨資。黎灝便藉此機會，轉取雲南道入京，一路抓了六百名壯漢為俘虜，而且還發兵跟在後面，造成雲南大擾。兵部忙下令警告大越，訓令雲南並非貢道，將黎灝的人馬趕了回去。

但黎灝早已看出大明外強中乾，色厲內荏，不足為慮，特意走訪邊界，確定邊境無事，他才好安心去走他的下一步棋：發兵攻打大越國南方的占城國。而他盛情留下楚瀚和百里緞這兩個來自中土的異人，一來不願意他們回去中土，洩漏了自己微服出現在邊界的祕密；二來也希望能得到他們的投效，相助攻破占城首都堅厚的城門。

占城盛產象牙、犀角、烏木、沉香，土地廣大，物產豐饒。黎灝覬覦占城已久，不斷向其索取種種寶物，令其以事明朝之禮進貢大越。占城拒絕服從，並起兵反抗。前一年的八月，占城國王槃羅茶全親自率領了水軍、步軍、象隊、馬隊十餘萬，偷偷來攻打大越南部的化州。化州守邊將領被打個措手不及，大敗而退，忙趨民入城嚴守，派人入京飛書告急。黎灝聞訊又怒又喜，一來怒占城不自量力，二來喜自己得到了侵犯占城的絕佳藉口。他行事謹慎，立即派使者去向明廷稟告此事。

然而明朝對此事置之不理，並未給予任何回覆。黎灝心想自己已經盡到了稟報天朝的責任，便著手準備反擊占城。他首先在國內大舉徵兵，召了二十六萬新兵，集結了號稱七十萬大軍，下詔親征占城。

自楚瀚和百里緞來到升龍城後，一個多月來只見城中一片兵馬喧騰，整軍經武，二人都知道黎灝正準備出兵，他們探知出兵的對象並非大明，而是南方一個沒聽過名號的國家，便也不在意，整日在城中吃喝玩樂，甚是悠遊自得。

當年十一月六日，黎灝下旨，令征虜將軍麟郡公丁列和副將祈郡公黎念率水軍十萬先行。十六日，他御駕親征，命素來信任的皇室大臣左都督黎希葛和右都督黎景徽居守京城。他讓楚瀚和百里緞跟在身邊，充作隨行。當天下起小雨，颳著北風。大越國的司天監是個姓謝的，十分識趣，立即上奏道：「啓稟陛下，大吉哪！這雨乃是專爲滋潤軍隊而下，而風自北來，乃是和緩之風，此行大吉！」

黎灝聽了十分高興，詩性大發，當場口占一絕：「百萬師徒遠啓行，敲蓬雨作潤軍聲。」眾人聽了，皆讚歎不已。

行軍之間，黎灝興致高昂，不時聚集文官吟詩作對，或召集武將商討戰略。他顯然成竹在胸，決意不征服占城不歸，一夜更命人取了占國的地圖來，親自拿筆將山川地名都改成了越國文字，彷彿占城國已是他的囊中之物一般。

楚瀚和百里緞見了，都覺得要不是占城太過膿包，不堪一擊，要不就是黎灝這人太過自大，輕視了敵人。行至此地，二人都清楚黎灝將他們帶在身邊，破格禮遇，悉心款待，自然不只是爲了報答他們的救命之恩而已，而是希望二人能在這場戰役中效力。至於他二人能效什麼力，黎灝卻一個字也不提，楚瀚和百里緞便也不問。

行至十二月，已入冬季。若是在京城，這時人人都得穿上厚重的棉衣，躲在屋中圍炕取暖，即使出門也得捧著個暖手爐兒，但這南方邊地天候仍舊十分炎熱，半點嚴寒的氣息也無。楚瀚和百里緞慣於北方天候，皇帝士兵等都穿起了冬衣，見他二人仍舊穿著輕薄棉衫，彷若無事，都嘖嘖稱奇。

黎灝在雄才大略之外，也是個年輕好玩的君主，行軍路上不忘遊山玩水，楚瀚和百里緞跟在他身邊，遊遍了越國的山川，飽覽了越國的美景。此地山水清秀絕俗，山勢奇奧，水流清澈，稻田齊整，村落恬逸，放眼望去，隨處可見如夢似幻、如圖如畫的美景，直讓他二人看得癡迷不已，讚賞不絕。加上南方氣候溫和，楚瀚慣於北方乾寒的天候，只覺此地溫暖潤澤，土地肥沃，景色優美，實是個舒適宜人、易於安居的福地。

轉眼一行人在行軍中過了年，大軍抵達順化。黎灝心想軍隊將臨敵境，應當加緊操練士卒，便下詔讓順化軍出海，試試舟師的威力。他深思熟慮，擔心不清楚占城國山川地勢，便召見順化土酋，讓他將占城的地勢險易畫成地圖，好供他詳細研究。黎灝首次率領大軍出征，凡事親力親爲，親手制定平定占城國的策略，頒布給諸營知道。爲怕將士不明白，特地命人將以漢文寫成的詔令譯成越國語文，再次申諭。

便在黎灝躊躇滿志，認爲一切皆準備妥當的時候，危難已悄然臨頭。那年二月初五日，當黎灝自信滿滿地指揮擘畫時，占城國王槃羅茶全命弟弟尸耐及幾個臣子率領逾千象軍，偷偷來到黎灝的營地之旁，打算偷襲。

當時正值深夜，楚瀚和百里緞睡在相鄰的軍帳中，百里緞不知爲何無法入眠，便起身出帳走走。她才一出營，便見到營外站著一個黑影，她只憑直覺便知道那是楚瀚，低聲道：「怎地，你也沒睡？」

楚瀚老實道：「我給靛海的叢林嚇怕了，只要人在野外，便難以入眠。」百里緞心中頗有同感，口中卻嘿的一聲，說道：「不知你竟忒地膽小！」

楚瀚身子一顫，說道：「說我膽小，那也沒錯。在叢林的那些時日，哪夜沒有毒蛇猛獸來襲？哪夜沒有風雨瘴氣圍繞？我只消想上一想，便不由自主地感到害怕。」

百里緞點了點頭，想起在靛海叢林中那段惡夢般的日子，也不禁深深吸了一口氣，問道：「你想到什麼了？說來聽聽。」

楚瀚遲疑一陣，才道：「有一夜輪到我守夜，我坐在樹枝上，靠著樹幹看星星，無意間左手一摸，摸到一條巨蟒般的物事，總有手臂粗細，嚇得我直跳起來，差點沒跌下樹去。低頭一看，才見到那傢伙頭上生著兩根觸角，身子分成幾十節，兩邊全是細細長長的腿，看仔細了，才發現竟是條巨大的蜈蚣。」

百里緞只聽得頭皮發麻，全身寒毛倒豎，說道：「你卻沒有跟我說？你將那傢伙怎麼了？」楚瀚道：「我看那傢伙肯定有毒，趕緊折下樹枝，用力擊打牠的頭，又伸腳去踹牠的身子。牠那幾百隻腳緊扒著樹幹不肯落下，我死命戳打，牠才終於摔下樹去。我不知牠是死是活，怕牠又攀上樹來，整夜側耳傾聽，只要聽到一點兒窸窣之聲，就全身發麻。今夜我睡不著，就是因爲聽見帳外窸窸窣窣之聲不斷，讓我不自禁想起那條大蜈蚣，哪裡睡得著？」

百里緞安慰他道：「這兒雖然也在野地之中，但怎比得上咱們在叢林那時？況且皇帝就在此地，大軍環繞，就算有什麼毒蟲猛獸，也早給周圍的士兵發覺了。」

楚瀚點點頭，說道：「妳說得是。今晚月色好，我們出去走走吧。」

二人並肩走到營外，守營的士兵對他二人十分恭敬，讓他們出營去。兩人信步來到一條小溪旁，在大石上坐下，抬頭望向天邊一彎細細的弦月。楚瀚心中思量這件事情已有許久，這時才終於找到機會，問百里緞道：「妳覺得大越皇帝如何？」

百里緞靜了一陣，才道：「黎灝用心政務，有膽有識，親自領軍出征，可比我們的那位好得多了。」

楚瀚笑了，說道：「妳身為錦衣衛，竟膽敢議論上非，這可是要丟腦袋的。」百里緞嘿了一聲，說道：「天高皇帝遠，我怕什麼？」

楚瀚道：「那麼妳認為這大越皇帝還挺不錯的？」百里緞道：「是又如何？」楚瀚道：「他若有意請妳留在越國長久作客，妳可願意？」

百里緞搖頭道：「越國乃邊陲之地，誰想留在這語言不通的蠻荒之處？」楚瀚道：「言語是可以學的。我原本不識得瑤族語言，在瑤族居住數月，漸漸便能聽懂了。」百里緞道：「語言不是問題，問題是我一個漢人，又不是沒腳走路，也不是流放罪犯，在京中有職有位，為何不回中土家鄉去？」

楚瀚聽她故作不知，只好直接說了出來：「因為妳若留在這兒，或可受封貴妃，甚至皇后。」

百里緞聽了，靜默不語。楚瀚知道她心中頗為恚怒，卻不知她將如何發作，暗暗戒備，低聲道：「我將該說的說了，該問的也問了，這是對得起黎灝，也是為了妳好。」

百里緞冷笑一聲，說道：「你可知道，萬貴妃曾多次要讓我成為選侍？」

楚瀚並不知道，聞言一呆，說道：「成化皇帝的選侍？萬貴妃不是最善妒的麼，怎會自己去替皇帝挑選侍？」

百里緞微微一哂，說道：「因為她有辦法讓我一輩子無法生育。只要不生皇子，便不會對她造成威脅。」

楚瀚感到背脊一涼，不禁想起紀娘娘和泓兒，忍不住道：「她自己不能生育，便想讓皇帝絕子絕孫，這也未免太陰狠了！」百里緞瞥了他一眼，淡淡地道：「她為了掌制天下，鞏固權力，還有什麼陰狠的事情作不出來？」

楚瀚歎了口氣，說道：「妳若留在大越國作個妃子，日子想必會好過得多，至少這兒沒有萬貴妃。我在升龍那幾日，見那皇后和幾個寵妃都沒什麼勢力，不足為慮。」

百里緞又靜了一陣，才道：「我可沒興趣作大越國的萬貴妃。」

楚瀚乾笑兩聲，不禁想起自己在國宴上動過的念頭，「人家大越國後宮上下相安無事，我卻專程替他們送了個小號的萬貴妃過來。」暗想：「我這念頭動得可半點沒錯，她若願意進入大越國的後宮，那可不是『天翻地覆』四個字可以形容的了。」說道：「那麼妳是寧願回大明作個選侍，也不願意當大越國的妃子了？」

百里緞靜默許久，才緩緩說道：「我自幼沒了母親，父親又總在外辦事。萬貴妃看我可憐，因此將我收入宮中，帶養我長大，並讓我父親叔叔輪流入宮來教我武功。我跟在她身邊，已有十多年的時間了，當年我父親和叔父犯了幾次死罪，都是萬貴妃可憐我苦苦哀求，才放過他們的。」

楚瀚心頭一震，這卻是他從來不知道的內情。百里緞身爲錦衣衛，卻在宮中進出自如，熟悉得如自家一般，原來她根本是在宮中長大的，而萬貴妃竟是帶養她長大的恩人！但聽她續道：「萬貴妃對我的恩情不可謂不重。她見我年紀漸長，頗有姿色，怕我跟那紀女官一樣，忽然被皇上臨幸，事情便難以善了，於是才安插我去錦衣衛任職，在宮外替她辦事。」

楚瀚嗯了一聲，心想：「她看多了宮中慘事，想必知道一旦被皇上看中，災難便會跟著降臨。要不就是像恭順夫人韓氏那般被逼得投井自盡，要不就是像娘娘那般，僥倖逃過壓迫，但仍得躲躲藏藏，整日擔驚受怕。」

百里緞似乎看得透他的心思，轉過頭來，望著他道：「紀女官的事情，貴妃心中清楚得很。她當初就該派我去解決了那對母子，但當時貴妃只道宮內沒有人敢不服從她，只草草派了個門監去處理，沒想到就此滋生禍端，留了個孽種。」

楚瀚心中一震，只能假作不知，說道：「妳在說些什麼？」

百里緞緩緩搖頭，說道：「我出來追你時，就已發現了你們幾個膽大包天的宦官和宮女隱藏那小孽種的事情。張敏那老傢伙膽敢抗命，而你無端出手相助，加上你手下兩個姓鄧和姓麥的小宦官，還有兩個宮女，合力將娃兒藏在水井曲道角屋的夾壁中，輪流去照顧。誰參與了此事，我都清楚得很，只可惜我出來得太急，沒機會將消息傳回去給主子知道，早日除去了那孽種。」

楚瀚心中激動憤怒，忍不住提高聲音道：「他不過是個嬰孩，妳竟想對他如此趕盡殺絕！什麼孽種不孽種，他可是聖上唯一的子息！」

百里緞冷笑一聲，說道：「不，萬歲爺年紀還輕，萬貴妃也還能生子。再說，」她停頓了片刻，才續道：「萬貴妃打算讓我進宮成爲選侍，原是希望我能爲皇帝生子，她便可將之當成自己的孩子養大，名正言順地當上皇后。因此紀女官的那個孽種，我們是非除掉不可的。」

楚瀚感到一股難以名狀的憤怒憎惡，站起身來，說道：「我不管妳們有些什麼骯髒卑劣的陰謀，總之我誓死不會讓妳們碰小皇子一根汗毛！」

百里緞微微搖頭，問道：「我若眞的生了皇子，你仍會如此保護他麼？」楚瀚脫口道：「這個自然！妳想攀龍附鳳，那是妳的事，但我絕不會任妳下手殺害無辜的孩子！」

百里緞嘿了一聲，說道：「要在後宮中生存，殺人可是最仁慈的手段了。」

楚瀚想起廠獄和詔獄中的種種恐怖酷刑，心中更加憤恨，說道：「世間有錦衣衛和東廠之流，乃是大明之恥！妳看看大越國，朝政清明，百官盡責守法，哪裡需要東廠和錦衣衛這等黑暗下流的衙門？」

百里緞聽他直言罵己，夜色中臉色似乎白了白。她又靜了許久，才慢慢地道：「或許我回去以後，便不作錦衣衛了。」

楚瀚心頭怒氣充斥，未曾留意到她話語中暗藏的哀怨，冷笑道：「我早該知道，妳不願作大越國的嬪妃，原來在大明早有選侍的位子等著妳！一朝生下皇子，跟萬貴妃來個偷天換日，榮華富貴便唾手可得！到那時節，哼，妳等著瞧吧，萬貴妃若是不殺妳滅口，妳就該偷笑了！」

百里緞耳中聽著他的冷嘲熱諷，沉默了一陣，忽道：「你可曾記得，你在叢林中問過我的話麼？」

楚瀚微微一呆，兩人在叢林中單獨相處了好幾個月時間，說了不知幾千百句話，他怎記得她指的是哪一句？說道：「我問過妳什麼？我不記得了。」

百里緞聞言輕哼一聲，陡然站起身來，面若凝霜，一言不發，轉身便往軍營走去。

楚瀚知她心中惱怒非常，但他自己也滿懷怒氣，此時可沒心情去討好勸解，便讓她自去，並不跟上，仍舊坐在溪邊石上，獨自面對一腔的惱怒憂煩，暗想：「她對泓兒之事知道得如此清楚，若回到京城，必將出手對付泓兒。我得及早殺了她，以絕後患。」又想：「我武功不及，只怕殺不了她。再說，我和她同生死、共患難了這幾個月的時光，我又如何下得了手？」

他想起在叢林中與她相依為命的日子，又想起她在升龍街頭撿選髮花首飾時，臉上天眞歡喜的神情，心中不禁一軟：「我可眞沒法下手殺她。她剛剛問我記不記得我在叢林中問過她的話，不知是何意思？」

楚瀚在原地想了半天，仍舊想不出個頭緒，暗想：「我是否該跟隨她回去京城，好保護泓兒？但是我答應過懷公公永遠離開京城，以此交換他保護小皇子的安全。我自不能輕易毀約，擅自回返京城。」轉念又想：「聽她言語，顯然並不知道懷恩已決定保護小皇子。她只道小皇子仍藏在水井曲道，如今懷恩將小皇子接入宮中，想必能將他妥善隱藏。百里緞即使回到皇宮，也未必能輕易搜出人，懷恩勢力穩固，萬貴妃一時不會敢對他起釁，泓兒在懷恩的掩護下，應當能夠保住。」

他想到此處，略略放心，正要起身離去時，忽然聽見對岸傳來一陣古怪的聲響。楚瀚一驚抬頭，月光下但見一個龐然大物出現在對岸，從頭上伸出一條極長的管子，浸入水中，管子兩邊冒出兩根長長尖尖之物，看不出是何怪獸。

楚瀚從未見過這等古怪巨獸，只看得呆了，定在當地不敢動彈，過了良久，才見那管子從水中拔起，往上一捲，噴出一蓬水花。他著實一驚，這才注意到怪物的頭上坐著一個人。他不敢稍動，在夜色中仔細觀望那龐然大物，發現那條長管竟是牠的鼻子，那兩根尖尖的大約便是牠的獠牙了。這巨獸耳朵奇大，四腿粗重，眼睛卻甚小，形貌古怪已極。他腦中靈光一閃，想起黎灝曾提起占城國的「象軍」，陡然醒悟：「是了，這是大象，象身上坐的是象兵！」

楚瀚心想這大象既不是黎灝帶來的，那自是敵人的了。敵人的象軍竟已來到離軍營如此近之處，實是危險萬分。他知道事情緊急，不等那象走開，便緩緩退去，輕聲快步回到軍營，立即去向黎灝報告此事。

黎灝當時已然就寢，聽楚瀚稟報象軍就在左近，嚇得從床上跳了起來，立即命令士兵準備防禦，並派探子出去勘查。不多時，探子便來回報，告知敵軍竟有一千多人，騎著五百多頭大象。

黎灝極為震驚，決定先下手為強，命令手下將官整隊備弓，摸黑出擊。原本占城軍隊打算在天將明未明之際進攻，沒想到剛過四更，黎灝的皇營中便陡然傳出隆隆鼓聲，上萬士兵拿著火把衝出營地，左右包抄，將躲藏在河岸樹林中的象軍團團圍住，放火燒林。

大象受到驚嚇，紛紛嚎叫奔逃，發瘋似地在林中亂闖，連象奴都制止不住，踩死了不少占城士兵。少數闖出林來的大象，都被大越國的弓箭手射殺，紛紛倒在河邊。占城象軍戰鬥原本全靠大象衝鋒陷陣，此時象群失散，士兵不是被燒死踩死，便是一一就擒。率領象軍的占城國王弟弟尸耐也被大越士兵生擒了，押到黎灝面前，俯首投降。

這一役大越國破敵伏擊，擒敵首腦，大獲全勝，可說是出師得利。黎灝極爲高興，重重獎賞了楚瀚，封他爲「擒豹將軍」。當時大越國的軍制，封將軍的只有身經百戰、戰功彪炳的皇室成員，如「飛龍將軍」、「躍虎將軍」等，楚瀚一個來自中土的無名少年竟然受封爲將軍，許多越國將領聽聞後，都是憤憤不平。楚瀚並不稀罕當個什麼越國將軍，竭力辭謝，但黎灝龍心大悅，哪管得這許多，硬是讓他受封。百里緞冷眼旁觀，既不贊成，也不阻止。

第四十章　圍城闍槃

楚瀚甚是苦惱，他雖受封「擒豹將軍」，但與一眾將領士兵語言不通，不但無法指揮下令，連打個招呼都不成，又如何能領兵作戰？在他百般推辭之下，黎灝終於讓步，讓他保留將軍的頭銜，但不必帶領任何軍隊，只需跟在自己身邊守衛。

二月底的一個傍晚，越國大軍來到占城首都闍槃城外。但見這城雖不大，但城牆甚是堅厚，全以巨石砌成，只有朝北方向有一道城門。城門黝黑，似以精鋼製成，緊緊關閉著。

黎灝自信已作好萬全準備，次日天明時分，便派使者去送信，信中說道大越國對占城過去的挑釁多番忍讓，然而占城仍舊怙惡不改，不斷侵擾大越國邊境。大越皇帝黎灝忍無可忍，因此出兵討伐，率領數十萬大軍壓境而來，敕令占城立即投降，以減少殺戮。

占城收信之後，置之不理，反而從城頭射出一箭，射傷了使者。

黎灝大怒，當即下令攻城。他命先鋒部隊抬著巨木，衝上前去撞擊城門。城牆上占城守軍的羽箭如雨點般落下，一場激戰之下，先鋒部隊死傷慘重，不得不暫時撤退。

黎灝又命令手下搬出雲梯，試圖登城。闍槃城守將早已有備，雲梯一搭上城牆，便被牆頭的士兵用長杆往外推出倒下。大越國士兵雖人多勢眾，但是這城牆的設計甚是巧妙，高處往外傾斜，就算搭了雲梯，也甚難攀登而上。占城士兵又訓練有素，不斷推倒雲梯，將大越國的雲梯攻勢完全封住。

黎灝眼見己方形勢不利，皺起眉頭，又令先鋒部隊抬起巨木，去撞西邊的城牆，但這闍槃城建得極爲厚實牢固，撞了幾十回，仍無法撞開半個缺口，先鋒部隊又被城頭射下的羽箭驅散。

一日過去了，越軍攻城無功，晚上黎灝聚集將士，獎勇悼亡，命大家養精蓄銳，明日再攻。第二日，黎灝以木車掩護，讓先鋒部隊以火攻城門。但闍槃城門乃以精鋼製成，不怕火攻，反而燒傷了好些越國士兵。當天晚上，黎灝決定趁夜攻擊，命先鋒部隊再次抬巨木去撞城門。然而占城守軍毫不鬆懈，越軍一接近，便以燃燒的火箭回敬，越軍不得不撤退而去。

第三日，黎灝不得不使出殺手鐧，將上回捉住的象軍首領，占城國王的親弟弟尸耐拉了出來，威脅要殺死他，逼迫占城國王槃羅茶全投降。但牆頭占城守軍卻視如不見，毫不動搖，看來他們心中都清楚得很，尸耐的性命再重要，也不會比占城國和闍槃城全體軍民百姓的性命重要。

黎灝攻城不利，連到挫敗，微感氣餒，當日下午便找了親信將領來，商議破城的計策。楚瀚站在他的身後，只聽黎灝和眾將領以越語交談，他自是半句也聽不懂。眾人談論了好一陣子，最後都靜了下來，皺眉抿嘴，似乎苦無對策。

黎灝回過頭來，對楚瀚道：「這城很不好攻。看來我們得跟他們耗上一陣子，等城裡的糧食飲水用盡，才會投降。」他皺起眉頭，沉吟一陣，又道：「但是我帶來的軍隊人數眾多，可能等不到他們的糧食飲水用盡，我們的糧草便會先用完了。關鍵在於城中究竟存有多少糧食飲水，他們究竟可以撐上多久？」

楚瀚從不曾跟隨軍隊征戰攻城，自然毫無經驗，說道：「或許我可以潛入城中，看看他們存有多少糧食。」

黎灝笑了起來，搖頭道：「大軍圍城，他們早就將城門完全封閉了，怎麼可能有人能潛得進去？」楚瀚側過頭，說道：「不妨一試。」

黎灝仍舊搖頭。他原本寄望楚瀚和百里緞能在攻城時為他效力，但在大軍猛攻三日而徒勞無功之後，他才明白自己太過天眞，將事情想得過於容易了。如果數十萬大軍都無法攻破城門，他又怎能寄望於幾個奇人異士幫他攻破這座城？

楚瀚見他不信，也不多說，當天晚上便換上夜行衣，獨自出營，探視闍槃城。他遠遠地繞城走了一圈，找了個守衛較少的所在，悄悄靠近城牆，在牆腳等候一陣，等到月亮被烏雲遮住，四下一片漆黑時，便展開飛技，一溜煙地攀上了數十丈高的城牆。這城牆以巨石砌成，光滑陡峭，幾乎沒有可以著手落腳之處，而且愈高愈往外傾斜，十分難攀。但楚瀚已練成蟬翼神功，只要有一點兒的借力之處，便能如壁虎般攀爬而上，難只難在他需得趁著四下一片黑暗時快速攀上，才不會被城頭的守衛發現。

便在月光重新出現時，他已攀到城頭邊緣，隱身在一個凸出的護城拒之下。他耐心等候，直到另一片烏雲飄過遮住月光，他才翻身而上，再次來到城頭邊緣，探頭望去，但見火把照耀下，城頭有七八名士兵持著弓箭長矛，來回巡視。

楚瀚屏息凝神，等士兵們剛好轉身的一剎那，湧身翻過牆頭，穿過十多丈寬的城牆，來到城牆的另一邊。守在城頭的士兵只覺眼前一花，更沒看清他的人影，楚瀚便已翻過了城牆，再次隱藏起身形。有個士兵見到黑影，只道是一隻夜梟在天上飛過，影子偶然掠過了城頭，也不以爲意。

楚瀚伏在城頭，往下望去，見雖是黑夜，城中仍舊火把點點，無數軍士在城牆周圍巡視守夜。他小心掩藏在陰影之中，四下張望，留意到城中最高的一棟建築，四周有四根聳立的高柱，中間是個巨大的圓頂。他從未見過婆羅門教的寺院，甚覺稀奇，心想那莫不是占城的王宮，便下了城牆，沿著街道，悄悄往那圓頂建築潛去。

他穿過好幾條街道，終於來到那建築之前。但見守衛森嚴，大門緊閉。他遠遠繞到其後，躍過圍牆，在迴廊上潛行一陣，見一扇高高的窗戶內透出燈光，便一躍而上，蟄伏在窗檯邊，往內望去。

但見裡面是好大一間殿堂，寬闊雄偉，燈火通明，地上鋪著厚厚的地氈，色彩鮮豔華麗。殿堂中數十人席地而坐，個個身穿鎧甲，全副武裝。正中央坐著一個胖子，一身金袍，皮膚黝黑，鼻高目深，鬚髮卷曲，與他見過的大越人相貌頗爲不同。

但見眾人神色嚴肅，你一言我一語，聲音愈說愈大，似乎在爭吵什麼。楚瀚自然一句也聽不懂，只能憑空想像，這些人想必是占城的王宮貴族、軍師武將，在此討論該如何抵禦大越國的圍城大軍。一眾人談了許久，似乎談不出什麼結果，楚瀚聽見他們多次提起「尸耐」的名字。最後中間那金衣胖子忽然打了個大大的呵欠，神色極爲不耐，揮手粗聲說了幾句話，站起身，攬起身邊一個妖嬈的女子，逕往後面走去，消失在拱門之後。

其餘人面面相覷，神色又是不可置信，又是憂急。等那胖子走遠後，眾人又喧嚷爭執了一陣，只爭得面紅耳粗，但也吵不出什麼結果。有幾個開始互相咒罵，最後跳起身拔刀相對，被旁人又拉又扯地勸開了。之後便一個個拂袖大步離去，口中喃喃互罵，臉色都十分難看。

楚瀚暗想：「那胖子看來便是他們的國王了。國王拿不出計策，乾脆抱著妃子尋快活去，其餘人群龍無首，也拿不定主意。然而只要他們堅守城門，越軍便難以攻入。我卻該如何探知他們有多少存糧？」

他在那王宮之中繞了一圈，見到幾座守衛森嚴的倉庫，便潛入探查。但見有的倉庫存放珍奇寶貝，有的存放兵器，最後一座中堆積著一袋一袋的麻袋。他用小刀割開，見到麻袋裡都是白米。楚瀚心想：「這裡存放著不少白米，但想來並非城中唯一存放米糧的倉庫。」

他又去城中繞了一圈，但在這陌生的圍城之中，地方不熟，語言不通，也很難探查出什麼內情來。他只約略記下了軍隊紮營的位置人數，城門口守衛的情況，便潛出城去，回到軍營。

第二日清晨，楚瀚便向黎灝詳細報告了所見所聞。

黎灝驚喜交集，甚是不敢置信，連連問道：「你當眞潛入城去了？你是如何潛進去的？」楚瀚簡單說了，黎灝興奮地站起身，在帳中踱步，又詳細詢問楚瀚所見王宮中和城門口的情狀，以及宮中藏米庫房的位置，最後問道：「你還能再潛進城一次麼？」楚瀚道：「應當可以。」

黎灝道：「明晚你再次潛入城中，放火燒了王宮中的米倉，你說可行麼？」楚瀚沉吟道：「米倉隔壁有個庫房，裡面堆了不少紵麻棉花。我帶上火種，應該可以燃起火。火起之後呢？」

黎灝道：「圍城之中，糧食最是緊要。儘管宮中所存米糧很可能只是城中的一小部分，但我猜想他們絕不會輕易讓這些存糧燒毀。爲了搶救糧食，定會派軍隊趕去救火。火起之時，我便在城外率領大軍攻城，並且呼喊占城國王已經燒死，令他們人心渙散，定能攻破這座城。」

楚瀚聽他這計策不錯，便點了點頭，將事情想了一遍，說道：「若要帶上足夠的火種潛入城中，我一個人去，恐怕不成。」

黎灝一呆，說道：「你是要令姊跟你一起去麼？這……這不好吧。」在他心中，百里緞不但是個嬌柔美貌的弱女子，更是他未來的妃子，自然不願讓她去犯險。

楚瀚道：「我姊姊也不知會不會答應？待我先去問問她再說。」黎灝想要阻止，但又想這是破城的大好機會，不能因小失大，便忍住了沒有出聲。

楚瀚當下便去見百里緞，說了趁夜潛入城中放火的計畫。

百里緞靜靜地聽完了，才道：「黎灝攻打占城，干你什麼事？你爲何如此熱切關心？」

楚瀚微微一呆，他跟在黎灝身邊已有一段時間，心中對他愈來愈佩服。這皇帝年輕有為，頭腦清楚，能文能武，跟他熟知的大明皇帝實在是一個天上，一個地下。加上他感激黎灝的禮遇善待，覺得自己能替他效力，也是理所當為，當下說道：「黎灝對我倆善加照顧禮遇，我原該出手相助。」

百里緞冷然道：「你別忘了，你曾救過他的命，他善待我們原是應當。」楚瀚聞言語塞。依他的性子，向來只想著別人對自己的恩情，卻甚少去想別人欠了自己什麼情。在他心中，出手相助黎灝乃是理所當然之事，但百里緞心中所想顯然跟他截然不同，他也不知該如何才能說服她。

百里緞見他答不上來，冷冷地道：「黎灝這人對我不懷好意，我無心幫他的忙。你想在大越國立功報主，就自己去幹吧。」

楚瀚想起上回跟她談話時，兩人因小皇子之事而起爭執，不歡而散，心知她還在生自己的氣，便不再相求，說道：「既然如此，那我今夜自己動手便是。」語畢轉身離去。

當日正是三月初一，白日時，黎灝假意攻打城門數次，無功而返。到了傍晚，他點將傳令，讓軍士準備在午夜時突襲。

天色全黑以後，楚瀚帶上數斤火種，用油布和黑色包袱包好，揹在背上。他跟黎灝約定好在午夜時分動手，便告辭出發。

當夜陰雨綿綿，雖沒有月亮，但城牆濕滑，十分難攀。楚瀚沿著原路，潛入了闍槃城。他身上雖背負了事物，但仗著天色黑暗，加上高妙的蟬翼輕功，並未被守衛發現。他一路來到王宮，找到了藏糧的倉庫，分散火種，便縮在黑暗中等待午夜到來。

正等候間，忽聽腳步聲響，一人哈哈大笑，來到倉庫之外。楚瀚躲在麻袋後面，偷偷望去，但見一個胖子一手攬著一個女子，一手提著油燈，走入倉庫。兩人說說笑笑，相偕來到一個角落。那胖子打開了一隻不起眼的箱子，但見裡面金光閃閃，竟然放滿了金銀珠寶。

油燈閃爍之下，但見那胖子正是楚瀚之前偷窺見到的占城國王，想是帶著心愛的妃子來這倉房撿選珠寶了。楚瀚只盼他們快快離去，卻聽二人嬉笑不斷，一會兒挑挑撿撿，一會兒又摟摟抱抱，廝磨了老半天，那妃子才終於挑了幾樣珠寶，滿意地關上了箱蓋。

國王摟著她經過麻袋時，腳上不經意踢到了一個火種。他呆了一呆，低頭去望，又俯身查看，赫然見到了放在旁邊的其他火種，心生警覺，口中說了幾句話，語氣緊急，站起身，拉著那妃子快步往外走去。

楚瀚看在眼中，知道他已發現自己放火的計謀，當即一躍而出，落在門口。那國王見他忽然從天而降，開口驚呼，但楚瀚已伸手掩住他的嘴巴，將他往後一推。國王身形肥胖，腳下一絆，仰天跌倒，後腦撞上石板地，昏暈了過去。

楚瀚耳中聽見那妃子高聲尖叫，趕緊回頭，但見她正拔腿往門外奔去。楚瀚趕緊縱上前去，將她攔腰抱住，拉回倉庫，用手掩住她的口。那妃子不斷掙扎，楚瀚抓過包火種的黑布，蒙住了她的口，又用繩子將她綁了起來。

楚瀚擅長飛技取技，打鬥綁人卻非其所長，好不容易才制住了這兩人，喘了幾口氣，幸好外面下著雨，雨聲掩蓋了倉庫中的打鬥呼喊之聲，一時並未有人奔來探視。但是他放心了沒有多久，便聽外面腳步聲響，有人在互相詢問，很可能是見國王去了太久不歸，出來尋找了。此時離午夜還有約莫半個時辰，他知道自己擒住了國王，不可能在此待上太久而不被發現，只好當機立斷，取出火摺，點燃了火種。火勢很快便蔓延開來，一個個痲袋熊熊燃燒起來，火苗又燒上了倉庫的牆壁和屋頂。

楚瀚一手拉起國王沉重的身子，一手拉起那妃子，奔出倉庫，躍過牆頭，來到一間廳堂。他將那妃子放在門口，拖著國王繼續奔去，心中不斷祈禱：「希望越國軍隊見到煙霧，知道要提早進攻！」但聽人聲嘈雜，無數士兵侍衛大呼小叫，提水趕來救火。儘管當夜下著雨，但隔壁倉庫的棉花已然著火，火勢愈來愈大，不多時便蔓延到鄰近的幾座倉庫。

楚瀚抓著國王退到一間偏殿裡，靜靜等候，心中焦慮憂急，忽想：「我若被人發現圍攻，這國王可是我唯一的護身符。」低頭見國王猶自昏迷未醒，便取出小刀，握在手中。

但聽外面叫囂之聲愈來愈響，王宮中一群群的宮女侍者、文武官員如沒頭蒼蠅般地奔來奔去，接著又聽見馬蹄聲響，似乎有大隊軍隊進入了王宮。

楚瀚聽見外面腳步聲雜沓，從窗戶見到許多士兵打著火把，一間間房室搜索。但聽門口一響，一隊士兵闖進了他所在的偏殿，手中持著刀劍長矛，見到他和國王，發一聲喊，立即衝上前將二人團團圍住。

楚瀚抓緊小刀，抵在國王的咽喉中，喝道：「不准過來！」

但見當先一人驚呼一聲，指著他叫道：「楚瀚！」

楚瀚瞧清楚了，這些士兵穿的竟是大越士兵的服色，登時鬆了一口氣，但仍不敢放下抵在國王喉嚨的小刀，只緩緩站起身來。

大越士兵們齊聲歡呼，對著他和占城國王指指點點，高聲說了許多話，最後簇擁著他，帶他來到一間大殿之上。但見一個全身戎裝的青年坐在寶座之上，正是黎灝。士兵已向他報告楚瀚擒住了國王槃羅茶全之事，黎灝極爲高興，立即命人將槃羅茶全綁住，親自走上前來，握住楚瀚的手，用力拍著他的肩膀，笑道：「幹得好，幹得好！此役我軍大獲全勝，全靠楚兄弟放的這一把火！你生擒槃羅茶全，更是大功一件，我定要大大獎賞於你！」

楚瀚眼見大越國取得全勝，黎灝已然進駐王宮，這才眞正鬆了一口氣。

原來占城的國王槃羅茶全本是個沒腦子的人物，占城國的兵力遠遜大越，向來只靠大象軍隊略占上風。槃羅茶全數次挑釁大越國，不過是無事生事的無聊之舉，而國王的弟弟尸耐生性好戰，領著象軍到處攻伐，自以爲所向披靡，天下無敵，國王槃羅茶全又迴護弟弟，任由他胡作非爲，不加節制。占城的這些舉動激怒了黎灝，發動號稱七十萬大軍壓境而來，尸耐的象軍偷襲又告失敗，只能靠著闍槃城城牆堅厚，守城不出，等待黎灝軍糧用盡，自動退去。卻不料大越軍隊中有楚瀚這樣的人物，能攀爬數十丈高的城牆，潛入城中放火，引發城中混亂，讓越軍一舉攻下了固若金湯的闍槃城。

卻說黎灝俘虜了占城國王槃羅茶全以及家屬五十餘人，奪去了王室的印符，從王宮和城中搜出了大量象牙、犀角、烏木、沉香、金銀寶貝等戰利品。之後他便駐守在闍槃城，派軍隊繼續南進，征服了整個占城國，改名爲交南州，一切篤定，才凱旋班師。

在回往升龍的路上，黎灝對楚瀚讚不絕口，不但讓他官拜大將軍，還賞賜種種金銀珠寶，並預先吩咐手下在升龍城中替他起了一座巨宅，車馬僕婢一應俱全，待他的規格便如皇親國戚一般。楚瀚心中卻很清楚，他這是在爲娶百里緞爲妃作準備；黎灝打算先提高他的地位，順帶提高其姊楚緞的地位，好名正言順地迎娶這位豔絕大越卻來歷不明的中土美女。

楚瀚看透了黎灝的心思，心中愈發擔憂，極想與百里緞商議對策，但百里緞對他一片冷淡，蓄意迴避。偶爾撞見他，也立即避開，未能避開時，便對楚瀚的言語聽如不聞，閉口不答。楚瀚見她如此，知道她仍在爲那夜在軍營外的對話生氣，卻也不知該如何勸解，只好作罷。

不一日，大軍凱旋回到升龍，城中臣民老早得聞喜訊，一齊出城迎接，百官群相獻禮上表，恭賀皇帝開疆拓土，揚威異域，征服外族；百姓則殺雞擺酒，迎奉勞苦功高的軍官士兵。

黎灝志得意滿，大宴群臣，論功行賞之際，心中仍不忘打著儘快迎娶百里緞的主意。他心想自己全勝歸來，占領了占城大片土地，奪得了闍槃城中大量的象牙珍珠寶物，若送一些給百里緞作爲聘禮，她想必會心動。而且自己戰功彪炳，舉國歡騰，當此之際，便要不遵守那爲夫守孝三年的規矩，想來也不會有人敢出言非議，而且國人更不必知道百里緞曾經婚嫁並正守寡這回事兒，自己又何必說破？他主意已定，回到升龍的次日，便命人準備了一份重禮，親自來到楚瀚城中的新居拜訪。

楚瀚見黎灝攜帶重禮而來，老早猜知他的意圖，知道無法再虛應下去，便道：「陛下誠意感人，臣下擔當不起。然而家姊的心意，還是該由陛下親自詢問，較爲妥當。」

黎灝聽了，頗爲不快，心想自己是一國之尊，哪有親自去求親的道理？但他知道楚瀚對他姊姊既尊敬又害怕，無法之下，只好自己帶了重禮去見百里緞。

百里緞老早料到他會來，也早已想好了對策。她默默地望著黎灝帶來的象牙珠寶，輕歎一聲。黎灝見她臉現愁容，似有隱衷，忙問：「楚姑娘，妳心中若有任何擔憂掛慮，但說不妨。朕一定盡力替妳解決。」

百里緞抬頭凝望著他，只覺面前這個大越皇帝實在蠢得可以。她緩緩說道：「問題不在陛下，而是在我。事到如今，我便向陛下實說了也罷。楚瀚並不是我兄弟，他跟我並無任何血緣關係。我也不曾有過丈夫。我二人一路走來，他和我早已如夫妻一般了，昨夜我便是在他房中度過。陛下若想娶我，請先除去了他。」

黎灝一聽，登時如五雷轟頂，怒不可遏，心想：「原來這小子謊稱姊弟，一路上哄騙於我，卻暗中跟我的意中人不三不四，偷雞摸狗！是可忍，孰不可忍？」一拍桌子，喝道：「來人！將楚瀚這小賊捉起，下入大牢！」

百里緞當然知道楚瀚不好捉，說道：「陛下若只派幾個人去，是捉不住他的。需得派出一千名精挑的弓箭手，將他的住處團團圍住，才能逼他出來。」

黎灝依言照作，派了弓箭手圍住楚瀚在皇城中的新居，並派了大隊騎兵士卒守住門戶，大聲呼喝：「犯人楚瀚，快快出來，俯首認罪！」

楚瀚眼見這等陣仗，知道黎灝決意擒拿自己，便也不抵抗，乖乖束手就擒，被送入了死牢。

黎灝只道抓住了楚瀚，便能令百里緞滿意，讓她心甘情願嫁給自己。卻不料當日晚間，百里緞便已不告而別，任憑黎灝派人尋遍了整個升龍城，又追出城外數百里，都找不到百里緞的半點蹤跡。原來她早已打算隨時離開，備妥了快馬、地圖、糧食、清水和藥物等，押了一個走過十萬大山的布販，趁夜上路，離開升龍，逕自往北行去。

注 占婆乃是梵語「占婆那喝羅」的簡稱。該國位於大越國以南，居民主體是源自印度族的占族人，屬印度語系，原本信奉婆羅門教，之後亦有回教傳入。漢代時，該地隸屬日南郡的象林縣，乃是漢朝領土的最南端。東漢末年，占婆從中國獨立，建立占城國。宋朝時曾以「占城國王」名義入貢，明永樂年間鄭和下西洋，曾五到占城。大越皇帝黎灝發兵占領占城國的經過，大體依照史實。

第四十一章　逃離異鄉

卻說百里緞離開升龍之後，騎在馬上，任馬快奔，不知如何，腦中不斷想起那夜在黎灝的軍營之外，她和楚瀚都無法入睡，相偕出營散步聊天的情景。那時她曾問楚瀚記不記得他問過她的一句話，而他瞠目不答。這句話在她心中已盤旋反覆了許久，那是在一個深夜之中，兩人從瑤族中匆促逃出，蛇族緊追在後。他們在一條山澗旁停下喘息，楚瀚當時曾經半認眞，半開玩笑地說道：「這樣吧，我跟妳約定，如果有朝一日，妳不作錦衣衛，我也不作宦官了，那麼我便娶妳爲妻，如何？」

百里緞想著他的這句話，心中升起一股難言的哀傷，「那當然只是戲弄我的玩笑話。他又怎能不作宦官，我又怎能不作錦衣衛？」又想：「不，他這人雖古里古怪，但顯然不是宦官。」

她在宮中見過的宦官可多了，知道宦官聲音尖細，下頦無鬚，身上皮滑肉軟。楚瀚年紀漸長，喉音低沉，臉上長鬚，身上肌肉堅實，絕對不可能是宦官。但他究竟是如何混入宮的？怎能有男子未曾淨身便入宮服役？那時在淨身房中究竟發生了什麼事？出於對皇室之忠，也出於好奇，百里緞知道自己回宮後第一件事，便是去查清楚瀚入宮前後發生的事，並儘早揪出躲藏在宮中的小皇子，將之除去。

她知道楚瀚非常重視小皇子，自己若下手殺害小皇子，他是絕不會原諒自己的。但她始終相信，殺死一個不值得活下去的幼兒，比之讓他長大卻受盡折磨而死要仁慈得多。即使小皇子活了下來，萬貴妃自有辦法將他逼迫至死，不如讓他在未知世事之前便早早了斷；至於紀女官，那個來自廣西瑤族的不幸女子，讓她尊貴地死去，留個全屍，也比讓她落入萬貴妃手中要好上百倍。

然而，百里緞發現自己的眼中不知爲何噙滿了淚水，她感到心頭滿是難言的空虛，好似少了一條腿或是一條胳臂一般，渾身不對勁。她漸漸發覺，自己已無法忍受楚瀚不在身邊的日子。這大半年來，她與楚瀚同甘苦共患難，已是生死與共的交情，對彼此的性情、習慣、聲音、味道都已熟極，即使姊弟夫妻也很少如他們那般親近。他那黝黑的臉龐，濃眉下靈動的眼睛，即使處境極度艱困仍不時露出的微笑，微笑時兩邊臉頰上的酒渦，隨時能清清楚楚地浮現在她的眼前。

但是她畢竟拋下他離開了，而且是將他留在越國的牢獄之中。黎灝應當不會殺他吧？就算要殺，憑楚瀚的輕功本事，想必也逃得出來。他原本不想回去中土，黎灝若放過他，他便在大越娶個老婆，安居下來，也未嘗不好。若是逃了出來，回去廣西山區與瑤族共居，也不是壞事。總之，她這一輩子很可能再也見不到他了。

想到此處，百里緞頓覺心頭如被剜去了一塊肉般，血淋淋地痛徹心扉。但這傷口總會癒合的；她想。再深再闊的傷口，只要假以時日，都會結疤的。

正當百里緞策馬北行時，楚瀚獨自坐在大越國的死牢之中，他沒有詛咒臭罵百里緞手段狠毒、陷害同伴，心頭卻只盤旋著一股難言的失落和悲傷。他知道百里緞故意讓自己陷身牢獄，目的便是要擺脫自己，獨自離去，如果自己不是被關在這兒，一定會跟著她去的。他知道心中的空虛無奈，絕對跟她心中正感到的空虛無奈一般一致。她既然狠心要走，那自己也只能忍心讓她離去。

他百無聊賴，抬頭觀望這大越國牢獄。這所謂的死牢，對他來說簡直便如兒戲一般，他要走隨時可以走。似他這般曾在天下第一血腥恐怖的東廠牢獄中待過的人，既作過囚犯，又作過獄卒，哪裡看得上大越國的牢獄？這兒既沒有殘忍的酷刑，也沒有如狼似虎的錦衣衛，環境還算乾淨，飲食不缺，相較於他困苦的童年和多難的少年時期，住在這兒還算是挺舒適愜意的了。他安然住著，打算看看黎灝準備如何處置自己。他知道百里緞一定會走，而黎灝一定找不著她，他猜黎灝多半會惱羞成怒，遷怒於己，但他會以什麼名義殺死自己，倒是頗難預料。

過了幾日，楚瀚見到獄卒常常對著他指指點點，悄聲交談。楚瀚所識越語有限，完全無法聽懂。有一日，一人來到獄中，卻是老相識吳士連。吳士連臉色甚是難看，來到柵欄之前，哀然望著他，老半天說不出話。

楚瀚安然而坐，說道：「吳大人，陛下有什麼話讓您來跟我說的，就請直說吧。」

吳士連咳嗽一聲，說道：「陛下不願你死不瞑目，讓我來宣告你的罪狀。」

楚瀚點了點頭。吳士連便從袖中拿出一個卷軸，打開讀了起來：「漢人楚瀚，以欺君冒功、陣前違令、行止不檢三大罪狀，敕解除一切官職爵位。尤以欺君之罪，罪大惡極，敕令判處絞刑，即日行刑。」

楚瀚又點了點頭，神情平靜，心中籌思：「看來黎灝找不回百里緞，惱羞成怒，準備拿我開刀了。朝中那些嫉妒我的大臣，想必也加油添醋，落井下石了一番，才換來這三個大罪，一個絞刑。」他不願再與黎灝糾纏，決定當夜便越獄逃走。

吳士連望著他，神色中有哀憫，有同情，也有憂懼。楚瀚只微微一笑，說道：「吳大人不必憂心，我早知道自己開罪陛下，下場會是如此。請您跟陛下說，我死得甘願，只恨沒有替陛下留住我的姊姊，成爲陛下的妃子，爲此好生抱憾。」

吳士連聽他這麼說，知道楚瀚心中清楚得很，什麼三大罪狀都是藉口，楚瀚眞正的過錯，是沒能成功讓他的姊姊成爲皇帝的妃子。吳士連信奉儒家道德規條，對於黎灝一心想娶剛喪失的中土美女，心中甚是不以爲然，此時見到楚瀚在征服占城一役中冒險犯難，襄助破城，有功於國，卻因無法滿足皇帝的私欲而受到迫害，加上其他大臣的攻訐讒言，竟致死罪，更讓他感到羞愧無地。號稱禮義之邦的大越國中竟發生這等不仁不義、失德失禮之行，豈不讓來自漢地的楚瀚笑話了？

當然人死後便不會再笑話於大越國，但吳士連心中如何都覺得過意不去，愧疚難言。他又怎知楚瀚出身於黑暗腐敗的大明皇宮，跟隨梁芳多年，嘗過萬貴妃的手段，更見識過錦衣衛和東廠的囂張跋扈、無法無天，冤枉殺戮幾個大臣乃是家常便飯；他還覺得大越國行事過於仁義，沒將他下獄拷打，整個半死不活，只輕輕判個絞刑，委實沒什麼好怨的。

吳士連眼見楚瀚神色平靜，當然不知道他老早作好準備，打算當夜便越獄逃走，只道他一片赤心，有著君要臣死，臣不得不死的忠誠。他想到此處，心中更加慚愧，長歎一聲，說道：「楚先生，我大越國實在對不住你啊！」楚瀚搖頭道：「此非大人之錯，大人何須道歉？」

吳士連仍不斷搖頭歎息。他收起卷軸，起身準備離去，忽然又轉身回來，靠近柵欄，壓低聲音說道：「楚先生，我不能坐視正直忠臣受邪佞所害，明日一定上書皇上，替你求情！就算會冒犯皇帝，我也得去！」

楚瀚知道此舉無濟於事，但也不禁爲他的正直義氣所感動，說道：「吳大人千萬不必如此！犯不著爲我賠上自己的前途聲名，生死有命，楚瀚早就看開了。」吳士連隔著柵欄，握住他的手，潸然淚下，甚是激動。

哭了好一陣子，吳士連才終於止淚，離開牢房。此時牢室外的守衛頓時增加到十多人，十多雙眼睛直盯著楚瀚，估量他得知自己被判死刑之後，很可能會設法逃走。但見楚瀚毫無動靜，只抱膝坐在牢房角落，似乎已沉沉睡去。

一夜很快便過去了，清晨來到時，眾獄卒才鬆了一口氣。一人過來拿鎖匙打開獄門，喚道：「時辰到了，出來受刑吧！」

牢房中楚瀚仍舊抱膝坐著，頭擱在膝蓋上，看似睡著了。獄卒走進去踢他一腳，但見他整個人陡然散了開來，攤落一地。那獄卒一聲驚叫，往後跳去，定睛一看，才發現那根本不是人，竟是一堆稻草搭成的假人！而楚瀚本人早已消失無蹤，眾人連他是何時逃脫，如何逃脫都一頭霧水，一陣慌亂後，趕緊四下搜尋，急向皇帝稟報。

其實楚瀚在吳士連進入牢獄時，便已計畫好如何逃脫。他老早布置好稻草人，披上自己的外衣，放置在角落；在吳士連即將走出牢獄時，他趁獄卒們轉身送走吳士連的一剎那，竄上三丈高的窗口，鑽過老早扳開的鐵條，出了牢獄。他甚至有閒暇望著吳士連離開牢獄，慢慢走回皇城，歎息這人雖迂腐卻不失是個好官。在此之前，他已逃出牢獄好幾回，摸清了周遭地形；而此時守在外面的十多名守衛都被喚入牢獄中監視他，外面防守鬆懈，他輕而易舉便出了監獄，離開皇城，往北直奔。

半夜時分，他來到升龍城北的叢林邊緣，從農家取了清水和乾糧，直奔入林。他知道只要自己一入林，黎灝便派再多的人出來追捕，也不可能找得到他。他在林中快行一陣，深入密林，直到天明，才停步休息，爬到高樹上小睡一會兒。

他感到十分輕鬆愉快，似乎煩惱一掃而空，世間再無值得憂心之事。他睡得極沉，等到覺得不對勁時，已經太遲；但聽細細的笛聲圍繞在自己身畔，吹笛之人似乎遠在天邊，又似乎近在眼前。楚瀚一驚，想清醒過來，卻無論如何也無法醒轉，有如陷入夢魘的深淵，無法自拔。他知道大事不好，驚得全身冷汗淋漓，但那笛聲仍舊如繩索般纏繞在自己身周，毫不放鬆，而且愈纏愈緊。

過了不知多久，他終於感到能夠睜開眼睛，清醒過來，深深地吸一口氣，但見面前兩尺處便是一張醜臉，正是蛇族大祭師。大祭師笑吟吟地望著他，說道：「小子，好久不見啦。」

楚瀚不禁苦笑，沒想到自己才脫狼吻，又入虎口，心想：「我若知道會落入蛇族手中，還不如留在大越，被黎灝絞死要痛快些。」他感到手腳麻木，低頭一望，見到全身都被粗麻繩牢牢綁住，自己似乎處身一個洞穴，四周點著火把，面前除了大祭師外，還有黑壓壓的不知多少蛇族中人。他勉強鎮定，心想自己若是逃不過一死，那就該選個痛快點的死法，就不知大祭師打算如何處置自己？

大祭師拍拍手，一個蛇族手下走上前來，將一條蛇放在楚瀚的臉前。那蛇並不起眼，只是一條二尺長，粗不過手指的青蛇，身上環繞著金色的絲紋。但聽大祭師道：「這是我們族中最毒的蛇種之一，叫作『繡金邊』。被牠咬過後，毒性將令人全身動彈不得。三個時辰後，毒性滲入腦中，慢慢侵蝕腦髓，讓人痛得死去活來，總要痛個十天半月，求生不得，求死不能。你想不想嘗嘗被牠咬的滋味？」

楚瀚搖頭道：「自然不想。大祭師聰明過人，為何明知故問？」

大祭師嘿嘿一笑，說道：「那好極了。乖乖將東西交出來，我便不讓蛇咬你。」楚瀚奇道：「交出來？交出什麼東西？」

大祭師的醜臉扭曲了一下，說道：「我要兩樣事物，我知道你兩樣都有。第一樣，是《蟬翼神功》祕譜。」

楚瀚一呆，沒想到遠在廣西的叢林之中，過著近乎原始生活的蛇族頭目，竟會知曉三家村胡家的蟬翼神功！他脫口問道：「你怎知道世間有這東西？又怎知道我有？」

大祭師洋洋得意，說道：「你以為我們居處偏僻，不知世事麼？我告訴你，我在京城早有眼線，什麼事情都瞞不過我。你出身三家村胡家，學得了蟬翼神功，因此輕功才這麼好。我們追你直追到大越國，好不辛苦。如果你將這祕譜交給我，我學會了，以後就不愁捉不到你啦。」

楚瀚苦著臉道：「但是這輕功祕譜，我給留在京城了。」

大祭師臉一沉，說道：「你別想騙我！這麼緊要的物事，你怎會不隨身帶著？」楚瀚道：「你捉住我這麼久，想必已經搜過我身上好幾遍了，可見到什麼祕譜沒有？」

大祭師側過頭，說道：「確實沒找到。好吧，我便押你去京城，看著你找出來交給我。」楚瀚道：「這祕譜也沒什麼了不起。你眞要學我胡家飛技，我教你便是了，省得大老遠跑一趟京城。」

大祭師心想這主意也不錯，說道：「那也說得過去。好吧。那第二樣事物呢？這你可是絕對不能藏在京城了。」楚瀚問道：「那是什麼事物？」

大祭師臉色變得更爲陰沉，說道：「是你從我蛇窟中偷去的事物，快快還來！」

楚瀚腦中一片空白，「我從蛇窟中偷去了什麼事物？」隨即想起：「是了，我從他們的神壇上偷走了三個盒子，金盒裡藏有蛇毒的解藥。」說道：「你是說那藏有蛇毒解藥的金盒子麼？」

大祭師臉色又是一沉，說道：「我們老早搜出了金盒子。解藥已被你用得差不多了，這我也不跟你計較。其他兩個盒子呢？」

楚瀚皺眉苦思，努力回想：「其他的盒子？是，還有兩個盒子，一個銀色，一個是木盒子。我確實拿走了三個盒子，但那其他兩個裡面有什麼，去了哪兒？」隨即想起，自己曾打開過銀盒，見到裡面放著一隻巨大的蟒蛇牙齒；他隱約記得自己一直帶著這盒子，一路來到大越國。後來被黎灝逮捕入獄，身上的事物都被搜了出來，不知下落。而那只木盒子，他記得自己好像從未打開過，也早忘了自己將它放到那裡去了。

正回想時，大祭師猛然用蛇杖在他頭上敲了一記，喝道：「想起來了沒有？」

楚瀚哎喲一聲，說道：「想起來了，想起來了。我被大越國皇帝關入牢獄，身上的東西都被他搜了出來，想來都在皇帝那兒。」

大祭師連連搖頭，說道：「你再想想。大越國皇帝老早將你身上和家中的事物全數交給我了，裡面只有銀盒子，沒有木盒子。銀盒子裡裝著蛇牙，那是我們蛇族的聖物。那只木盒子呢？」

楚瀚心中暗罵：「黎灝這小子眞不是東西，竟然與蛇族的人表裡互通，合作無間到此地步！」但那木盒子究竟去了何處？他苦思冥想，憶起自己在那蛇洞的神壇中時，曾有股衝動想要打開那只盒子；之後在瑤人的洞屋中養傷時，也曾想過要打開那木盒子，看看裡面有什麼，卻因心頭感到一陣詭異恐懼，終究沒有打開。他忍不住問道：「那木盒子之中，究竟放了什麼？」

大祭師醜陋的臉上似乎閃過一絲恐懼，他側眼望著楚瀚，說道：「你沒打開過？」

楚瀚搖了搖頭。

大祭師將醜臉湊近他臉前，神色不再憤怒，卻轉爲極度的好奇，他問道：「你爲什麼沒有打開？」楚瀚道：「我是很想打開瞧瞧，但卻不敢。」

大祭師點了點頭，將臉移開了些，說道：「你很想打開瞧瞧，卻因不敢而沒有打開。嗯，不敢，不敢……」

楚瀚不明白他爲何重複自己的話，他知道這大祭師有些瘋瘋癲癲，時而自言自語，時而語無倫次，但看他此時神情嚴肅，言語中似乎含有深意，忍不住問道：「爲什麼我會那麼想打開那盒子？那盒子看來破破舊舊，既不珍貴，也不稀奇，但我一見到它，便似乎有人在我耳邊不斷催促鼓動，要我趕緊打開它，瞧瞧裡面的事物。」

大祭師神色嚴肅，點頭道：「你說得對。這盒子就是有這種魔力，讓人一見到就想打開它。一打開，立即就中蠱了。」

楚瀚奇道：「中古？什麼是中古？」大祭師橫了他一眼，說道：「瞧你這小子模樣挺聰明的，原來毫無見識。你知道苗人麼？你聽過苗蠱麼？」

楚瀚茫然搖頭，他猜想苗人大約與瑤人一般，是住在西南方的少數民族，但苗蠱是什麼，他卻從未聽過。

大祭師臉色嚴肅，說道：「苗蠱乃是世間最可怕的毒物。它活著，卻不是眞活著，它有魔力，能吸引人去打開盒子看見它。一看見它，就中蠱了，此後整個人都被這蠱所掌控，一輩子無法自拔。」

楚瀚聽得一頭霧水，說道：「什麼叫作活著，卻不是眞活著？它究竟是什麼東西，竟能掌控他人？」

大祭師聳聳肩，說道：「我怎麼知道？我若知道，便可以去作苗人的巫王了。且不說廢話，小子，你將那盒子藏到哪裡去了？」

楚瀚皺眉苦思，想了半天，才想起自己當時傷重之下，在瑤族的洞屋中醒過來時，身體略略恢復，曾一度極想打開木盒看看裡面有什麼，但心中忽地升起一股莫名的驚悚恐懼，終於沒有打開，順手將木盒藏在了洞屋深處。及至大祭師率人到洞屋中捉補他，他匆匆出洞上樹，和百里緞一起逃走，更未想到要取走這盒子，因此這盒子多半仍藏在瑤族洞屋的凹陷之處。

楚瀚想到這裡，心中知道自己需得極爲謹愼小心，才能避免蛇族闖入瑤族搜索，爲族人帶來一場災難。他腦中念頭急轉，眼見大祭師的蛇杖又將打下來，忙道：「我想起來了！那盒子我留在叢林中了。」

大祭師臉色一沉，問道：「留在叢林哪裡？」楚瀚皺眉道：「那時你們窮追不捨，我嚇得厲害，胡亂竄逃，慌不擇路。我得好好苦思，才能想起我將盒子留在哪兒。」

大祭師滿面懷疑，說道：「你最好趕快想起來。要是弄丟了，待我將你交給苗族巫王處置，那時你才知道厲害！」

楚瀚問道：「什麼苗族巫王？」大祭師怒道：「你管他是什麼？我問你，你是不是將盒子弄丟了？」楚瀚忙道：「我絕對沒有弄丟。你帶我沿原路回去，我一定能在途中找到那只木盒子。」

大祭師別無他法，只好道：「好吧，我暫且相信你。你這就帶我去找出那木盒子來。不然，嘿嘿，繡金邊隨時等著喝你的血！」

楚瀚忍不住問道：「那盒中若藏有苗族的蠱物，又怎會放在你們蛇族的蛇洞裡？」

大祭師聽他這一問，竟然雙眉下垂，滿面愁容，長歎一聲，說道：「唉，這事情，可是一言難盡啊！」楚瀚極為好奇，追問道：「你跟我說吧，我想知道。」

大祭師拍拍手，喚人帶了一個老頭子過來，說道：「你看看這人。」

楚瀚見那老人雙眼無神，滿面皺紋，白髮稀疏，彎腰駝背，步履蹣跚，看來已有八九十歲年紀，病骨支離，似乎隨時能倒地死去，不知他們為何帶了這老人出來遠行？說道：「怎地？」大祭師臉色陰沉，說道：「這人就是中了萬蟲囓心蠱。他本是我族最年輕精壯的勇士。你猜他幾歲了？」楚瀚道：「八十歲吧？」

大祭師道：「不，他今年十八。」楚瀚一呆，再次望向那老人，第一個念頭便是：「大祭師又在胡言亂語了。」但再看卻又不像，那人外表雖然極老，眼神中卻帶著一股年輕人獨有的光芒，雖然黯淡，但仍能隱約覷見。楚瀚見過許多老人，這老人確實跟其他的老人很不一樣，似乎所有年歲的痕跡都是剛剛新添上的，堆積在一個原本活力十足的年輕人身上。

大祭師道：「你不相信？」楚瀚抬起頭，說道：「我相信。快告訴我，這是怎麼回事？」

大祭師讓人將老人帶下去，開始說出一段故事來。

第四十二章　苗蠱傳說

原來那木盒中所藏的，乃是數百年前一名苗族少女煉製出的蠱。那時她苦戀一個鄰村青年，但那青年卻對她毫無意思。她悲傷痛苦之下，便入山煉蠱，數年後，帶回了這蟲「萬蟲嚙心蠱」。這蠱中懷藏她最深的怨念和渴望，魔力異常強大。她讓意中人看盒中的事物，那青年一看，就此被牢牢綁住，先是瘋狂地愛上了她，之後只要心中不想著她，或對她有半分異心，便立時遭受萬蟲嚙心之苦。從此這青年的全身全心都在這苗女的控制之下，漸漸喪失神智，並且迅速衰老，一年過去，竟變成一個白髮蒼蒼，皺紋滿面的老頭子，又過兩年，這青年便死去了；苗女悲痛欲絕，也跟著自殺了。

但這蠱種卻流傳了下來，不但沒有慢慢腐毀，力量更日益增強，甚至能吸引人打開蠱盅，以挾持其人，男女皆然。當初煉蠱的苗女已然死去，因此中蠱者並不會愛上任何人，只會隨蠱所好，時不時感到萬蟲嚙心，無法預測何時起始，何時停止，且急速衰老，病痛不絕，直至死去。因此在苗蠱當中，死於萬蟲嚙心蠱乃是最慘酷的死法之一。苗人知道這蠱的威力，極爲小心謹慎，向來由苗族巫王掌領蠱盅，深鎖櫃裡，不讓人靠近。

楚瀚聽到這裡，忍不住問道：「那這蠱又怎會跑到你蛇族來？」

大祭師長歎一聲，連連搖頭，說道：「這要從今日的苗族巫王說起了。你知道苗族巫王是怎麼當上的麼？」楚瀚連世間有苗族和巫王都不知道，只能搖頭道：「我不知道。」

大祭師似乎十分驚訝，睁大了眼，說道：「你不知道？那你知不知道我們蛇族的大祭師是怎麼選出的？」

楚瀚在闖入廣西靛海之前，更未聽過蛇族的名頭，更加不知道蛇族的大祭師是怎麼選出的，這時也只好搖搖頭。

大祭師望著他，眼神中混雜著同情和不屑，說道：「想不到中土來的人，竟如此孤陋寡聞！」

他打開了話匣子，滔滔不絕地說了起來：「我們蛇族和苗族世代比鄰，交情一向很好。我們蛇族中人因爲長年飼養毒蛇，陽盛陰衰，數百年來極少有女嬰出生；因此族中男子大多娶苗女爲妻，尤其是苗族中的巫女一脈。苗女嫁入我們族中後，通常生了一兩個孩子就離去，後來成爲慣例，生了男孩就留給蛇族養大，女孩便帶回苗族養大。因此長久以來，蛇族全是男子，而苗族巫女則全是女子。你聽懂了麼？」

楚瀚點了點頭，但仍甚覺難以想像，這兩個世代通婚的族群怎能在成婚生子之後，又分開生活？

大祭師續道：「在蛇族中，蛇王的位子是世襲的，蛇王的長子就是下一代的蛇王，從未有過任何爭議。大祭師則是每代挑選出來的；我們蛇族中人從小就養蛇馴蛇，每三年舉行一次鬥蛇大賽，勝出者才可擔任祭師。大祭師則是在眾祭師互相比鬥之中推選出來的，一旦推選出了，便終身擔任大祭師，直到死後才重新選任。因此大祭師不但要有過人的馴蛇技巧，還要才德兼備，能夠服眾。」說著挺了挺腰，醜臉上頗有顧盼自得之色。

楚瀚心想：「原來蛇王和大祭師之間的關係是如此。一個位子是世襲的，有如皇帝；一個是靠能力選出的，有如宰相。」他忍不住好奇，問道：「你們的鬥蛇大賽都比些什麼？」

大祭師甚是得意，說道：「嘿，我們的鬥蛇大賽可精采了。其中一項，祭師們得拿出自己祕密豢養的毒蛇，咬對手一口。誰能活著不死，就算贏了。還有一項是比誰能在萬蛇之窟中待得最久。我在蛇窟中待了一天一夜，除去臉上被咬了幾口外，性命無礙，這可是前所未有的壯舉。」

楚瀚打了個寒噤，心想：「他一張臉凹凹凸凸，滿是瘡疤，原來竟是被蛇咬出來的。」說道：「看來要成爲大祭師，可得極有本事才行。那麼苗族巫王又是如何選出？」

大祭師一拍大腿，讚歎道：「問得好！你這小子聽故事挺專心的，待我跟你詳細說來。你若覺得要作我們蛇族的大祭師不容易，那麼要當上苗族的巫王就更加困難了。苗女們七八歲時，便得參加幼巫選拔，被挑中成爲巫女的女童，從小就得接近毒物，如每日讓不同的毒蟲吸血咬嚙，忍受疼痛麻腫；或每夜浸泡在毒湯之中，直到皮膚潰爛。這麼慢慢熬個幾年，到她們十三四歲成人之後，更得立下毒誓，往後二十年中都得守貞，不能親近男子。」楚瀚奇道：「這卻是爲何？」

大祭師道：「因爲巫女若成婚生子，便會分心，妨礙她們的修練。每當巫王死去，巫女們便有一場重大的比試，敗者大多喪命，勝者則成爲巫女之王。爲了對死者表示敬意，巫王需承諾繼續守貞十年。」

楚瀚問道：「如果巫王活到很老才死呢？」大祭師點頭道：「這確實是個問題。如果巫亡命長，那麼在她之後的一代巫女，往往等到頭髮都白了，仍無緣參加比試。但大多數的巫王命都不長，新任巫王參加比試時通常是二十歲左右，守貞十年，大約三十多歲才能婚嫁。」

楚瀚道：「女子等到三十多歲才婚嫁，恐怕也很難生育了。」大祭師點頭道：「不錯。歷來巫王的子女都不多，能生一兩個就很不錯了。」楚瀚點點頭，心想：「巫王自幼接觸毒物，不知這些孩子出生後是否會有問題？」

大祭師似乎能猜知他的心思，說道：「巫王的子女存活的不多，因此巫王大多早早便開始收養女徒，讓她們對自己忠心耿耿，並將她們訓練成下一代的巫王。」

楚瀚心想：「這可有點像少林武僧的傳承。僧人自己沒有子女，全靠收徒來擴展勢力，培養傳人。」他想了想，問道：「那麼現任的苗族巫王，又怎會將這萬蟲囓心蠱送來蛇族？」

大祭師歎了口氣，說道：「這可說來話長了。現任的苗族巫王，在二十多年前打敗了十多個其他巫女，成為巫王，號稱百年來蠱術最高的巫王。這位巫王如今已有四十來歲了，她是我的親姊姊。」

楚瀚一怔，隨即想起蛇族和苗族世代通婚，那麼大祭師和巫王為一母所出，倒也不稀奇。他道：「你們姊弟二人一個擔任大祭師，一個當上巫王，真是一門俊秀。」

不料大祭師對這句恭維卻大大地不以為然，連連搖頭，說道：「你這話可不對了。我這姊姊蠱術雖強，人卻極端頑固，性情又古怪已極，加上頭腦不清，顛倒錯亂，簡直是一塌糊塗，怎能跟我相提並論？」楚瀚卻心道：「看來你姊弟二人性情頗為相似，真不愧是親姊弟。」

大祭師又道：「她登上巫王之位後，心高氣傲，覺得自己天下無敵，一定要打開這萬蟲囓心蠱來瞧瞧。」楚瀚忙問道：「她可打開了麼？」

大祭師神色既嚴肅又神祕，說道：「她打開了。你可知裡面是什麼？」楚瀚道：「是什麼？」

大祭師左右瞧瞧，見沒有其他蛇族中人在左近，才低聲道：「她見到盒中盛著一團小小的紅色之物，不斷快速跳動，仔細一瞧，才發現那一顆小鳥的心臟！」

楚瀚即使絲毫不懂蠱術，聽了也不禁詫異，說道：「小鳥的心臟？它又怎會……怎會自己跳動？」

大祭師道：「這就是萬蟲齧心蠱的神奇之處。古代那苗女不知用了什麼手法，讓那鳥心即使離開了鳥體，仍跳動不絕，而且經過一百多年流傳下來，始終未死，而且法力愈來愈強大。」

楚瀚感到一陣毛骨悚然，問道：「那巫王可中蠱了麼？」

大祭師道：「不。巫王本領高超，道行深厚，開盒之前老早作好準備，不曾中蠱。但她心高氣傲，眼見前人曾煉出這等奇奧的蠱物，自己更無法猜知其奧祕之一二，滿心嫉妒憎恨，便封上了盒蓋，立即遣人將木盒送來了蛇族。」

楚瀚奇道：「這卻是爲何？她是想害死你們全族麼？」

大祭師道：「也不盡然。她是將這木盒送來，當作聘禮。」楚瀚更加奇怪，問道：「聘禮？她想要娶誰？」隨即想起，女子怎能送聘禮給男子？除非是入贅。果聽大祭師道：「她想讓蛇王的長子入贅。」

楚瀚更加聽得一頭霧水，說道：「慢來。蛇王長子，不就是下任的蛇王，怎能入贅到苗族去？」

大祭師道：「你說得沒錯。但那因為孩子面貌姣好、白嫩如水，人見人愛，巫王聽說了他如何嬌柔美好，一定要納他為寵。而且你想想也知，巫王守了二十年的貞節，一旦開了禁，生活不免有些荒唐。方圓數百里，只要被她看上的男子，沒有一個可以逃得過她的魔掌，全都被她召為男寵。」

楚瀚吐了吐舌頭，心想：「這可比皇帝還要荒唐。」

大祭師又道：「總之她娶定了蛇王之子。我們無可奈何，只好逼她作出承諾，一旦蛇王死了，她就得讓這孩子得回來繼承蛇王之位。她答應了，為了顯出她對這門親事的重視，特別派遣兩個苗人將萬蟲齧心蠱送到蛇族，一來當作聘禮，二來也當作抵押。」

楚瀚點了點頭，漸漸明白了事情的來龍去脈。但聽大祭師續道：「誰知送蠱過來的那兩個苗人抵不住誘惑，逕行破了封，打開了盒蓋，其中一個被那蠱嚇得當場昏厥，滾入山澗，溺死在水裡；另一個就此發瘋，闖入山林之中，被山豹給咬死了。」

楚瀚道：「這巫王也太不小心了，怎會隨便派幾個人送這蠱來，沒想到會出事？」

大祭師神色憤慨，說道：「可不是？我說她頭腦不清，顛倒錯亂，絕非誇張。這麼恐怖的蠱物，她不派有修行的巫女護送，卻讓兩個苗族男子去送，豈不是糊塗得緊？嗐！」

他喃喃地咒罵了一回，又續道：「無巧不巧，過不多久，恰好有一群蛇族勇士經過，見到了跌在地上的木盒，以及盒旁放著的木簡。那木簡上刻著巨大的蝴蝶圖騰，並插上一支天虹鳥的羽毛。苗族人以蝴蝶爲始祖，大蝴蝶圖騰被稱爲『蝴蝶母』，乃是苗族巫王獨用的標誌。我們蛇族人都知道苗人慣用天虹鳥的羽毛當作定情之物，猜知這是苗族巫王送給蛇王的聘禮，便將木盒帶回了蛇族。但這一路上，有三個蛇族勇士受不了誘惑，偷偷打開了盒子，就此中蠱。起初只是神智恍惚，回來後便行止怪異，不時狂呼慘叫，滾倒在地，口吐白沫，不省人事。不管我如何施法驅魔，都毫無效用。其中兩人過不幾天便死了，只有一個活了下來，但卻陡然開始衰老，就是你剛才見到的那個老人。」

楚瀚想起那老人蒼老衰敗的模樣，不禁毛骨悚然，問道：「後來如何？」

大祭師歎了口氣，說道：「我可是識貨的，一看就知道這事物不是易與的，趕緊將盒子層層封住，藏在我們蛇窟的寶庫之中。數月之後，巫王遣人來迎娶蛇王長子，蛇王最要面子，怕被苗人見到他如此害怕這個木盒子，丟了臉面，因此命我將盒子請出，解了封，供在神壇之上，與蛇族兩大至寶金盒蛇毒解藥和銀盒蛇王獠牙供在一起。」

他說到此處，狠狠地瞪了楚瀚一眼，咬牙說道：「豈知你這小子闖入神壇，竟然順手牽羊，偷走了三個盒子，還殺死了蛇王！我哥哥死了也就罷了，他作蛇王作了十多年，除了貪淫好色和吃喝玩樂之外，什麼正事也沒幹，本是廢人一個。但我知道失去苗蠱木盒乃是大事，苗族巫王若知道我們弄丟了她特意送來蛇族，用以聘娶蛇王之子的重寶，不但蛇王兒子沒命，甚且整個蛇族都有危險。果然苗族很快就得知了訊息，將蛇王的兒子囚禁了起來，說要我們用萬蟲囓心蠱去換，不然便要殺死蛇王的兒子，整個蛇族也別想置身事外。」

楚瀚聽事情果然十分嚴重，心中不禁又驚又憂，但仍忍不住好奇，問道：「蛇王是你哥哥？」

大祭師道：「正是。剛剛死去的蛇王是我大哥，我是前一代蛇王的小兒子。我從小擅長馴蛇，很年輕便贏得了鬥蛇大賽，擔任祭師。前任大祭師死後，我便登上了大祭師之位。我們蛇族還有規定，因害怕蛇王單脈相傳，一代不如一代，因此每當蛇王娶妻納妾，大祭師都有分參與。」

楚瀚一呆，問道：「什麼叫有分參與？」大祭師道：「就是這女子娶來後，需得一夜跟蛇王睡，一夜跟大祭師睡。那麼生出來的孩子，誰也說不清是蛇王還是大祭師的種。」

楚瀚大覺新奇，暗想這辦法倒也不壞，不但可以讓大祭師的優良血統傳入蛇王，更可以保證大祭師對蛇王之子百般擁戴保護，避免大祭師和蛇王間的衝突。但這辦法也實在匪夷所思，說道：「但是也得蛇王願意分享自己的妻子才行。」

大祭師道：「我們蛇族傳統便是如此，歷代蛇王從來也不曾有過異議。而且族中大小事情一向由大祭師定奪，蛇王除了睡女人、生孩子和主持各種儀式之外，也沒太多別的事幹，再說他的女人多得很，每天換也得輪幾個月，又怎會在乎跟人分享？」

楚瀚點了點頭，心想：「大明皇帝若也這麼大方，宮中就不必宦官充斥了。」忽然想起一事，說道：「如此說來，被苗女捉去的蛇王之子，很可能是你的兒子？」

大祭師臉色哀傷，緩緩點了點頭，說道：「一般孩子只要看看長相，便知道是蛇王還是大祭師的種。但我和蛇王本是兄弟，面貌一般的英俊秀美，這孩子生得眉清目秀，又在我二人之上，因此誰也不知道他究竟是誰的種。」

楚瀚聽他自稱「英俊秀美」，實在忍俊不住，勉強咳嗽了兩聲，遮掩過去，又道：「因此你一定得將他救回來。」大祭師道：「不錯。就算他不是我的兒子，我也得替蛇族找回蛇王的繼承人啊。」

楚瀚又想起一事，問道：「慢著。蛇王之子，也可能是你大祭師的兒子，不論是誰的兒子，不就是巫王的姪兒？」

大祭師似乎從未聽過「姪兒」這個字眼，問道：「什麼是姪兒？」楚瀚道：「就是兄弟的兒子。」大祭師扳指計算，想了半天，才道：「你說得沒錯，蛇王之子，就是巫王的姪兒。」楚瀚問道：「她怎能讓自己的姪兒入贅？」

大祭師瞪眼道：「爲什麼不能？她身爲巫王，愛讓誰入贅，愛有多少男寵，又有誰管得了她？」楚瀚嗯了一聲，心想：「那也說得是。」

大祭師歎了口氣，又道：「說到最後，犧牲蛇王的兒子，事情不大，蛇王還有另外兩個兒子可以繼承蛇王之位。但巫王若眞要惱了，對蛇族放蠱，那可是毀宗滅族的事兒。我深知苗蠱的恐怖，才率領蛇族手下追趕你這小子，一心想儘快奪回那木盒，好讓巫王息怒。」

楚瀚聽到這裡，才恍然明白，忍不住搖頭道：「我全然不知……不知你們不是要殺我報仇，而是要奪回我手中的木盒。我當時要是知道，老早便將木盒還了給你們，也不必穿越靛海，老遠逃到大越國去了。」

大祭師瞪著他道：「是啊，你現在可知道自己有多愚蠢了吧！不但浪費了自己的時光，更浪費了我們這許多人的精神氣力！眞是蠢蛋一個，無可救藥！」

他喃喃罵了一陣，臉色又轉爲好奇，問道：「小子，你倒說說，怎地你懷藏這盒子這麼久，都未曾打開？」

楚瀚回想起來，他當時取得木盒之後，轉眼便中了蛇族毒箭，神智昏沉，或許因此未曾受到木盒的誘惑；之後他在瑤族洞屋中養傷時，雖曾一度想打開木盒，但靠著血翠杉散發出的香味，令他保持清醒，才壓抑住了打開木盒的衝動。之後他將木盒藏在洞屋深處，大約距離較遠，木盒對他便不再產生誘惑，他也完全忘了這回事。他道：「我也不知道？可能這蠱對蠢蛋不生效用吧？」大祭師哈哈大笑，說道：「這也大有可能。」

楚瀚心中確實認爲自己十分愚蠢；誰料得到這小小木盒中竟藏了如此恐怖的蠱毒，自己慣於取物，隨手取走，竟引起了苗族的憤怒，造成了蛇族的恐慌，更讓自己和百里緞在叢林中竄逃數月，出生入死，幾乎喪命？他滿心惱悔，但也於事無補，只能說道：「大祭師，這都是我的錯。我定會盡力替你找回那木盒，還給蛇族。」

大祭師點點頭，說道：「這原也由不得你選擇。你找不到，便是死路一條。」忽然臉色一沉，說道：「我們蛇族命懸一線，早已沒了退路。你若膽敢逃走，那我便率領族人和這幾萬條毒蛇殺進你瑤族村落去，男女老少，一個不留，全數殺光。你聽清楚了麼？」

楚瀚背脊一涼，知道他說到作到，自己是瑤族人這回事，他們想必已然知道，此時用全村村民的性命威脅自己，他自不敢輕易逃脫。

第四十三章　不翼而飛

卻說大祭師押著楚瀚，率領眾蛇族族人上路。楚瀚見蛇族追出來的有三十多人，其中十多名都頭戴青冠，楚瀚看出他們都是經驗老道的祭師，專事驅趕蛇群。眾人都面黃飢瘦，神色疲憊，面露病容，想來從廣西一路追來大越，都吃了不少苦頭。楚瀚心中不禁對這些人感到有些歉疚，自己始終將他們當成恐怖的敵人，從沒想過他們也有自己的苦衷。

大祭師命人解了楚瀚雙腿的綁縛，但仍將他的雙手牢牢綁在身前，繩的另一頭便繫在大祭師的腰間。楚瀚跟在大祭師的身後行走，但見大祭師飼養的兩條青菱花毒蛇不時攀上主人的肩頭，沿著麻繩爬到自己手前，想要爬上他的手臂，卻似乎有些猶疑，不敢太接近他的肌膚。

楚瀚每見到那兩條蛇吐著蛇信盯著自己，一副饞涎欲滴的模樣，便覺不寒而慄，暗暗祈禱牠們不會下定決心，終於爬上自己的雙手，咬上自己的手臂。幸好那兩條蛇似乎怕了他身上的什麼事物，始終不敢越雷池一步。在叢林中行走十分單調無聊，楚瀚便與那兩條青菱花互望互瞪，消磨時間。

他此番走回頭路，可比來時輕鬆多了。蛇族中人世代居於靛海，穿梭於叢林之間自是輕車熟路，毫不費勁。楚瀚跟著他們，既不會迷路，又不必爲尋找水源或覓食發愁，蛇族眾人雖將他當人犯看待，但也沒虧待了他，吃的喝的都沒少了，實比當時他和百里緞二人在林中蒙頭亂闖要安全舒適得多。

楚瀚心中不斷盤算，當如何騙得他們在某處等候，自己好獨自潛入瑤族，取回木盒？他要這事物無用，一心只想早早歸還，趕緊脫身。他偶爾會想起百里緞，心想她先走一步，躲過了這場麻煩，實在十分幸運，對她甚感羨慕嫉妒。但每想起她，心頭也不禁感到一陣思念傷感。

如此走了數月，楚瀚觀看地形，估量應該已地近瑤族。有一夜他趁蛇族眾人睡著之後，便使動縮骨功，掙脫綁縛雙手的繩索，偷偷離開，在叢林中夜行百里，摸黑回到了瑤族的村落。

他在村口觀望一陣，見整村的人都已安睡，便回到自己住過的洞屋，停在洞外傾聽，只聞屋中傳來沉緩的鼾聲，應是曾經照顧過自己的老婦睡在洞中。他躡手躡腳地進入洞門，潛入深處，在黑暗中摸索，找到當時隱藏木盒的凹陷，伸手去探，豈知裡面竟空無一物。楚瀚一呆，暗想：「大約是我記錯了方位。」又往深處走去，伸手摸索，但山壁上再也沒有同樣的凹陷。他來回走了三次，將山壁高高低低都摸了個遍，確實沒有，內心一沉，知道那木盒子確實已不在此處了。

他心中又憂又急：「這洞屋不過是我暫借居住之處，離開後老婆婆自然清理過，或許早將盒子取走了。不知族中有沒有人受誘中蠱？我竟將這麼危險的事物隨手留在此地，若害到了族人，那可怎麼是好？」想到此處，不禁全身冷汗。

他聽那老婦呼吸平穩，不似中了蠱的模樣，便打算等到天明再向人詢問。但他坐立難安，無法等到天明，便悄悄來到好友多達的洞屋外，推門而入，見到將熄的火光旁，多達正與一個少女相擁而眠。楚瀚有些尷尬，但事態嚴重，也不得不便宜行事，蹲在多達身邊，低喚道：「多達，多達！」

多達驚醒過來，含糊問道：「誰？」楚瀚低聲道：「是我，楚瀚。」

多達鬆了口氣，坐起身來，揉了揉眼睛，神色又驚又喜，說道：「楚瀚？你回來了？」

此時多達懷中的少女也醒了，拉過羊皮遮住自己赤裸的上身。楚瀚認出她正是族中美女納蘭，曾多次邀請自己去她洞屋過夜，被自己拒絕後，惱羞成怒，之後每回見到他都給白眼瞧。楚瀚忍不住笑道：「多達，你可是豔福不淺啊！」

納蘭瞪了他一眼，說道：「你老不回來，才輪到這小子豔福不淺！」說完轉過身去又睡下了。

楚瀚和多達都頗爲尷尬。楚瀚道：「多達，我有要緊事跟你說。」多達道：「我們出去說話。」匆忙穿上衣褲，跟著楚瀚出了洞屋。兩人走到山林中無人處，多達問道：「你怎麼回來了？」楚瀚道：「這等會再說。我離開後，族中有沒有發生什麼事？」

多達搔了搔頭，說道：「那夜我們祭祀盤王，忽然聽人大喊蛇族來襲，亂了一陣。過後我們見到蛇族從村子邊上過去，並未入村，之後也沒有再出現。」

楚瀚點了點頭，知道當時大祭師他們忙著追尋自己，並未在瑤族停留。他問道：「之後呢？你祖母有沒有……有沒有怎樣？」

多達搖頭道：「我祖母很好啊。你走後，她就搬回你當時休養的洞屋裡住著。」楚瀚心想：「或許老人家中了蠱，情況並不明顯？」又問：「其他人呢？」多達側頭想了想，說道：「都沒事啊。」楚瀚問道：「有沒有人得了怪病，全身疼痛，而且好像……好像突然變老了？」

多達笑了起來，說道：「人都會老的，但怎會突然變老？世間哪有這樣的病？」楚瀚鬆了一口氣，暗暗慶幸這蠱未曾在族中造成傷害。

多達問道：「大家都很奇怪，你究竟去了哪兒？」

楚瀚道：「我來到瑤族村莊之前，便與蛇族結了怨。他們不斷追蹤我，我只好穿越靛海，一路逃去了大越國。」

多達睜大眼睛，連忙追問細節。楚瀚簡略說了一些，最後道：「請你跟族長說，若是見到一個老舊的圓形木盒子，千萬別打開，那裡面藏有非常危險的苗蠱。若是找到了，趕緊收在山洞深處，誰也別靠近，並且立即通知蛇族，讓他們來取走。知道麼？」

多達點了點頭，楚瀚仍不放心，眼見天色將明，又奔回洞屋，見老婦已經醒來，便向她詢問有無見到木盒。老婦側頭想了想，搖了搖頭；她跟著楚瀚在洞屋中轉了一圈，望向楚瀚指出的凹陷處，搖頭道：「我幾日前才將洞屋清過一遍，這個凹陷處也清過了，沒見到什麼木盒。」

楚瀚滿腹疑問，難道是自己傷重時記憶模糊，記錯了藏放木盒的地點？如果不是，那木盒又是被誰取走了？

他想不出個頭緒，便向老婦和多達告別，匆匆離開了瑤族村落。他站在村口，心中好生難以委決，「我是該往南去尋找大祭師，告訴他實話，或是就此逃逸？」隨即知道自己別無選擇，「我若逃走，大祭師發起瘋來，定會來血洗瑤族村落。我必得回去。」他一咬牙，提氣急奔，穿越叢林，不到一個時辰，便回到了蛇族人落腳之處。

這時蛇族已發現他失蹤，大祭師怒發如狂，正準備發動蛇軍去攻打瑤族村落，不意他竟自己回來了。楚瀚快步來到大祭師面前，說道：「大祭師，我回來啦。」

大祭師怒氣未息，一把抓住了他的手臂，瞪著他喝道：「你逃去那兒了？」楚瀚道：「我去找木盒了。」大祭師鬆了口氣，伸出手來，說道：「我也猜想你是去找木盒子了。快拿出來！」

楚瀚頹然搖頭，說道：「不見了，找不到了。」

大祭師臉色一變，喝道：「當眞？」楚瀚點了點頭。

大祭師一張醜臉扭曲抽動，心中不知是憤怒多些，還是恐懼多些。他瞪著楚瀚，懷疑地道：「你既逃走了，東西找不到，又回來作什麼？」楚瀚道：「我對你不住。當初是我取走了盒子，也答應替你找回。但我確實找不到了。你要怎麼處置我都行，是我罪有應得，只請你別去侵犯瑤族村落。」

大祭師嘿了一聲，說道：「看不出你對族人還挺有道義的。」他擠眉弄眼，扭鼻抿嘴，思索了老半天，才唉聲歎氣地道：「事已至此，去攻打瑤族也沒什麼意思。好吧，我也只能將你交給苗族巫王了，即使這麼作，也不知能不能換回蛇王的兒子？」

楚瀚聽他口氣沉重，感到背心一涼，聽來這苗族巫王絕對不是什麼好相處的人物。但一人作事一人當，他既已決定承擔後果，那也只能硬著頭皮去見這苗族巫王。

於是楚瀚便跟著大祭師折向西行，不一日，來到貴州境內。這裡古稱「天無三日晴，地無三里平，人無三兩銀」，一行人在貴州境內走了三日，經過五六個村子，果眞是天氣陰鬱，山丘起伏，村落貧窮，名不虛傳。到了第四日上，大祭師率領族人押著楚瀚來到一個占地甚廣的苗族砦子，他不敢貿然入砦，命眾人在砦外等候，派了個手下先進去傳話。

過了不久，但見一個身形高䠷窈窕的苗女從砦中緩步走出。她頭上戴著一頂雕工精細的銀冠，冠前鑲著一個巨大的牛角形裝飾，讓她看來更加高大；頸中戴著一圈厚重華麗的半月形銀飾，身穿對襟藍色短衣，大領窄袖，袖口鑲著一片五彩繡花圖形；裙子則是長抵足踝的百褶裙，以黑藍紅綠四色相間的花布製成，整個人看來便如孔雀一般色彩繽紛。那女子的面容並不甚美，神態卻如孔雀一般高傲不可侵犯。她昂首挺胸地走上前來，銳利的雙目直瞪著大祭師，口中尖聲說了幾句話，聽來像是憤怒的指責。

大祭師似乎甚是惶恐，彎著腰低聲回答了。楚瀚聽不出他們說的究竟是苗語還是蛇族語言，心想：「苗女若不肯交出蛇王之子，卻該如何？」

但見大祭師和那苗族女子嘰哩咕嚕地交涉了一番，苗女望了楚瀚幾眼，似乎有些猶疑，最後轉身回入砦中。

楚瀚問道：「她說什麼？」大祭師道：「她說得去請示巫王。」

過了一會兒，那女子再次從砦中出來，面對楚瀚，向楚瀚道：「巫王問你，偷走木盒並且弄丟了的人，真的是你？」

楚瀚聽她說的是瑤語，便以瑤語回答道：「正是。楚瀚無知莽撞，遺失了巫王的貴重事物，請巫王責罰。」

那苗女嘖嘖兩聲，說道：「不是大祭師逼你這麼說的？」楚瀚道：「不是。」

苗女點點頭，似乎頗為滿意，又回去報告。下一次又出來時，身後跟了一個身穿蛇族裝束、面目俊秀的少年，約莫十五六歲年紀，生得果然極為白淨俊美，想來便是蛇王的兒子了。大祭師大喜過望，連忙上前拉著少年的手，細細觀看，見他頭面無損，手腳完整，極為歡喜，向苗女行禮道謝，將少年領了回去。

大祭師臨走時，向那苗女說了幾句話，指著楚瀚，似乎在為他求情。苗女臉色嚴肅，不斷搖頭，伸手指指蛇王之子，似乎是說：「我已將蛇王之子還給你了，你還有什麼好囉嗦的？你若要這小子的命，便將蛇王之子留下！」大祭師連連搖手，臉現猶豫不忍之色。

楚瀚見大祭師對自己似乎頗有迴護之心，甚是感動，暗想：「這人瘋瘋癲癲，卻是個有情有義之人。」但見大祭師轉向他，語重心長地道：「楚瀚，你好自為之吧！我要去了。像你這樣精壯結實的少男，我一直希望能將你丟入蛇窟餵蛇，或是放乾你的血來祭祀蛇神，如今是沒有這個機會了，可惜啊可惜！就算這些苗女不殺你，你往後也不會是今日這個樣子了。你若不死，歡迎你回來蛇族玩玩，陪我聊聊天，說說笑。但是她們大約是不會讓你活著出來的。唉！天下原本便有許多不如人意的事情，那就再會了吧！」

楚瀚聽了，也不禁哭笑不得，心想：「瘋子還是瘋子。但是他捉住我後，一路上並不曾虧待了我，也算得頗有道義了。」說道：「多謝你了。我若能活著離開，也當作個東道，請你來京城玩玩。」

大祭師望著他，臉色悲哀，如在看一個離死不遠的人一般，但仍點頭道：「好，好，我一定去。你答應要教我三家村的蟬翼神功，我可沒忘記。」揮揮手，率領蛇族眾人離去。

那高眺苗女望著蛇族眾人離去的背影，神色高傲中帶著幾分鄙夷。她看也沒看楚瀚一眼，轉身便走，說道：「跟我來！」

楚瀚自願來到苗族，只是爲了要對得起蛇族以及保住瑤族村落，卻無心任人宰割。他對這苗女無甚好感，此時聽她口氣不善，便不移步。

苗女聽他沒有跟上，停步回頭，雙眉豎起，向他瞪視，說道：「你不是來向巫王告罪，準備任巫王責罰的麼？」楚瀚道：「我是說過這話，但我卻不是來聽妳大呼小叫的。」

苗女瞇起眼睛，臉色頓轉陰沉，冷冷地道：「你可知我是誰？我是巫王的女兒。你不聽我的話，我是不會讓你有好日子過的！」

楚瀚道：「那麼妳就是巫女中的公主了。公主不是應當溫柔嫻雅，雍容大方的麼？我看妳可半點也不像公主啊。」

那苗女雙眉一豎，右手一揮，從袖中激射出一支銀鏢。楚瀚早已有備，輕輕一躍，躍上了一旁的高樹，落在枝頭，那銀鏢打了個空，釘在樹幹之上，鏢尾微微顫動，楚瀚看出銀鏢上帶著一抹豔藍色，想必餵有劇毒。

苗女微微一驚，不料他身手如此敏捷，抬頭望向楚瀚，也不再出手，只冷冷地道：「你要一輩子躲在樹上作猴子麼？跟我來！」回身便走。

楚瀚望著她的背影快步走入苗砦，心中猶豫了一下，是該就此逃離這個砦子，還是跟了她去？隨即知道自己並無選擇。他瞥見樹下已圍繞了十幾名苗女，個個手持弓箭，箭頭閃著藍色光芒，正對著自己。

楚瀚知道自己動作再快，也快不過這二十多枝毒箭，逃跑的希望渺茫，便躍下樹來，拍拍身上灰塵，跟在那苗女的背後，走入了苗砦。一眾苗女冷然望著他，始終沒有移開毒箭。

楚瀚經過一道木製的拱門，便進入了苗砦。他忽然感到全身上下一寒，周圍似乎突然冷了起來。他見到面前有條清澈的河流，河後便是高聳的山壁；背山面水處建了一排吊腳樓，樓旁生長著各式各樣的花草樹木，景物並不出奇，但不知爲何，這地方卻讓他感到陰氣極重。

那苗女轉過身來，冷冷地望著他，說道：「跟我來。巫王要見你。」

楚瀚跟著她走向居中最大的一間吊腳樓，沿著階梯而上，來到門外的迴廊上。但見迴廊邊盤膝坐著一個十來歲的小姑娘，身穿對襟藍色短衣，百褶裙，衣著跟那高眺女子相似，只是頭上頸上沒有佩戴銀飾。那小姑娘正低頭繡著靴面，聽見人來，抬頭望了二人一眼。楚瀚一瞥之下，但見她面如芙蓉，目如點漆，竟生得出奇美麗。

那苗女經過小姑娘身邊時，惡狠狠地瞪了她一眼，似乎對她滿心嫌惡。小姑娘飛快地低下頭去，埋頭繼續作手上的活兒。

楚瀚經過小姑娘的身前時，感到腳踝微微一疼，低頭望去，卻見那小姑娘用繡花針在自己左腳踝上輕輕刺了一下，臉上露出調皮的笑容。楚瀚不知她是惡意還是調皮，但見她長得如此嬌美可愛，也無法跟她計較，假意瞪了她一眼，又跟著那苗女走去，來到吊腳樓的門口。

第四十四章　苗砦巫王

但見那門檻總有二尺高，裡面陰沉沉地，似乎有一陣陣冰涼的陰風往外吹著。苗女在門口說了幾句話，裡面靜了一陣，才傳來咚咚兩響，苗女便示意楚瀚進去。

楚瀚知道自己落入苗人手中，多半沒有什麼好下場，此時也只好置之度外，心想至不濟，總可以自殺了事，免受屈辱痛苦。心中雖這麼想，但當此情景，仍不自禁感到害怕：這吊腳樓中之人，便是蛇王和大祭師的姊姊，連這兩個怪人都聞而色變的苗族巫王。自己弄丟了她寶貴的「萬蟲齧心蠱」，不知她要如何處置自己？

他只能勉強令自己的雙腿顫抖得不太厲害，深深吸了一口氣，暗罵自己：「東廠廠獄和淨身房你都去過了，還怕這吊腳樓不成！」抬腳跨過高高的門檻，進入昏暗的屋中。

屋中似乎比外面還要更陰冷一些，楚瀚立時背脊發涼，睜大眼睛往屋中望去，但只見到一片黑摸摸地，什麼也看不清楚。他在屋中呆立了一會兒，才慢慢看清屋角榻上斜倚著一個女子，隱約可見她一頭黑亮的長髮披散在榻上，背對著門，體態纖盈，似乎甚是年輕。

那女子並不發話，只不時用手中的銅管輕輕敲擊一旁的香爐，發出咚咚聲響。楚瀚見到一縷細煙從她手中銅管冒出，猜知她是在吸水煙。他等了一會兒，見她始終不出聲，忍不住用瑤語說道：「巫王要見我？」

那女子緩緩將煙管放在一旁的銀架子上，慵懶地撥弄著一頭長髮，體態撩人，用瑤語說道：「你就是那個弄丟了我蠱物的小子？」

楚瀚道：「是。妳就是巫王？」那女子聽他口氣輕忽，殊無恭敬，停下撥弄頭髮的手，微微側過頭來，說道：「你過來。」

楚瀚走上前去，繞過床榻，來到她的身前，正眼一望時，不由得全身一震，幾乎沒驚呼出聲。但見那女子一張臉青腫黑爛，滿是瘢疤，眉目歪斜，左半張臉有如一個巨大的肉瘤，直垂至胸口，簡直不像人，直比鍾馗廟中的鬼怪還要可怖百倍。

楚瀚吞了一口口水，見到那女子歪斜的雙眼中閃爍著冷酷的光芒，心想：「這女子面目醜怪殘缺，心地恐怕也扭曲殘忍得緊。」他忽然想起宮中的宦官們，他們又何嘗不是身體殘缺，心地扭曲？自己左腿殘廢時，路人不也對他百般嫌棄，掩鼻扭頭，遠遠避開？想到此處，他暗暗告誡自己不應以外表評判這個女子，鼓起勇氣繼續望著她醜怪已極的臉面，躬身行禮道：「楚瀚見過巫王。」

巫王緩緩坐起身，將一頭黑髮撥到肩後，淡淡地道：「你叫楚瀚？你是瑤人？」楚瀚道：「正是。」留意到她十指纖細白嫩，織錦衣衫包裹下的身軀嬌娜風流，玲瓏有致，心中忍不住想道：「她這張臉，可完全不配她的身段。」

巫王似乎能猜知他的心思，嘎嘎一笑，伸手扯扯那肉瘤般的臉頰，說道：「這張臉跟我的身子全然不配，是不是？」楚瀚沒有回答，算是默認了。

巫王又道：「我的臉原本不是這樣的。」她指指門口，說道：「坐在屋外繡花的那小姑娘，你見到了？」楚瀚道：「見到了。」巫王問道：「好看不？」楚瀚道：「好看。」

巫王撇嘴一笑，一張鬼怪般的臉龐顯得更加恐怖，說道：「她叫咪綉，是我的小女兒。」她頓了頓，又道：「我在她這年紀時，比她還要好看十倍。」

楚瀚忍不住向門口一望，想再看看那秀麗小姑娘的面容，但她人卻並不在門口。他回過頭來，問道：「那麼妳的臉怎會……怎會變成如此？」

巫王眼中發出寒光，說道：「要成為巫王，就得如此！」

楚瀚打了個寒戰，想起大祭師曾說過，巫女從七八歲被挑中後，就得不斷接近毒物，甚至日夜浸泡在毒湯之中，直到皮膚潰爛。巫王的面容如此恐怖，想來定是被毒物所毀。他不知該說什麼，垂下目光，不忍心再去看她的臉。

巫王一笑，招手道：「你過來，坐下。」

楚瀚不敢不從，來到巫王榻前坐下了，她那張扭曲變形的臉就在他身邊幾尺處，讓他不禁膽戰心驚。但低頭望見她柔嫩的雙手，又想：「大祭師說她已經四十多歲了，若只看這雙手和她的身段，絕對不像四十歲的女人。」正想著，巫王那雙潔白纖細的手已拿起煙管，湊在他的口邊，柔聲道：「來。」

楚瀚老早聞到那水煙刺鼻的味道，心知這絕對不是一般的水煙，其中不知含藏了什麼詭異的毒物，巫王敬煙自然不是一般的敬煙，定是有意對自己下毒。他哪敢去吸，僵持半刻，才謝卻道：「楚瀚不敢領受巫王的美意。」

巫王撇嘴一笑，似乎毫不在意，自己吸了一口煙，隨手將煙管放在銀架子上，說道：「你可知道，被你弄丟的萬蟲囓心蠱，是世間唯一能治好我面貌的藥物？」

楚瀚一呆，自從他走入這吊腳樓以來，便被巫王的恐怖面容所懾，加上那水煙惱人的辛味，一時竟將弄丟萬蟲囓心蠱之事拋在了腦後。這時他聽了巫王的話，不禁萬分自責，脫口說道：「巫王，我定會將那蠱找回來給妳！」

巫王嘎嘎笑著，說道：「找得回來是福氣，找不回來也是福氣。」

楚瀚不解，問道：「這話怎麼說？」巫王淡淡地道：「萬蟲囓心蠱能克制我身上的毒物，讓我的臉容恢復正常，但是一旦我身上的毒性去盡後，便也要沒命了。」楚瀚一怔，想要開口詢問，卻不知該從何問起。

巫王望著空中，眼神深邃，似笑非笑，說道：「這是我此生最大的矛盾。我爲什麼將蠱送去蛇族，就是因爲蠱的誘惑實在太大了。我多麼想拾回往年的臉龐，恢復當年的美貌，我多麼想使用那蠱！但教能得回我昔日的美貌，即使只能再活一兩日，我也在所不惜。我反覆思量，難以自制，最後只好將那蠱遠遠送走，免得我日夜掙扎，輾轉折磨，痛苦不堪。」她的語音雖平淡，這段話中卻隱藏著無限的痛苦，蘊含著無盡的淒涼。

楚瀚對巫王的處境不知該感到可怖還是可悲。他見到面前巫王的銅煙管，忽然明白巫王爲何要吸這水煙，它能讓人忘卻自己的存在，忘卻世間的眞相，同時也忘卻一切的煩惱。巫王見他望向煙管，便伸手持起煙管，再次湊在他口邊，柔聲道：「來。」

不知爲何，楚瀚這回更不想拒卻，甚至非常想快快吸上一口。他伸手接過煙管，深深地吸了一口，只覺入口辛辣，水煙如一柄利刃般刺入他的胸口。他腦中感到一陣輕微的暈眩，接著就是無比的舒暢快活，讓他忍不住還想再吸一口。巫王微笑地望著他，說道：「爲了感謝你弄丟那蠱，我得好好報答你。你此後便留在我身邊，作我的男寵吧。」

楚瀚正吸著煙，聽到這話，一個岔氣，猛然咳嗽起來。他原本腦中昏昏沉沉，這時卻在驚嚇中稍稍清醒了些，先是覺得好笑：「只聽過人家大姑娘被逼作妾的，怎知有一日我也會被逼作男寵！」後又覺得噁心：「這苗女首領容貌醜陋可怖，年紀足可以作我的娘了，我怎會心甘情願留在苗地，作個老醜女人的男寵？」念頭隨即又轉回可笑：「天下陰盛陽衰，漢地有年長的萬貴妃挾制年幼的皇帝，不料南方也有苗族女王宰制著一群男寵！」復又覺得悲哀：「大越皇帝垂涎百里緞時，至少有我在一旁攔阻迴護。這時可有誰來迴護我？」

這時水煙的功效在他腦中漸漸轉強，所有此起彼落的念頭都被擠到黑暗的角落裡，他什麼也想不了了，只想多吸一口水煙。巫王笑著讓他又吸了兩口，楚瀚感到整個腦子都被水煙所占據，放眼望去，昏暗的屋子陡然顯得異常明亮，原本不曾留意的事物此時都歷歷在目，色彩光鮮，分外清晰；門帘上花鳥繡圖的一針一線，門邊竹簍上的一橫一豎，巫王織錦衣衫的一絲一縷，都盡入眼底，彷彿這些事物離自己的眼睛不過數寸遠近。

楚瀚不禁驚駭，不自由主閉上了眼睛。沒想到這一閉眼，腦中更如炸開鍋一般，頓時閃出無數的人臉形象、事物色彩，耳中聽見無數人在彼此交談說話，更有奇妙的音樂在空中飄揚迴蕩；鼻中種種香味臭味輪番而至，口中也滿含酸甜苦辣等各種味道。

楚瀚嚇得立即睜開眼睛，眼前卻只見一團混沌，一時不知身在何處，也不知過了多少時候，只覺從頭到腳空空如也，彷彿自己變成了一只琉璃瓶子，眼睛所見、耳朵所聞、鼻子所嗅、口舌所嚐的一切色、聲、香、味輪番將他填滿，一忽兒成爲他的全部，一忽兒又只是他的一部分。他坐在當地，只感到極端的愉快，極度的歡暢，卻無法訴諸言語或歡笑，因爲他已與外境合而爲一，他已不知道什麼是自己，自己和外境有什麼分別，也不知道自己的身體與外境的界線在何處。

巫王望著他，臉上笑容益盛，向門口喚道：「咪綍，妳進來。」一個嬌小的身形輕巧地鑽入門口，來到榻前跪下，正是剛才在門廊外繡花的小姑娘。

巫王一笑，對楚瀚道：「你瞧瞧她的臉蛋兒。」

楚瀚此時什麼也不能想，什麼別的也看不見，只能聚精會神地望著自己面前的少女。煙霧繚繞下，但見她臉容眞切絕美，一雙黑白分明的大眼睛水汪汪地，既顯得楚楚可憐，又顯得極度誘人。

巫王在他耳邊輕輕說道：「這是我的親生女兒。你看看她有多美，多動人？我當年若沒有被選爲巫女，今日容色絕不會差過了她。」

咪綍聽見母親的言語，低下頭，臉上神色顯出一派逆來順受的服從乖順。楚瀚對這青春稚秀的小姑娘忽然生起了一股難言的關愛，直想衝上前將她摟在懷中，好好地溫存愛惜一番。但他仍處於一片恍惚混沌之中，更不知道自己究竟有沒有伸出手去，只見眼前那少女的臉龐直逼近眼前，忽然變成了紅倌，轉眼又變成了百里緞，繼而變成了萬貴妃，最後變成了巫王。

楚瀚不敢閉上眼睛，只能直直地瞪著眼前這面容不斷轉換的女子，心中一個微弱的聲音輕輕說道：「迷藥，你中了迷藥。」

楚瀚覺察到身邊有個人升起了強烈的警覺，但那人卻不是自己；他感到那人深深吸了幾口氣，放慢呼吸，盡量讓頭腦清醒過來，漸漸地，他變成了那個人，他和那人融爲了一體。他發現自己仍坐在巫王的床邊，眼中看出去的事物略微黯淡了一些，略微正常了一些。他伸出手，望向自己的手掌，認出那是自己的手，發現自己的身體和外境終究是分開的。他用盡全身全心的專注，竭力抓住那個生起警覺心的自己，感到自己好似坐在狂風巨浪中的小舟乘客一般，雙手得死死攀牢船舷，才不會被狂風拋上天際，或被巨浪捲入海底。

正當他掙扎著緊緊攀牢自己時，巫王揮了揮手，那小姑娘便輕巧地退出屋去。巫王轉頭面對著楚瀚，臉上帶著詭異的笑容，伸出雪白柔嫩的雙臂，摟上他的頸子，膩聲說道：「你乖乖作我的男寵，我會好好對待你的。你就將我想像成咪綍的模樣，一切就沒事了。」

楚瀚感到一雙柔軟的嘴唇吻上自己的唇，他強逼自己鎭定，想起自己自幼所受的一切訓練，都是在教他如何抗拒本能。練飛技是極苦的事，往往得整日鍛鍊腿功指功，任誰都會想放棄，想偷懶；但他學會了咬緊牙關，學會了忽視肌肉骨骼的疼痛疲乏，直到練完功爲止。取物時任誰都會不安，會焦慮；但他學會了在最緊急關鍵的時刻，完全放空心思，穩住呼吸，減慢心跳，仿若無事。由於他長年所受的磨練，這時身心自然而然便開始抗拒水煙的藥性；這迷藥顯然能讓人失控，誘人放縱，但他卻硬生生地忍住了。他往後一仰頭，避開了那對唇，開口說道：「妳若要報答我，爲何不讓妳的女兒嫁給我？」

巫王一呆，鬆開了攬住他頭頸的雙臂，忽然尖聲大笑起來，似乎聽到了天下最好笑的事。她將變形的醜臉湊到楚瀚面前，說道：「你不要我，卻要我的女兒！你可知道，再過十年，她的臉也會變成這樣？你老實說，等到她變成我這模樣時，你還要她不要？」

楚瀚不知該如何置答，只能靜默不語。

巫王尖笑不斷，說道：「世人誰不在意外表？你以爲她此時青春美貌，如花似玉，難道沒想過她轉眼也會變老，也會變醜？你喜愛她的姿色外貌，對她的內心全不知曉，便對她垂涎三尺。你說說，天下男人是否都是如此，都只看得到女人的外表？你說啊！」

楚瀚感到腦子漸漸清醒，搖頭道：「我不知道。」

巫王凝望著他，說道：「你可知大祭師將你送來時，說了些什麼？」楚瀚道：「我不知道。」巫王道：「他說你是個傻子，明明已經從他手中逃脫了，卻自己跑回來，說要承擔責任，免得他無法向我交代。他說像你這樣的傻子，正好配我的白癡女兒。」

楚瀚聞言，不禁一呆，脫口道：「白癡？」

巫王點了點頭，向門外瞟了一眼，說道：「不錯，我這女兒雖美，卻是個白癡。只因她是巫王之女，才被選爲巫女。巫女並不難當，只要知道如何辨認毒物便行了。但她智力太低，往後眾巫爭位時，絕對不可能勝出，因此也不可能成爲巫王。」

楚瀚忍不住問道：「既然如此，那妳爲何不放過了她，別讓她作巫女了？」

巫王眼中發光，說道：「怎麼，你認爲作巫女不好？」楚瀚道：「若好，妳現在應該很滿足快樂才是，又何必爲用不用那萬蟲囓心蠱而掙扎？」

巫王凝視著他，臉上神情又是詫異，又是警戒，緩緩說道：「你吸了我的水煙，竟然還能說出這一番話。不容易，不容易！你還清醒著，是麼？你叫什麼名字？」

楚瀚也凝視著她，說道：「我若連自己的名字都忘了，糊里糊塗地成爲妳的男寵，難道妳便滿足於此？巫王，我說過了，楚瀚擔當不起巫王的好意。」

巫王聽他言語愈漸清楚，知道他確實有辦法抵抗自己水煙中的迷藥，暗自驚訝，緩緩問道：「那麼你說要娶咪縍，究竟是真心話，還是托辭？」楚瀚老實道：「是托辭。如今這托辭顯然是錯用了。我不應該娶令女，也不配娶。」

巫王靜默了許久，才搖搖頭，沉聲說道：「你一個外人，太多事情你不懂得，我也懶得跟你解釋。你既是清醒的，那我再問你一次：你是要作我的男寵，還是要娶我的女兒？你選一個吧。」

楚瀚霍然站起，高聲道：「我兩個都不要。妳讓我走！」

巫王抬頭凝望著他，眼神嚴厲，說道：「大祭師說得不錯，你是個傻子。你聽好了：男子來到我們巫女之中，沒有一個能夠離開的。你這一輩子都得留在此地，要不要成婚生子，都由不得你。如今我將最好的兩個選擇都給了你，你竟都不要，那你還能要什麼？作苦力麼？」

楚瀚道：「作苦力也好。」

巫王瞇起眼睛，說道：「這可是你自找的！」她躺回榻上，再也不看他一眼，拿起銅製煙管，自顧吸煙去了。

楚瀚方才站起身時，已感到腦中一陣暈眩，放眼望去，身周事物似乎又光亮鮮豔了起來。他知道水煙的藥效仍沒有退盡，雖想邁步出去，但雙腿卻不聽使喚，有如灌了鉛一般，釘在當地更無法舉步。正當他進退惟谷時，忽見那高䠷苗女跨入屋中，來到他身前。她側眼望著他無法行走的模樣，嘴角一撇，滿面幸災樂禍之色，似乎清楚知道他此時正經歷的尷尬窘境，忽然開口說道：「伸出手臂來！」

她尖銳的聲音好似鐵椎一般直鑽入他的耳中。楚瀚忽然感到極端的悲哀頹喪，眞想坐下來抱頭痛哭一場，但聽苗女又尖聲道：「伸出手臂來！」

楚瀚知道自己無法質疑，更無能反抗，他全副心神都專注於讓自己站著不跌倒，此外什麼別的也作不了。他緩緩伸出了左手臂。苗女褪高他的袖子，從懷中取出一柄小刀，刀光閃處，已在他手臂上横切了一道血痕。

楚瀚完全不感到痛，只覺得自己的血紅得異常鮮豔。他望著那苗女從衣袋中撈出一些事物，定睛瞧清楚了，見是三條藍色的小肉蟲，各有寸許長。她將小肉蟲放在他手臂傷口之旁，色彩鮮豔的蟲身盲目地扭曲了一陣子，似乎能嗅到鮮血的氣味，很快便爬到小刀切出的傷口旁，一隻接著一隻，鑽入了他的血肉之中，消失不見。

楚瀚並不覺得痛，甚至不覺得癢，只覺得那蟲的顏色藍得古怪，藍得刺眼，腦中雖有個聲音不斷告訴自己這一切都極爲噁心可怖，應該奮力抗拒，試圖逃脫；但似乎有另一個自己卻感到極端的疏離冷漠，漠不關心，冷眼旁觀。楚瀚知道這是水煙的藥效，他雖能夠抵抗藥力，讓部分的自己保持清醒，出言清楚，但仍無法完全袪除藥物對他身體的控制。

苗女嘴角露出滿意的微笑，望著楚瀚道：「你知道我作了什麼？」楚瀚搖了搖頭。苗女聲音冰冷，說道：「我替你下了蠱。這蠱每六個月便會醒來一次，你若得不到我的解藥，便會被蠱從體內咬嚙而死。你聽懂了麼？」

楚瀚聽懂了，但強大的沮喪和悲哀充斥著他的胸口，讓他感到蠱物入體並非大事，世間實在沒有什麼大事。

苗女尖聲笑道：「跟我來！」

楚瀚吸了一口氣，勉強逼自己舉步跟上。他跌跌撞撞地跨出高高的門檻，抬頭又見到那美麗的小姑娘坐在廊下繡花，臉上帶笑，似乎自得其樂，對身周發生的事情渾然無知。他知道那是巫王的女兒咪縍，她口中輕輕地哼著歌，聲調輕快曼妙。楚瀚留意到她呆滯的眼神，想起她是個白癡，心頭忽地一揪。他勉強移開視線，努力命令自己的雙腿行走，跟著那苗女下了階梯，離開了巫王的吊腳樓。

苗女領著他向前走去，直來到那排吊腳樓的盡頭，才轉過身面對著他。楚瀚再也支持不住，坐倒在地，雙手緊抱著頭，只希望世間所有的人都立即消失不見，希望天地間只剩下他一個人。他沒留意到左手臂的傷口仍流著血，流到他的臉頰上，他卻毫無知覺。他感到頭痛欲裂，猜想這是藥性漸退的徵兆，只能緊緊閉著眼，忍受各種覺受影像在腦中此起彼落，盤旋跳躍，肆無忌憚地撕扯著他的思緒，讓他無法集中心思於任何一個念頭。

但聽那苗女尖銳的聲音超越所有的雜音，直鑽入他腦中，說道：「你面前是一間茅房。天黑之前，你將茅房裡的糞便全挑去梯田邊上，倒在糞池裡。明天中午前，將梯田全數施了肥。作不完，就沒飯可吃。聽見了麼？」

楚瀚勉力放開緊抱著頭的雙手，顫巍巍地站起身，低垂著眼不敢去看任何事物。他感到非常虛弱，無力反抗；他知道自己得等藥性退去，情況才會好轉，或許幹點體力活兒，會好過呆呆地坐在這兒？他拖著腳步走上前，提起兩個糞桶，抓過一支杓子，開始撈糞。

他竭力專注心神，只覺手腳沉重，幾乎不聽使喚。勉強撈了兩桶糞後，一個老婆子出現在他面前，招手要他跟上。楚瀚挑起糞桶，跟著老婆子走了十來里的路，來到一片梯田之旁。老婆子指出糞池所在，楚瀚便將糞倒入池中。他汗流浹背，氣喘如牛，卻覺得心神稍稍能集中了一些。他咬緊牙根，挑起糞桶走回茅房，埋頭來回挑糞。

他挑了幾回後，感到藥性漸漸退去，身心漸漸恢復正常。他往年雖曾在東廠廠獄中負責打掃，清理過不少穢物，但眞正挑沉重的糞便倒是第一回。他多年苦練飛技，腿力腰力都使得，並不以挑重物爲苦，但對衝鼻的臭味卻感到難以忍受。他取過一塊破布將鼻子掩上，又來回挑了數十次，肩頭留下深刻的擔印，腳趾腳板都磨破了皮，滿是鮮血。他直挑到天黑，仍舊無法挑完，累倒在茅屋之旁。那苗女不知何時來到他面前，見他癱躺在地，伸腿踢了他一腳，狠狠地叱罵了他一頓，沒有給他飯吃，讓他餓著肚子在茅房邊上睡了。

次日天還沒亮，楚瀚便被那苗女踢醒，催他繼續挑糞。楚瀚感到頭昏腦脹，知道藥性仍殘留未去，只能乖乖起身幹活。這日他一直挑到中午，才將一坑的糞都挑完了。

高躸苗女來到梯田旁，讓老婆子示範如何澆糞施肥後，便命令楚瀚跟著照作。楚瀚見到梯田上另有三五個男子，個個衣衫破爛，面色黧黑，正彎腰在遠處的田中插秧，顯然也是巫族的苦力。楚瀚身體仍受水煙藥效所制，手腳笨拙，直工作到天黑，才只澆了半畝田，剩餘的田地一望無際，不知還有多少。苗女拿鞭子狠狠抽了他一頓，痛罵他偷懶無用，晚飯只給他一碗稀粥，命他去跟其他苦力睡在一間草寮之中，並告訴他第二日天沒亮便得繼續工作。

楚瀚身體雖勞累，心裡頭卻甚覺安穩。這一整日過去，他感到藥性大部分已退去，只是腦子還有些混沌。他想起自己當時決意跟蛇族大祭師來巫族請罪，原本便準備要吃點苦頭；如果他同意成爲巫王的男寵，或娶了巫王的白癡女兒咪綍，在苗族中或許能擁有較高的地位，享受較優渥的生活，但他心中絕對不會好過。這苗女雖令人厭惡，至少給自己的處罰不過是些苦力賤役，鞭打挨餓，對他這吃慣苦的人來說，並不太難捱。

他當時堅決不應允巫王，不過是靠著一口氣，不願向巫王的迷藥認輸，不肯讓自己就此屈服墮落。他當時卻不知道，自己這一念抗拒，卻換得了一世的自由；如果他當時渾渾噩噩地答應了娶巫王或巫王的女兒，這輩子便再也別想離開巫族了。

第四十五章　巫族苦力

日子便這麼過了下來。轉眼楚瀚已在巫族待了三個月，苗語漸漸流利，與其他苦力日夕相處交談，彼此熟識了起來。眾苦力大多是被捉來的外族人，身中蠱毒後，爲了保命，不得不留在巫族服勞役。也有幾個是面貌姣好的男子，被巫王捉來作男寵，之後失了巫王的歡心，便被「打入冷宮」，趕到村外作苦力。

楚瀚從其他苦力口中得知，那苗女叫作彩，是巫王收養的大女兒，最有可能繼承巫王之位。苦力們都怕她憎她，說她心地冷酷，手段殘狠，對苦力百般虐待，似乎痛恨天下所有男人，連巫王最眷愛的兩個男寵也被她毒殺了。

楚瀚想起大祭師所說巫女必得守貞的規矩，心想：「彩身爲巫女，在成爲巫王後還得守貞十年，而現任巫王年紀尚輕，很可能再過二三十年都不會有巫王比試，彩多半等到頭髮白了，仍舊無緣婚嫁。她大概因此厭憎一切會令她想起此事的人物，才對男子如此仇視。」

他只覺巫族中的一切都極端古怪扭曲，不合常理，心中對彩不知道是厭憎多些，還是可憐多些。他知道自己已然中蠱，無力反抗，便逆來順受，對彩的一切打罵苛待都只默然承受。

楚瀚在苗族住久了，感覺苗族和瑤族語言雖有些近似，但風俗迥異。苗族人愛吃酸味，每戶都備有酸罈，用來醃製酸肉、酸魚等。苗族巫女主要的工作，乃爲各苗族砦子舉行禱祀喪葬等儀式，或受砦子首領之請，爲敵人或愛人下蠱；平時也充作巫醫，苗族醫術善治蛇傷、毒箭、骨折等，苗藥多用現採的生藥口服外敷，藥效神速。楚瀚想起瑤族醫藥婆婆的藥浴和傷藥，心想：「瑤族的醫藥也十分發達，卻不需專由一群古怪的巫女擔任巫醫。」

不多久，夏日到來，天氣漸熱，苗族女子盛行露天裸浴，往往在山間田旁的淨水池中露天而浴。巫族除了巫王的一群男寵和苦力奴役之外全爲女子，因此女子毫無避忌，往往結伴來到淨水池旁，一邊唱歌，一邊便脫光了衣衫入池淋浴。男寵們怕招來巫王的憤怒嫉妒，自然不敢多看；苦力奴役們對巫族女子極爲恐懼，一聽見巫族女子唱歌入浴，便趕緊轉身垂首，假裝沒有見到，繼續工作。楚瀚剛開始覺得頗爲新奇，曾偷偷看過幾回，後來見得多了，便也見怪不怪，視若無睹了。

這一日楚瀚在烈日之下，彎腰在水田中除草，滿身大汗，只覺日頭熱得如火燒一般，口渴如焦。他耳中聽見巫女們在唱歌入浴，滿心想等她們走後，便去淨水池舀幾口水喝，但那些巫女不知爲何洗了將近一個時辰，仍舊沒有離開。楚瀚渴得狠了，再也忍耐不住，便站起身，打算繞過這個淨水池，去遠一點的淨水池舀水喝。

他遠遠經過那淨水池，聽見巫女們的笑聲陣陣傳來，其中最響亮的便是彩的尖銳笑聲。楚瀚聽她笑聲中充滿惡意，忍不住好奇，蹲下身，從草叢中慢慢靠近，偷偷望去，但見五個女子裸身站在池邊，對著池中的一個少女指點笑罵，語氣尖酸刻薄，極盡侮蔑；中間那少女也是全身赤裸，身形嬌小，皮膚雪白，一頭烏黑的長髮披散在胸前，秀麗無比的臉上滿是傻氣，眼中帶著幾分驚慌，幾分恐懼，還有幾分呆滯，正是巫王的小女兒咪縍。

但見彩叉腰冷笑道：「看妳這身皮膚又黑又粗，身上瘦骨如柴的，難看得要命，難怪沒有男人要妳！」

另一個少女也粗聲笑道：「什麼巫族美女，我說妳是醜八怪一個！憑妳這醜怪模樣，也敢來這兒洗澡？不怕嚇壞了別人？」旁邊的少女則彎腰撈起一團泥巴，逕往咪縍身上扔去，笑道：「可不是！快用泥巴遮起來是正經！」

眾少女樂了，紛紛彎腰撈起泥巴往咪縍砸去，只砸得她滿頭滿身都是污泥。咪縍也不知道擋避，只呆呆地站在池中，雙手垂在身旁，木然直立，顯然完全不知反應。

楚瀚見她身材玲瓏有致，雖只有十三四歲年紀，已出落得十分成熟，不論面容或體態都極爲出色，池邊五個女子年紀較她大上許多，高矮肥瘦各有不同，但沒有一個及得上她的十分之一。楚瀚心中暗暗歎息：「這麼一個美麗的小姑娘，只可惜是個傻子。」

池邊五個女子口中辱罵，手裡不斷向她扔泥巴，將一池淨水都弄得污濁了。楚瀚眼見彩和她的一幫姊妹聯手欺負這個小姑娘，心中甚感不平，但知道自己若敢出頭說一句迴護咪縍的話，立即便會招來彩的一頓鞭打，咪縍想必也不會因此得救。他正猶疑時，但聽彩冷冷地道：「將她拉去苦力那兒，讓苦力們看看，她究竟是美是醜，看有沒有人要她！」

眾女齊聲叫好，紛紛穿上衣裙，將全身赤裸的咪縍推擁著上坡，來到梯田上，呼喚一眾苦力近前。五六個苦力放下手中工作，趕來應命，楚瀚也跟著湊上前來。眾人遠遠都已見到咪縍沒穿衣服，個個低頭垂手而立，不敢多瞧。

彩用力一扯咪縍的頭髮，咪縍驚叫一聲，一張小臉痛得皺了起來。彩伸腳踢上她的後腿彎，讓她跪倒在地，雪白的肌膚在青草地上顯得異常嬌嫩。彩對苦力們大聲道：「我叫你們來，是要你們看看，這醜八怪是不是天下第一醜女？你們之中有誰看了她會心動？有誰會要她？」

一個苦力十分識趣，立即道：「回彩姑娘，這醜八怪難看得要命，我看都不想看一眼，打死我也不要她！」

彩聽了，極爲高興，向那苦力道：「說得好！你今兒下午不必工作了，休息三日再說。」那苦力當即向彩拜謝，歡天喜地地去了。其餘苦力見伙伴得到好處，也紛紛跟進，搶著說咪縍面容醜陋可憎，皮膚粗糙黝黑，身形肥胖臃腫，直將她說成是天下最噁心難看的女子。

楚瀚聽眾苦力睜眼說瞎話，不禁暗暗歎息，但聽眾人一一說了違心之語，各自得到領賞，自己若不湊趣說幾句，其他人全休息個三五日不等，未來幾日的工作豈不全落在他頭上？他望向跪在地上的咪縍，心中甚覺不忍，這女娃確實甚美，即使她是個傻女，彩和其他這些姑娘又怎能如此折磨虐待於她？怎能讓一個少女裸身跪在地上，讓一眾男子品評恥笑？他再也忍耐不住，大聲道：「你們都是瞎子麼？咪縍是個絕世美女，天下少見。我在京城時，看遍了皇帝的三宮六院，可沒見過哪一個嬪妃及得上她半分！」

這話一出，眾苦力都靜了下來，彩和她的四個女伴一齊轉頭望向楚瀚，又驚又怒，不知這苦力怎能如此大膽，故意出言頂撞，莫非是活得不耐煩了？

彩狠狠地盯著楚瀚，冷笑一聲，走上一步，將咪縍推到楚瀚面前，說道：「原來是你這小子！你今日這麼說，當時爲何又不肯娶她？你說她美，那你現在便要了她，我們都在這兒看著，好作見證！」

楚瀚搖頭道：「我自知配不上咪縍姑娘，無法高攀，才跟巫王說不願意娶她。似她這般美如天仙的女子，誰敢強逼於她？」

彩面露獰笑，咬牙切齒地道：「你不要，我讓這裡的人全要了她！」

楚瀚望著她，說道：「咪縍是巫王的女兒，妳的妹妹。巫王若知道妳這麼對待咪縍，不知會什麼想？」

彩聽了，雙眉豎起，尖聲笑道：「巫王？她哪裡管得到我！我才不怕巫王呢！是她該怕我，不是我怕她！」她身邊的女伴一齊高聲附和。

楚瀚心中卻甚有把握，知道自己這幾句話足能嚇倒了彩。他來到巫族之後，雖每日勞役，但夜晚仍不改舊習，不時施展飛技，潛入巫族村落，暗中觀察巫王和彩等巫女的動靜。他將這對母女的關係看得十分清楚：彩有心篡位，但羽翼未成，尚不敢動手；巫王知道彩懷有異心，一方面嚴密防範彩的暗殺，一方面裝作若無其事，好讓彩降低戒心。咪縍便成了這場鬥爭下的犧牲品；巫王雖疼愛她，畢竟不能時時刻刻看著她，彩一有機會，便想盡辦法欺負虐待咪縍出氣。咪縍頭腦癡呆，不懂也不敢跟母親訴說，好幾次險些被彩打傷打死。

彩聽了楚瀚的話後，心中果然有些顧忌，不敢讓這件事傳回巫王耳中，當下轉移目標，走到楚瀚面前，惡狠狠地道：「你膽子倒大得很哪！你看我這個冬天給不給你解藥！」

楚瀚知道自己中了彩的蠱，生死掌握在她的手中，此刻出頭迴護咪縍，得罪了她，未來可有得苦頭吃了。他一時也顧不了這許多，見到咪縍仍裸身跪在當地簌簌發抖，便脫下了身上的破布衣衫，走上前，披在咪縍身上，柔聲道：「快回去池邊，穿好了衣服。回家媽媽問起，就說姊姊跟妳鬧著玩，姊姊說妳好看，拉妳來給大家瞧瞧，大家都說妳好看，妳很高興。好麼？」

咪縍原本被嚇得厲害，淚珠在眼眶中滾來滾去，但聽楚瀚語音溫柔，神態和善，便咧嘴傻笑，點了點頭，蹦蹦跳跳地去了。

彩見了，心中更怒，尖聲道：「今日大家都看見了，楚瀚逼咪縍脫光衣服，意圖在野地中非禮她。你們立即到處去散布此事，讓全族的人都知道。該怎麼處置這膽大妄爲的奴役，就由巫王決定吧！」

眾女伴高聲答應，紛紛奔去，其他的苦力也囁嚅著答應了，低頭回去工作。楚瀚靜默不語，知道自己的下場只怕比想像中還要更慘。

彩等眾女伴和苦力都離去後，冷冷地凝視著楚瀚，好似一隻餓狼望著即將吞噬的獵物一般，過了許久，才問道：「你爲什麼要護著她？」語音竟頗爲苦澀。

楚瀚抬頭向她回望，說道：「妳再痛恨巫王，也不該遷怒到無辜的小女孩身上。」

彩一聽，尖聲而笑，說道：「無辜的小女孩？你說她是無辜的小女孩！就衝著你的愚蠢，你就活該被打，活該受罰！跪下！」

楚瀚吸了一口氣，屈膝跪下。彩取過一條荊棘，一邊咒罵，一邊狠狠地抽打了他一頓，直打了幾百下才收手，似乎意猶未盡，嘶吼道：「我要你一個人作六個人的活兒！明天，你將田裡的野草全數拔除了，一根也不能留下，我找到一根，便打你十鞭。聽見了麼？」說完便氣沖沖地去了。

之後數日，彩率領著一群姊妹日日來田中監督楚瀚幹活兒，每找到一根雜草，便對楚瀚鞭刑伺候。一個月下來，楚瀚被打得體無完膚，傷口在烈日照射下，發炎破裂；雙腿早晚浸泡在水中，皮膚都潰爛了。其他苦力看不下去，又暗暗佩服楚瀚的勇氣，都偷偷來幫他的忙，將田地裡的雜草拔得一根不剩，讓彩和她的姊妹找不到藉口再鞭打楚瀚。奇的是巫王顯然已聽聞楚瀚非禮咪縍的傳言，卻始終沒有反應，也沒有派人來處置他。

到了秋天，彩專注於其他事情，無暇再來理會楚瀚，楚瀚才得以喘口氣，恢復了務農勞役的日子。此時正是收割的季節，楚瀚往年住在胡家時，雖也曾見過胡家兒弟耕地收割，這卻是他第一回收割自己親手培苗插秧、施肥除草、眼看著一寸一寸長成的水稻，心中感到一陣難言的滿足和興奮。

他剛開始在田裡工作時，因爲中了巫王的水煙和彩的蠱物，頭腦仍昏昏沉沉，只顧望著眼前腳下，埋頭苦幹，直到一段時日之後，他才開始留意到身邊的景色有多麼秀美出奇；苗族的田地全都依山而闢，一層一層如梯級般整齊規律，放眼望去，連綿不絕，了無盡頭，蔚爲奇觀。苗地的景致雖沒有大越山水的秀麗絕俗，卻也自有其清靈雅致的風味。

梯田引山泉灌溉，水量得調節至恰到好處，才能讓水稻長得健壯豐滿。楚瀚在一眾苦力和巫族老婆子的指導下，學會了在梯田種植水稻的一切訣竅，儘管期間不乏遭受彩的鞭打虐待，身子雖勞累辛苦，內心卻甚覺充實喜悅。

這日他在收割時，發現咪縍來到梯田上，坐在一旁觀望，手中把玩著一段青竹棒子。楚瀚心中一動，心想自從上回自己因救她而受罰之後，已有一段時日沒有見到她了，但見她容色美麗依舊，神色間卻似乎有些憂鬱。楚瀚沒有多去理會，繼續低頭收割。那日直工作到天黑，眾苦力合力將割下的稻穗搬到倉中收好，才各自去休息。楚瀚再往田邊看去時，咪縍已然不在那裡。

之後數日，咪縍不時出現在梯田旁，手中持著那根青竹棒，坐在土墩上觀望，也不知在看些什麼。眾苦力都私下稱讚她的美貌，但也歎息這麼一個俏美的小姑娘，可惜竟是傻的。楚瀚心中對她十分憐惜，但也不敢太過親近她，生怕又給了彩處罰自己的藉口。

又過幾日，楚瀚單獨在穀倉中打穀，咪縍忽然跑了進來，也不說話，只望著他傻笑。楚瀚抬頭見到她，問道：「咪縍，妳好麼？」

咪縍眼神呆滯，沒有回答。楚瀚又問道：「妳自己出來玩兒？妳見到山上的果子成熟了麼？」咪縍仍舊傻笑，問三句只答一句，而且往往答非所問。楚瀚也不在意，任由她在穀倉中玩耍唱歌，不久她就又自行跑出去了。

秋收完後，眾苦力的空閒較多，楚瀚每次找著機會，便偷偷帶咪縍山上去摘果子、採蘑菇、捕游魚、抓青蛙，總逗得她拍手傻笑。天晚了，便將她送到砦外，讓她自己回家。冬天時，苦力的工作轉爲砍柴搬柴，楚瀚往往一整日都在山上砍柴，咪縍偶爾也跟著他上山，在一旁遊玩唱歌，撿拾松果。楚瀚有時給她一個小籃子，讓她採些香菇木耳帶回家去。

時近歲末，楚瀚發現彩的脾氣極度暴躁，每回來使喚苦力，必定百般挑剔，找出各種藉口，非要鞭打眾人一頓才罷休，楚瀚也捱了她好幾頓鞭子。眾苦力知道年尾是彩賜與解藥的重要時刻，都不敢有絲毫反抗，一個個俯首聽命，乖乖挨打。幸而去年收成不錯，彩沒有嚴懲一眾苦力的好理由，仍舊給了眾人壓抑蠱毒的藥物。楚瀚想起自己曾出頭替咪縍說話，只道彩會因此不給自己解藥，以示懲罰，沒想到彩似乎完全忘了這回事，發放解藥時並沒少了他的。楚瀚暗暗奇怪，但能保住性命總是好事一件，便也沒去深究。

那年冬天，有三四個苦力因工作過勞、水土不服或染上惡疾，相繼死去。彩命其他苦力將屍體抬去荒山上埋了，只留下了其中之一，命人送到她的吊腳樓去。其他苦力都悄悄說道：「彩定是要用這屍體來煉什麼恐怖的蠱物。」楚瀚聽了，暗生好奇，便決定在當夜去偷瞧。

天色全黑之後，楚瀚悄悄潛入苗砦，來到彩的吊腳樓外偷窺。直等到半夜，才見彩驅退了平時總跟在她身旁的幾個女伴，獨自坐在那屍體之旁，從一只木盒中取出一枝線香，就著燭火點燃了，持著線香在屍體上方不斷環繞移動。楚瀚只看得毛骨悚然，猜不出她這是在施什麼詭異的蠱術。

卻見她持著線香在屍體身周環繞了好半晌，才終於停下，將線香對準了屍體胸口上的一個疤痕。過不多時，但見疤痕左近的肌膚開始蠕動，似乎有什麼東西想要鑽出來；接著便見一團事物從內咬破了屍體的肌膚，從血孔中鑽了出來，仔細一瞧，竟是一隻藍色的肉蟲，粗如手指，抬起頭對著那線香，顯然是被那線香吸引出來的。

楚瀚只看得睜大了眼；那藍色肉蟲跟鑽入自己體內的蟲子極爲相似，只是粗大了許多。但見彩伸出右手，打開放在旁邊的一只靛藍色的盒子，楚瀚隱約見到盒中躺著一隻體型肥大的藍色肉蟲，不斷蠕動，模樣極爲可怖。彩將那盛著大肉蟲的盒子放在屍體旁，左手移動線香，引導那剛從屍體鑽出藍色肉蟲爬過屍體的肌膚，進入盒中，之後便迅速蓋上了盒蓋。她又依樣作了一次，用線香引導出第二條肉蟲，這次那蟲是從屍體的頸子咬出一個血孔爬出來的，也跟著線香爬入了藍盒之中。彩滿意地點點頭，熄滅了線香，收好藍盒子，對候在外面侍奉她的年幼巫女道：「叫人來把屍體搬去埋了。」

楚瀚看到此處，已猜知彩留下這屍體，並非要用它煉什麼蠱，而是要收回往年施放在這死去苦力身上的藍蟲子。想來這藍蟲子十分珍貴，她不願讓藍蟲子跟著這苦力一起死去，因此特意用線香從屍體中引出蟲子，收回盒中。楚瀚見這苦力所中的蠱跟他自身所中一模一樣，暗自籌思：「總有一日，我也得想辦法解除身上的蠱毒。」

第四十六章　巫王幼女

冬去春來，又到了農忙期。楚瀚和一眾苦力忙著培苗插秧，累得幾乎站不直腰來。這日眾人終於插完了秧，晚間眾苦力相約下山喝酒慶祝，楚瀚不喜飲酒，便獨自回到梯田旁的草寮歇息。他累得狠了，澡也沒洗，便躺倒在床上。昏昏沉沉正要入睡時，忽聽門外一聲呼喚：「喋瀚！」

楚瀚一呆，他知道苗語中「喋」字代表「哥」，是誰在叫他哥？他過去打開了門，見到咪縍站在門外夜色之中，一雙晶亮的眼睛直望著他。

他帶咪縍上山玩耍不下數十次，咪縍從來不曾記得他的名字，更不曾叫過他哥。他心中大奇，說道：「咪縍，這麼晚了，妳來這兒幹什麼？」

咪縍伸手指放在小嘴上，示意他不要出聲，悄悄鑽入他的草寮，關上了門。楚瀚見她神情緊急，問道：「怎麼回事？有人欺負妳麼？」

咪縍搖搖頭，眼淚在眼眶中打滾，說道：「喋瀚，我姊姊要殺死我媽媽！」楚瀚老早知道彩圖謀殺死巫王，只沒想到咪縍竟然也懂得，問道：「妳說彩要殺死巫王？」

咪綍點了點頭，說道：「她很快就要下手了，我很害怕，如今只有你能幫我們了！」

楚瀚聽她言語連貫，與平時的胡言亂語判若兩人，不禁驚疑，說道：「妳……妳眞是咪綍？」

咪綍深深地望著他，眼神中帶著幾分哀怨，歎了口氣，說道：「媽媽說你不傻，原來你眞是傻的！竟連我的假扮也看不出來。」

楚瀚一時呆了，脫口道：「大家都說妳是……妳是……我也以爲……原來妳並不是？」咪綍撇嘴一笑，滿面機巧之色，說道：「不是什麼？不是白癡？」楚瀚心中驚詫已極，點了點頭。

咪綍搖頭道：「我媽媽生了我以後，便一直害怕彩毒死我，因此不斷跟人說我是白癡，是傻的，好讓彩降低戒心。我也得從小就裝癡呆，裝傻子，不敢讓人生起半點疑心。」

楚瀚甚覺不可置信，但望著面前的咪綍，又確實是那個秀麗無方的少女，而言談之間，比之同年齡的少女還要明智成熟得多。誰想到這個小小姑娘竟有這等本事毅力，從小裝扮癡呆，十多年如一日，任人恥笑欺侮，從未露出破綻？

咪綍望著楚瀚，說道：「你可知道，我媽媽好幾次想讓我嫁人，人家見到我的美貌，都起了貪心；再知道我是傻子，個個都眉花眼笑，說他們毫不介意，以爲白癡比較好擺布。你是唯一一個不肯娶我的人。」

楚瀚想起當時巫王要他在她自己和咪縍之中選一個，他卻說兩個都不要，當時心中純粹是可憐這個小姑娘，不想利用她作爲自己的護身符，更不想占她的便宜。此時只能道：「我不是嫌棄妳……」

咪縍接口道：「我知道。我本來也很氣惱，以爲你嫌棄我癡呆，看不上我，眞想立即毒死了你。但你後來又對我那麼好，不但出頭保護我，還帶我到處遊玩，從來不介意我的傻樣兒，從不曾欺負我，更不曾占我的便宜。」

楚瀚歎了口氣。他自己曾經歷過太多的苦難，因此對這小姑娘只有滿心的同情愛護，並無其他念頭，至於占她便宜，更是連想都沒有想過。

咪縍又道：「也算你好運。所有願意娶我的人，都被我媽媽殺掉了。她說這些人都不可靠；她要替我找一個可靠的人，帶我離開巫族，逃到遙遠的地方去。」

楚瀚一時無法習慣她說話如此靈巧便給，將她的話在心中想了一遍，才問道：「妳媽媽要妳離開，逃到遙遠的地方去？」

咪縍道：「是啊。我媽媽說，她自己的命太苦了，她不希望我也跟她走上同一條路。她雖讓我作巫女，卻沒教給我任何會損傷身體面孔的毒物。她希望我有一日能脫離巫族，到外面廣闊的天地去，過我自己想過的日子。」

楚瀚心中不禁感動，暗想：「原來巫王爲自己的親生女兒有這許多的盤算，我當時可是錯怪她了。」

咪綍又道：「總之，她跟我說，她已經幫我選中了一個人，能帶我離開巫族，那就是你。她要我自己看看你這個人可不可靠。我這幾個月來跟你相處，認爲你確實十分可靠。媽媽說，希望我們今年秋天前走，她會想辦法掩護我們，讓我們可以遠走高飛，不會被捉回來。」

楚瀚點了點頭，沉吟道：「妳剛才說，彩要殺巫王？」咪綍滿面焦急，說道：「是啊。如果媽媽死了，我就再也走不了啦！」楚瀚聽她這麼說，心中有些不快，說道：「難道妳想救妳媽媽，只因爲她能保護妳離開？」

咪綍一臉理所當然之色，說道：「這個自然。我媽媽的命原本就不長久，她隨時都想死，我一平安離去，她便會自殺。如果不是爲了我自己，我救她幹麼？她這條命本就是不値得活的。」

楚瀚不禁愕然，他乍聽之下，只覺咪綍天性涼薄，毫不顧惜母親的性命，但轉念一想，或許巫族中的一切都是如此古怪扭曲，不可以常理度之？他想了一陣，才問道：「我該如何，才能救到巫王的命？」

咪綍毫不猶疑，立即說道：「我要你幫我偷出彩偷偷培養的所有蠱種，交給我媽媽。」楚瀚點點頭，問道：「什麼時候要？」咪綍道：「我想她夏至前便會下手，七天夠不夠？」

楚瀚暗暗笑了，他早已查知彩將她最寶貴的蠱種藏在何處，一個時辰內便可取得，哪裡需要七天？口中說道：「我試試。」

咪綍欲言又止。楚瀚問道：「怎地？」咪綍道：「你取蠱的時候，需得非常小心。我們聽說，彩在媽媽將萬蟲齧心蠱送走之前，偷偷留存了一份蠱種。她就是想用這蠱來傷害媽媽。」

楚瀚點了點頭。咪綍續道：「這蠱非常危險，它會吸引你去打開它。你千萬要小心，一打開盒子，中了萬蟲齧心蠱，那可是沒有解藥的，死狀非常淒慘。」

楚瀚想起大祭師曾跟他說過那幾個蛇族青年中了萬蟲齧心蠱後的情狀，不禁打了個寒戰。他曾短暫懷藏這萬蟲齧心蠱，數度受到誘惑想打開那盒子，幸而身上佩戴著血翠杉，令他保持清醒，才沒有中蠱。他想了想，問道：「還有別的蠱物跟這蠱一樣危險麼？」

咪綍搖了搖頭，說道：「最危險的就是這個了。」楚瀚道：「我取得之後，如何交給巫王？」咪綍道：「你交給我就好了，我會拿去給媽媽。」

楚瀚有些遲疑，說道：「妳不會中那萬蟲囓心蠱麼？」咪縍一笑，說道：「喋瀚，你可太小看我了。」

楚瀚見她笑靨如花，心中一動，忽然想起在淨水池中那時，她被彩和其他女子取笑欺侮，神情木然呆滯，和此時簡直是判若兩人。咪縍看來只有十四五歲，楚瀚忽然想起自己初識紅倌時，紅倌也不過是十五六歲年紀；他初初離開京城時，還不時想起紅倌，想起自己和她共度的那些甜蜜時光。但自從踏入靛海以來，他只顧得逃命求生，在大越國時又與百里緞朝夕相處，竟已很久很久沒有想起她了。

此時他腦中浮起紅倌俊俏的臉龐，心頭不禁一熱。他回想紅倌性格豪邁爽快，不高興時便大吵大鬧，高興時便任意妄爲，旁若無人，心中想些什麼從來也掩藏不住。這苗女咪縍外表雖美麗純潔，但她生長在充滿勾心鬥角、虛僞巧詐的巫族，性格卻幽隱險詐得多，她的眞正面目究竟爲何？楚瀚感到自己尙未能摸清，很可能他永遠也無法摸清這個詭異多詐的小姑娘。

他沉吟一陣，問道：「妳說彩可能在夏至前下手，那麼未來幾日中，巫王不會有危險麼？」咪縍道：「應當不會。」楚瀚問道：「妳想彩會不會先對妳下手？」

咪縍側頭想了想，說道：「我不確定。」她抬起頭，凝望著他，眼神中滿是祈求，忽然軟語道：「喋瀚，我今夜留在你這兒，好不好？」

楚瀚一呆，說道：「妳不回家，不會被人發現麼？」咪縍搖了搖頭，說道：「不要緊的，我想留在這兒陪你。」說著充滿期盼地望著他。

楚瀚見到她的眼神，霎時明白了她的用意，搖頭說道：「其他人下山喝酒去了，很快就會回來的。妳快點回去吧。」咪縍走上前，依在他的胸口，撒嬌道：「夜路不好走，我不回去。等到天明了，你再送我回去吧。」

楚瀚心中清楚她爲何想留下，也知道自己不能留她。他輕輕將她推開，說道：「我會盡量幫妳的忙，幫巫王的忙，妳可以放心。來，我送妳回去。」

咪縍聽他語氣堅決，只得退後兩步，不再說話，低下頭，滿不情願地走出寮房，楚瀚跟在她身後走了出去。

當夜正是滿月，月色清明，星斗滿天。兩人一前一後，默然走在田間小路上。夏夜悶熱無風，楚瀚感到身上才乾了的汗水又爬滿全身，燥熱不堪。

咪縍忽然問道：「喋瀚，你爲什麼留在我們巫族，這麼久都不走？」

楚瀚在夜深人靜時，也曾想過這事；他回想自己在宮中作宦官的日子，在宮裡宮外接觸到的各種人物：奸險貪財的梁芳，忠實能幹的小凳子和小麥子，活潑熱辣的紅倌，沉穩嫻靜的紀娘娘，滾圓愛笑的泓兒，還有殘狠無情的百里緞……這些人離他如此遙遠，既親近而又如此陌生，好似是前一輩子認識的人一般。如今他淪落爲苗人巫族的奴役苦力，身中蠱毒，需得定時服食解藥，才能保命。但憑著他的飛技取技，早已探明自己所中的是什麼蠱，也知道自己隨時能取得解藥，遠走高飛。但他始終沒有走，甚至甘願飽受彩的鞭打凌虐，這究竟是爲了什麼？他自己也未能理清頭緒，更說不出個所以然來。

咪縍問道：「你不是在京城待過麼？爲何不回去？」楚瀚道：「我答應過一個人，此後再也不回京城。」咪縍又問道：「那你爲何不回瑤族去？」

楚瀚搖搖頭，說道：「我每到什麼地方，便會給別人帶來災難。我不想連累族人。天地茫茫，我沒有別的地方可以去。」他說到此處，忽然想起大越國明媚的山水來，暗暗生起一個念頭：「我若回去大越，找塊地種種，過幾年平安的日子，也未始不是好事。」

咪縍沒有再問下去，忽道：「喋瀚，你今天還沒洗澡吧？那兒有個淨水池，你去泡泡水吧。」

楚瀚正感到全身燥熱，汗流浹背，見到咪縍手指處是個隱蔽的淨水池，自己平時常常來這兒洗澡，便道：「妳等我一會兒，可以麼？」咪縍點點頭道：「當然可以，你快去吧。」

楚瀚便脫下衣褲，跳入池中。池水深及腰部，冰涼徹骨，在夜色中更覺清寒。他將頭鑽入水中，抓洗一頭髒髮，感到極爲痛快舒爽。他冒出水來，甩去滿頭水珠，正要出池，忽聽一人道：「這些……都是彩打的？」

楚瀚回過身，見到咪綍站在池邊，睜大眼睛望著他身上的傷疤，神情滿是驚詫憐惜，眼中含淚，咬著嘴唇道：「她下手……也未免太狠了！」

楚瀚搖頭道：「也不全是她打的。我背上的鞭痕，大多是在東廠廠獄中給打的。」咪綍大奇，問道：「你入過牢獄？他們爲何打你？」

楚瀚不知該從何說起，只道：「我放走了他們想捉的人。」咪綍問道：「你放走了什麼人？」楚瀚道：「一個同村的女子。」咪綍道：「她長得好看麼？」

楚瀚回想上官無嫣的容貌，印象已十分模糊，隨口道：「應該算挺好看的吧。」咪綍道：「她感激你麼？」楚瀚想起上官無嫣逃走之後，便再無消息，搖頭道：「我不知道，我此後再未見過她。」

咪綍沒有再問下去，說道：「你轉過身去。」楚瀚轉過身去，感到咪綍伸手摸上他的後腦，說道：「這個傷呢？」楚瀚想了想，記得這該是上官無邊扔石頭砸傷的，說道：「這是我小時候，村子裡一個壞小子扔石頭打的。」咪綍摸上他後肩的箭傷，問道：「這個呢？是中了蛇族的毒箭麼？」楚瀚道：「正是。」

咪綍伸手撫摸他身前身後的各個傷疤，一一詢問來源，楚瀚有的記得，許多卻已記不清了。他從未留意身上有這許多傷疤，這時才醒悟，自己活了這十八年，受過的鞭打酷刑創傷還著實不少。

咪綃冰涼的小手來回撫摸著他的傷痕，似乎希望能將它們一一撫平。楚瀚忽然心中一動，回過頭來，卻見她不知何時已脫去衣衫，滑入水中，裸身站在自己面前。楚瀚瞥見她玲瓏的體態，警覺兩人不應如此赤身裸體相對，正要轉身出池，咪綃的手已摸到他的唇上的傷疤，問道：「這個呢？」

楚瀚怎會不記得這個疤痕的由來？那時他和百里緞被蛇族追趕，在叢林中逃亡，一日在水源邊上獵殺了一頭野牛，血腥味引來了幾頭老虎。兩人正烤著牛肉吃時，他見到老虎撲向百里緞，未及多想，湧身便往老虎撲去，將老虎撞飛數尺，一人一虎翻滾出了好幾圈。他幾乎被老虎咬死，虧得百里緞彎揮刀斬上老虎的背，老虎才逃逸而去。他嘴唇上的傷口就是在那場混戰中造成的。之後二人躲入一個巨大的石洞，誤入蜈蚣窟，百里緞腿上被毒蜈蚣咬了，他替百里緞吸出毒汁，毒性滲入嘴上傷口，令傷口腫得如雞蛋一般大小，幾乎喪命。百里緞在他昏迷時，用口替他吸出毒液，兩人雖從不曾提及此事，但心中都清楚，楚瀚那夜冒險撲向猛虎，救了百里緞一命；而百里緞也甘願以口為他吸毒，救了楚瀚一命。自從兩人在那巨大的石穴中共處一段時日之後，彼此心意相通，就此建立起生死與共的交情。

楚瀚正神馳往事，咪綍忽然踮起腳尖，吻上他唇上的傷疤。楚瀚感到口唇有如火灼，全身一震，連忙伸手推開了她，一躍出池，匆匆穿上衣褲，跑出老遠，喘了好幾口氣，才道：「我送妳回去。」

咪綍仍舊站在水池當中，抬頭望著楚瀚，眼神中帶著難言的失望和憤怒，激動地道：「喋瀚，你當初不要我，因爲我是個可憐的白癡。現在又爲什麼不要我？」

楚瀚轉過身，說道：「妳還是個孩子。走，我送妳回家。」

咪綍掩面哭了出來，泣道：「你是個傻子，大傻子！你不要我，我媽媽怎麼會讓我跟你走？」楚瀚道：「我可以帶妳離開苗地，但我並無心娶妳。」咪綍頓足道：「爲什麼？爲什麼？你嫌我醜，嫌我蠢笨，還是嫌我是苗族巫女？」

楚瀚定下神來，說道：「都不是。咪綍，妳說得對。我不該留在此地。我早就該走了。」他喘了口氣，又道：「無論如何，喋瀚都會幫妳幫到底的。妳放心吧。」

咪綍睁著淚眼望向他，眼神中滿是質疑和失望。楚瀚轉過頭去，不再望向她。

咪綍一頓足，爬出水池，穿上衣服，舉步向砦子飛奔而去。楚瀚沒有跟上，只聽見她的啜泣聲漸漸消失在夜色中。

楚瀚仰望天際，一輪滿月已升至半空。他吁出一口長氣，知道動手必得在今夜。他打定主意，事成之後，他就要立即離開苗砦巫族這陰森詭異的所在。他打點起精神，回到草寮，從床底下翻出早已準備好的工具：數條繩索、竹棍、鐵鉤、布袋和百靈鑰。他知道要對付擅長毒物的苗族巫女，酣夢粉和奪魂香之類的藥物定然無效，只能全靠飛技和取技的眞實本領。

他知道其他苦力回到草寮時，多半已喝得爛醉，不會留意自己不在屋裡，但他仍放了一堆稻桿在床上，用薄被蓋起，假作自己睡在床上。之後他便悄然離開，如影子般飄過十里長的田間小路，來到苗砦之外。

他潛伏在砦口，等候許久，見到咪縍踽踽獨行，幽幽地吟唱著惆悵的失戀之歌，回入砦子。楚瀚望著她面上的淚痕，心中不禁憐憫：這個可憐可悲的小姑娘，從小就得掩藏自己的聰慧靈巧，裝瘋賣傻，受盡虐待，忍盡恥辱，過著非人的日子。如今她的母親生命受到威脅，她若失去母親的保護，連這一點點卑微的生存之機都將失去。一旦巫王被害死，彩自然不會輕易放過咪縍。咪縍爲何會對自己露出本來面目，又爲何三番兩次要獻身給自己，自是因爲她知道情勢已到了緊急關頭，她若得不到自己的傾心相助，下場將會極慘。

楚瀚歎了一口氣。他不需要咪縍獻身，便已決定要幫她。眼下形勢，彩是他和咪縍共同的敵人，即使咪縍沒有向他懇求，他也將出手對付彩。

他緩緩潛入砦中，過去一年中，他幾乎每夜都潛入巫族的砦子，早將砦中的方位勘查得一清二楚。苗砦中的巫女一共有四十八人，其中八人是老婆子，主要工作是服侍其他巫女以及照顧幼巫；十八人是十三歲以下的幼巫；其他二十二人則是成年巫女。這二十二個巫女分別住在不同的吊腳樓，相互間隔得甚遠。諸女各有職司，各有地盤，不相侵擾，同時也互相防範。巫王所住的吊腳樓位在砦子的正中央，樓房最高最大，但也最樸素，只有黑白兩色。楚瀚曾聽一個往年曾是巫王男寵的苦力說起，這是因為巫王的推舉意謂著巫女之間的自相殘殺，意謂著無數極負才能的巫女們無辜喪命，因此巫王的住處也被稱為「喪宅」，表示哀悼之意。

彩身為巫王的長女，乃是巫王以下最有權威的巫女，王不見王，因此她所住的吊腳樓位於山坳之旁，離巫王的「喪宅」十分遙遠。這時楚瀚悄悄來到彩的吊腳樓外，飛身上了樓頂，悄聲傾聽。夜色深沉，如他所料，樓中毫無聲響，沒有任何呼吸之聲。楚瀚又聽了半晌，確知屋中無人，便一個翻身，鑽入屋中，靜立半晌，輕步來到屋子左側，俯身去摸地上，摸到一塊鐵板。屋中昏暗，他從懷中掏出百靈鑰，摸到鎖孔，輕輕插入，閉上眼睛，專心開鎖。他在胡家學藝時，舅舅每回吃飯前都讓他開十個各式各樣繁複的鎖，開完了才能吃飯，因此開鎖對他來說是家常便飯。苗人所用的鎖雖與中土有異，卻並不更加難開，不到半刻，楚瀚便將鎖打開了。

他托起鐵板，伸手掏出一個竹籃子，籃中滿是木盒。楚瀚忽然感到一股衝動，想伸手將木盒全數打開來瞧瞧。他才伸出手去，心中即時一凜，趕緊拉過掛在胸口的血翠杉，放在鼻邊聞嗅，讓腦子清醒過來，才勉強克制住了。他將木盒一一放入預先準備好的布袋，將鐵板放好，用百靈鑰鎖上，才悄悄離去。

楚瀚來到彩的屋子時剛好無人，並非他運氣好，而是他早已發現了彩的起居規律：每當月圓時，彩月事到來，怕寒畏驚，總會去女伴處過夜，讓她們替她煨被暖腳，相擁而眠。楚瀚知道月圓之夜彩一定不在屋中，因此最好的出手時機便是在當天夜裡。彩的蠱種全都藏在屋中的鐵板之下，平時並不上鎖，巫女們互相尊重敬畏，極少敢去碰觸別人的蠱物，因此從未有失竊之事。但彩生性謹慎，出門時總將鐵板鎖上，鑰匙貼身而藏。她當然不會想到，自己的一把小鎖，又怎擋得住天下第一神偷的百靈鑰？

注 苗語中，「咪」是小的意思，「綍」是花，表示貌美的意思，咪綍即「美麗的小花」；「彩」是女兒、姑娘的意思；「喋」是哥的意思。

第四十七章　苗女之歌

楚瀚得手之後，便悄悄離開彩的吊腳樓，來到巫王的住所，想儘快將蠱物交給巫王，自己也好早日脫身離開。卻見巫王的屋中仍有燈火，並傳出人聲。楚瀚心中好奇，悄悄攀上吊腳樓旁的大樹，往屋內望去。

但見屋內仍舊陰沉沉地，巫王不喜人家見到她的容貌，白日都將窗戶關嚴，晚間也不喜點起燈火。這時她屋中卻破例點起了三盞油燈，是楚瀚見過最明亮的時候。

但聽一個冰冷的聲音說道：「媽媽，妳看錯他了！」卻是咪縍的聲音。

巫王沒有回答，楚瀚低頭望去，見到巫王正靠在榻上，手中拎著水煙銅管，一動不動，不知是睡是醒。

咪縍用手搥著地板，砰砰作響，語音憤怒，又道：「他不要我，連我的『意亂神迷蠱』都對他毫無效用。妳告訴我，這是爲什麼？」

巫王舉起煙管，緩緩抽了一口煙，舒展手臂，懶洋洋地道：「妳年紀太小了。」

咪縍一聽，重重地哼了一聲，顯然十分不快。巫王嘎嘎一笑，說道：「怎麼，我說得不對麼?」咪綍不答，過了一陣，才悻悻地道：「他是個傻子。他一直說我是個孩子，要我回家。我才不是孩子呢！」

巫王笑道：「妳當然是個孩子。不必失望。等妳成爲巫王後，要多少男人就能有多少，誰也不會敢拒絕妳的。」

楚瀚聞言一呆，心想：「咪綍會成爲巫王?」

但聽咪綍咬牙切齒地道：「我第一個要的就是他。我要他跪在我的腳邊，苦苦懇求我原諒他有眼無珠！求我眷顧他，疼愛他，求我讓他作我的男寵，看我答不答應！」

楚瀚從窗中瞥見她的口氣神情，不禁毛骨悚然，暗暗慶幸：「這女娃居然如此可怕之至，幸好剛才我沒有被她所惑！」

巫王又吸了一口煙，坐起身，從几上拿起一片事物，舉在身前，仔細端詳。咪綍原本還在喃喃咒罵，忽然注意到巫王的舉動，呆了呆，衝上前望向巫王的臉，驚道：「媽媽，妳的臉！」

巫王十分鎭定，緩緩放下那片事物，楚瀚這時才看出那是面鏡子。咪綍跪在巫王身前，極爲激動，說道：「媽媽，她對妳下手了?妳的臉……」

巫王微微一笑，說道：「不錯。再過七天，我的臉容就會完全恢復原貌，我也就會死了。」她說這話時極爲平靜，甚至帶著幾分滿足和嚮往。咪綍拉著母親的手，痛哭失聲，說道：「那惡毒的女人！我要殺了她！媽媽，妳怎能就這樣撇下我？」

巫王輕撫她的頭髮，說道：「別擔心，彩不會活得比我更長久。我們都死了以後，妳就可以成爲巫王了，這不是很好麼？」

咪綍抹去眼淚，眼中露出一絲喜色，問道：「妳已經對彩下手了？」巫王點點頭，說道：「不然她月事來時，怎會痛苦成那樣？自從她十三歲起，我就已經開始對她下蠱了。」

咪綍轉哀爲樂，拍手笑道：「我眞想親眼看見她死去！這賤人不知欺負過我幾千幾百次，我一定要看著她受盡苦楚而死！但我不明白，她怎會這麼蠢，明明知道自己的性命掌控在媽媽手中，卻仍想害妳？」巫王歎道：「咪綍，妳不懂得。彩是心高氣傲的性子，寧可拉著我一起死，也不願意拱手將巫王之位讓給妳。」她頓了頓，忽然問道：「那個楚瀚，他眞會幫妳？」

咪綍甚是篤定，點頭道：「一定會的。他是個傻子，我還沒開口求他，他就說會盡力幫妳我的忙，還說會幫我幫到底呢。」巫王淡淡地道：「是麼？但是他拒絕了妳，妳未能完成對他下蠱，他畢竟不受妳控制。」咪綍道：「不錯，我是控制不了他，但我相信他仍會心甘情願地替我辦事。他疼惜我的年輕美貌，可憐我不得不扮癡裝傻，不忍心見我被彩欺負，因此他一定會幫我的。」

巫王望著女兒，問道：「妳爲何想控制他？」咪綍理所當然地道：「因爲我歡喜他！我要他永遠無法離開我。而且，難道媽媽看不出來麼？彩非常重視這小子，這人幾次忤逆她，她卻都沒殺他。彩這人就是欺軟怕硬。她之前老是打他，因爲她想要他想極了，沒有別的辦法，只好用虐待他來滿足自己。我讓喋瀚去偷彩的蠱，他一定會被彩捉住。那時節，彩想必又是震驚，又是氣惱。在她死前見到心愛的人背叛自己，那滋味想必好受得很吧！」

巫王嘿了一聲，說道：「妳這又是何必？彩反正也快死了。如果彩下手殺了他呢？」咪綍笑道：「那也不要緊。我就想讓他去試試偷彩的蠱種。如果不成功，他死在彩的手上，那也罷啦。」

巫王道：「妳就不心疼妳的喋瀚？」咪綍哼了一聲道：「他今晚若要了我，我才會心疼他。如今我只盼他早早死去，好洩我心頭之恨！」話雖凶狠，語氣卻滿是嬌癡意味。巫王嘎然而笑，說道：「我的好女兒。」

咪綍又抬頭凝望巫王的臉，說道：「媽媽，妳長得眞好看！」巫王淡淡一笑，說道：「當年……唉，如果不是因爲煉蠱，我又怎會變成那副醜怪模樣，又怎會失去我心愛的男子？」

咪綍默然，神色轉爲悲悽，說道：「有一天我也會變醜，也會失去我的喋瀚。是麼，媽媽？」口氣哀傷，似乎若有憾焉。

巫王伸手輕撫她美麗的臉頰，說道：「有失才有得。乖女兒，老天已經給妳太多了。妳要成爲巫王，就得作出犧牲，幾百年來都是如此。」咪綍點了點頭，低下頭去。母女倆相對靜默，不再說話。

楚瀚伏在樹上，望著這古怪的一幕。他再也弄不清自己應該站在哪一邊。看來巫王已經快死了，彩也活不長久，咪綍將留在巫族之中，成爲下一代的巫王。她方才跟自己說要逃出巫族云云，原來全是謊言，不過是爲了騙得自己出手相助她對付彩。而事實上她也並不需要出手對付彩；聽來巫王老早對彩下了蠱，隨時能取彩的性命。咪綍騙自己出手偷取彩的蠱物，不過是爲了對彩報復，讓彩嘗嘗被心儀者背叛的滋味，其心地之險惡毒辣，實比大人還要可怖。自己早先若眞的受到她的誘惑，中了她的什麼「意亂神迷蠱」，很可能此後便永遠被她操控於股掌之中，這一輩子就斷送在此，再也別想脫身。這小姑娘眼下年輕美貌，但她的面容很快就將變得跟她的心地一般險惡醜陋。這小姑娘值得可憐麼？

此時巫王和咪綍已然熄燈歇息，楚瀚仍潛伏在樹上，將事情從頭至尾想了一遍，漸漸理清了一些頭緒，心中對巫族中的每一個女子都感到說不出的厭惡。這群巫女不但善使陰毒蠱術，更慣於爾虞我詐，彼此算計，互相報復，手段殘狠。楚瀚打定主意：「這裡不是人待的地方。我得儘快離開巫族，但離開之前，我定要將巫族弄得天翻地覆才罷休。」

他一直等到夜深了，二女的呼吸漸漸沉穩，才在樹上綁好繩索，輕巧地蕩上吊腳樓前的迴廊，跨過高高的門檻，進入屋中。屋中濕氣和煙味交雜，甚是刺鼻。楚瀚見到巫王睡在榻上，身上蓋著薄被。一方月光照射在她的臉上，但見她左頰的肉瘤已經不見了，一張青腫黑爛的臉變得清秀白淨，雖仍有些瘢疤痕跡，但都已淡去，隱約能看出當年過人的容色。楚瀚想起她已離死不遠，輕輕咬了咬嘴唇，不去多想，俯身臥倒在她床前，從懷中取出一端裝有鐵鉤的短竹棍，伸入床榻之下。

他探知巫王所有的蠱種都藏在床底下，這也是咪縍未來成爲巫王的本錢。巫王從不離開床榻，因此十分不易下手，他只能鋌而走險，趁二人熟睡時入屋盜取。此時他將竹管一寸一寸地伸入床底，感到竹管微微顫動，知道是被守衛蠱物的毒蜘蛛或毒蠍子咬住了。他已在竹管內塡充了雞血，因此蜘蛛和蠍子都以爲咬上了人肉，再不鬆口。

楚瀚將竹管伸入床底深處，觸及一件硬物。他將那事物用鐵鉤挑出，見是一個木盒，便放在一邊。他靜臥在巫王床前，屛息凝神，又將竹管伸入，將床底的木盒一件一件挑出，小心翼翼，不敢弄出任何聲響。這大約是他此生最驚險的一次取物，也是最大的一次挑戰；他全神貫注，穩住呼吸，穩住手臂，過了一柱香時分，終於挑出了十多個形狀顏色各異的盒子，幾根竹杖，幾袋藥丸。他將這些事物一一收入大布袋中，這才悄悄站起，慢慢退出門外。

臨到門邊，他回頭望見熟睡中的咪縍，見她小嘴微翹，臉龐嬌美姣好，不禁微感心痛。他寧願她真是個傻子，也不願意知道她是個心計深沉，殘狠毒辣的巫女。

楚瀚轉過頭，不敢再去望巫王和咪縍，攀住之前綁在樹上的繩索，蕩回大樹之上。他背負著兩布袋的蠱物，直往苗砦後的山坡上奔去。這座山並不高，因巫族砦子便在山腳之下，苗人都喚之爲「巫山」。楚瀚冬季上山砍柴，便是來到這巫山之上，因此十分熟悉路徑。他一逕來到山峰高處，找到一個隱密的山坳子，在一塊大石上坐下，略事休息。但見天色漸漸亮起，他呆坐了一會兒，低頭望向那兩個布袋，知道裡面都是巫王和彩花了許多年的心血煉製而成的蠱物，自己卻該如何處置它們？

楚瀚呆了一會，心想第一要務，便是解除自己身上的蠱。他打開彩的袋子，取出一個個盒子觀看，見到其中一個盒子色作靛藍，上面寫著彎彎曲曲的文字，知道這就是彩在自己身上下的「藍蟲蠱」。他小心地打開盒子，見到裡面躺著一隻肥大的肉蟲，足有海碗大小，在盒中緩緩蠕動，十分噁心可怖。他知道這是「藍蟲王」，牠平時沉睡不醒，但每隔一年便會甦醒一次，需要飲食。牠飲食的方式極端古怪，不靠自己吃食，卻經由散布在中蠱者身上的「藍蟲子」吃食人的血肉來滿足胃口。如果彩不給中蠱者壓抑藍蟲子的藥物，藍蟲子便會開始咬囓吃食中蠱者的內臟血肉，痛苦不堪，直至死亡方止，死狀自是極為淒慘。

楚瀚在兩個布袋中摸索一陣，掏出竹杖、藥丸和各種盒子，攤在地下檢視，最後終於找到了一個方盒。這盒子色作靛藍，上面也寫著彎曲的文字。他心想這應該便是曾見彩施用的引蟲線香了，打開盒子，果見盒中盛放著許多線香。他取出一枝，用火摺點燃了，將左手臂湊在藍蟲王之旁，右手持香，將香頭在自己身周圍繞，慢慢引導至左手臂當年藍蟲子鑽入體內的疤痕之上。他見過彩從死去的奴役屍體中取出藍蟲子，但他並不知道解除死人和活人身上的藍蟲蠱有何不同，此時也只能「活馬當死馬醫」，依樣畫葫蘆了。

他揮動線香好一會兒，正擔心這辦法是否對活人無效，忽然感到手臂皮膚麻癢，接著一陣劇痛，他忍不住驚呼出聲，但見一隻藍色肉蟲咬穿了他左臂的皮膚，探出頭來，接著一陣掙扎，從他的血肉中鑽了出來。那藍蟲子已足有三寸長短，比入體時長了三倍。

楚瀚強忍噁心，定下心神，緩緩移動線香引導蟲子，那隻藍蟲子果然循著線香移動，帶著血跡爬過他的手臂，最後跌入了藍蟲王所在的盒中。但見那小藍蟲黏在藍蟲王胖大的身軀上，漸漸變小，似乎慢慢融入了藍蟲王的身子，最後連一點兒痕跡也看不見。

楚瀚見此法奏效，吁了口氣，又持著線香在自己身周環繞，最後引至左手臂的傷口之上。過了一陣，另兩隻藍蟲也從他的左臂破皮而出。他用線香將兩隻蟲子都引入藍蟲王的盒中，才趕緊捻熄了香，關上盒蓋，望著自己手臂上的三個血洞，強忍著才沒有嘔吐出來，心想這該是他這輩子所見過最噁心恐怖的情景之一。

他喘了幾口氣，用布條包紮起手臂，又將滿地的線香、蟲盒、藥丸、竹杖等都收回布袋之中。忽然手指碰觸到一個木盒，順手便拿了起來，一手持盒，一手就想打開盒子，但隨即驚覺：「這定是那萬蟲囓心蟲！」

他雖心生警覺，想趕緊抓過胸前的血翠杉聞嗅，但兩手似乎已黏在盒子之上，再難移開，霎時之間，他警覺兩隻手似乎都已不是自己的了，完全不聽使喚，在他眼前自行動了起來，慢慢將盒子打開。正當盒蓋開了一縫時，忽然一根青竹管伸了過來，將那盒子挑飛了出去。

楚瀚一驚抬頭，見到一個高眺的身形站在身前，竟然是彩！

彩臉色蒼白，似乎站立不穩，伸手扶住一旁的石壁，低頭望著他，說道：「嗯，你很聰明，沒有人教你，你便偷學到了如何解除我的『藍蟲蠱』。」

楚瀚跳起身，伸手抓起兩個袋子，見到地上還有一根竹杖尚未收起，俯身抓在手中，準備拔腿就跑，卻見彩似乎無意攻擊自己，按捺不下心中好奇，停在當地，問道：

「妳爲何救我？」彩搖搖頭，說道：「因爲我歡喜你，不忍心讓你死。」

楚瀚望著她，見她臉上神情哀傷眞摯，不禁暗自心驚，問道：「妳怎會追到這裡？」

彩低聲道：「我知道咪縍昨晚去找你了，也知道你拒絕了她。我很高興。」她頓了頓，又道：「昨天夜裡，我痛得無法入睡，回到自己的樓中，發現我的蠱物被盜，猜想動手的一定是你，因此最先上山來追你。天明之後，巫王和咪縍才發現你偷走了她們的蠱物，勃然大怒，命令全族的人出動來追捕你。」

楚瀚道：「妳最先找到我，將我捉回去，可是大功一件。」

彩搖搖頭，說道：「不，我是來幫你逃走的。」

楚瀚大奇，忍不住問道：「爲什麼？」

彩苦苦一笑，說道：「巫王就快死了，我沒把握自己能否鬥得過咪縍。咪縍當上巫王後，你想你會有好日子過麼？楚瀚，你相信我。咪縍既不是白癡，也不是什麼天眞善良的小姑娘。她是天下最毒的巫王之女，你被她看上了，是你的不幸。你唯一幸運之處，是我也看上了你，而我願意幫你逃走。」

楚瀚聽她再次提及她對自己的情意，仍感到難以置信，說道：「我怎能相信妳的話？妳……妳對咪縍百般欺侮，幾乎沒要了她的命！」

彩嘿了一聲，冷笑道：「我欺侮她？哼，我已經盡量克制自己了。這小女娃兒自懂事起，便想要我的命，不知向我下過多少次蠱。她和她母親合謀，讓她裝瘋扮傻，只不過是想贏得別人的同情憐憫罷了，好讓我處於挨打的地位，無法明目張膽地還手。」

楚瀚在聽了巫王和咪縍的對話後，心中對咪縍也感頗感難以信任，問道：「但是妳對巫王下了萬蟲齧心蠱，要取巫王的性命……」

彩緩緩搖頭，神色哀然，說道：「不，對巫王下蠱的不是我，是咪縍。」

楚瀚聞言不禁一呆。彩歎了口氣，說道：「咪縍一直求巫王殺我，但巫王卻不忍心下手。咪縍便散布謠言，讓大家以爲我在密謀毒害巫王，而巫王不斷容忍。如此當巫王中蠱死去後，大家便會認定是我下的手，唾棄我而同情咪縍。但巫王知道我對她一片忠心，始終不忍心對我下手。咪縍等得不耐煩了，終於決定下手，對自己的母親下了萬蟲齧心蠱。」

楚瀚只聽得呆在當地，作不得聲。

彩喘了幾口氣，扶著石壁坐倒在地，臉色愈發蒼白，續道：「咪縍很早就從巫王那裡偷得了少許萬蟲齧心蠱。她發現這蠱爲竹所剋，若將蠱藏在一根竹管的中心，施蠱的人持著竹管，自己便不會受到誘惑。」

楚瀚想起咪縍手中常常把玩著一段竹棒，不禁暗暗心驚，又聽彩道：「她一直想對你下蠱，讓你成爲她『意亂神迷蠱』的傀儡，對她死心蹋地愛戀，但你一直不曾跟她有肌膚之親，她才無從下手。」

楚瀚搖了搖頭，說道：「我一直當她是個可憐的小姑娘……」

彩尖聲笑了起來，說道：「可憐？哼！要論心地的惡毒，我們誰也比不上她。她對巫王下毒之後，就嫁禍於我，逼迫巫王引動我體內的『守宮蠱』。這蠱是巫王老早便給我種下的，用意是讓我克制情欲，不致在成爲巫王之前失貞，但這蠱也讓我月事來時痛苦不堪。」楚瀚確曾見過她月事來時輾轉呻吟的痛苦情狀，知道那絕非一般女子尋常的痛經，心中不禁多信了幾分。

彩又道：「這『守宮蠱』並不致命，但是咪縍並不知道。她以爲我也快要死了，但我可不會那麼容易便讓她得逞。她想要你，哼，我偏偏不讓她得到你！」

她的眼光望向楚瀚手中的兩個布袋，楚瀚只道她下一句話便會向自己索取這兩袋的蠱物，不料彩卻道：「這兩個袋子，你立即扔到深水潭裡去，讓蠱種通通死去！」

楚瀚不禁一呆。

彩微尖笑著，說道：「咪縍的一切蠱種，都是靠巫王幫她煉成的，她自己半點也不會煉，只會施用。如今她毒死了自己的母親，同時失去了所有的蠱種，這叫作自作孽，不可活！她沒了蠱種，無法自保，往後就得靠她自己的本事啦！」

楚瀚低頭望向手中的布袋，說道：「那妳的蠱種呢？」

彩傲然道：「你有本事偷去，也有本事替自己解蠱，我還有臉向你討回來麼？」她倚著山壁而坐，抬頭望向楚瀚，喘了幾口氣，又道：「你在我族中住了這許久，想必已然看出，我們苗族巫女雖擅長蠱術，但很大一部分，還是仗著人們對我們的恐懼，才能自保。我們最大的難處，是在施蠱時，必得讓受蠱者心甘情願地讓我們施蠱。」

楚瀚心中疑惑，正要開口詢問，彩已接下去道：「不錯，那日我能對你施『藍蟲蠱』，是因爲你自願吸了巫王的『幻眞水煙』，因此受她所制，當我下蠱時，你更未掙扎反抗，你難道自己不覺得奇怪？」

楚瀚回想當時的情景，下藍蟲蠱的過程十分恐怖，而自己竟然順服無比地接受了，絲毫未曾抗拒，原來是因爲巫王已用水煙迷障住了他的心神。

彩喘了口氣，又道：「除了恐懼和迷惑，巫女也常用美色來降伏他人，讓人意亂情迷時，心甘情願中蠱。你這麼長時間都未曾受到咪縍的誘惑，讓她找不到下手的機會，實在很不容易。」她說到這裡，抬頭凝望著楚瀚的臉龐，眼神中滿是誠摯的尊敬與戀慕。

楚瀚被她看得全身不自在，正要開口，忽聽山下隱約傳來一陣幽幽臭臭的歌聲。彩臉色一變，說道：「她們來找你了！」趕緊拔下幾片嫩草，揉成一團，扔過去給楚瀚，說道：「快塞在耳中！」

楚瀚依言作了，但聽那歌聲優柔婉轉，極爲好聽，不知彩爲何如此著緊恐懼？他才塞好，便知道原因了：這歌聲悠悠蕩蕩，歌意中飽含纏綿悱惻的愛戀，滿是火熱赤裸的欲望，直令聽者意動神馳，不能自制，便想舉步往山下奔去，投入歌者的懷抱。

彩對他招招手，要他跟上自己。楚瀚勉力鎭定心神，提起兩布袋的蠱物，快步跟著她奔去。兩人穿過一道山澗，奔過一座山崖，來到雲霧繚繞的山巓之上。彩指向一條小路，要他快去。楚瀚點頭向她示謝，彩搖搖手，轉過身，快步去了。

楚瀚獨自站在山巓，望著彩高䠷的背影消失在雲霧之中，知道她就將回去挑戰咪縍，面對一場殊死之戰。這對姊妹不只爲了誰當能當上巫王而爭，彼此間早埋下了難以化解的深仇大恨，而自己又恰恰是二女爭奪的焦點之一，只是自己一直被蒙在鼓裡，全不知曉。他歎了一口氣，心想：「這兩個女子的命運處境都十分可悲可歎，可她們的所作所爲，卻實在難以令人同情。」

他一心想儘快離開巫族，便提起腳步，踏上彩指出的小路。

山巓雲霧環繞，迷濛撲朔，如眞似幻，而苗女的歌聲也如影隨形，不斷盤旋在他耳際，儘管塞住了耳，仍能隱約聽見。眾苗族巫女顯然一邊唱歌，一邊滿山遍野尋找他的蹤跡。楚瀚感到自己有如在雲間飄浮，神飛魄蕩，胸口有股難以壓抑的衝動，要他飛奔回去尋找咪縍，跪倒在她的腳邊，親吻她赤裸的腳趾。

楚瀚驚覺自己就將入魔，加快腳步沿著那小路飛奔而去，手中緊緊握著胸口那段血翠杉，放在鼻邊聞嗅，奮力保持神智清醒。他卻不知，世間最最迷人心魄之物，一是蛇王笛，二是苗女歌，而這兩樣的威力他都領教過了。

他一手緊握著血翠杉，一手抓著兩個布袋，展開畢生最擅長的飛技，一陣風也似地向山下奔去。

天色漸明，山下的景物漸漸清晰，苗女的歌聲也漸漸悄不可聞。他感到神智一清，有如從一場惡夢中陡然甦醒過來一般，不明白自己怎能在那陰鬱恐怖的巫族中待了這麼長的時日？大約正如彩所說，自己是被巫王的水煙障住了吧？而這一障，就是兩年的時光？

他停下步來，忽然感到手臂刺痛，低頭望見左手臂上的包紮處兀自滲出三塊血點，想起藍蟲子鑽出手臂的恐怖情狀，不由得全身寒毛倒豎。他感到一陣噁心，低頭望望手中提著的兩個布袋，不禁皺起眉頭；這兩袋蟲物證實了自己過去兩年的經歷不是一場惡夢，而是真正發生過的事情。他吸了一口氣，想起彩的交代，在山坳隱密處找到了一個深水潭子，搬了幾塊大石頭放在布袋裡，將布袋口牢牢綁起，先後扔入潭中。他親眼望著兩袋蠱種緩緩沉入潭底深處，這才鬆了一口氣，隨手取過路邊一根長竹，當作手杖，往山下走去。

下了巫山之後，便算離開了巫族的地盤，但仍處於苗砦之間。他不敢停留，加快腳程，往東行去。

注 廣為人知的巫山位在四川北部，長江流經巫山處稱為巫峽，乃是三峽——巫峽、瞿塘峽、西陵峽——之一。故事中的巫山位於貴州境內，乃是苗女所居砦子之旁的一座小山。關於苗族巫女和蠱物的種種描述，大多出於想像，並無事實根據。

第四十八章　馬山四妖

離開巫山之後，楚瀚單獨在道上行走了一段時日，不知爲何，心中愈來愈掛念京城中的人事物。他常常想起紀娘娘勸自己離開梁芳時的懇切措辭，她的溫和沉靜；他在瑤族時，得知紀娘娘和自己都是出身大籐峽的瑤人，又感到更深一層的親切，而他想起最多的，還是泓兒。他腦中不時浮起泓兒的小臉，那滾圓的臂膀和大腿，小小的雙手雙腳，和他臉上天眞無邪的笑容。自己離開時，泓兒才剛滿一歲，正慢慢學步，也開始會認人了，懂得咿呀地叫自己「瀚哥哥」。

每想起泓兒，楚瀚心頭就是一陣溫暖，自己離開了這許多年，泓兒現在也該有四五歲了吧？還認得自己麼？但是每當他想起泓兒處境之危，心頭便好似被什麼東西揪住了一般。他開始擔心自己不在的這段時日，如果懷恩失勢，無法保住泓兒，那可如何是好？他晚間的惡夢愈來愈多，每回都和在叢林巨穴中所作的那個夢境相似，有無數惡人野獸要追趕傷害泓兒，自己奮力抵抗，最後抱著泓兒一起跌入萬丈深淵……他往往在自己的嘶喊呼救聲中驚醒，滿身冷汗，喘息不斷，醒後仍無法甩去夢中種種恐怖的影像。

他不斷受惡夢所困擾，日夜不安，終於下定決心回京城一趟，暗中觀望形勢。如果一切如舊，紀娘娘和泓兒都平安，那他便可以放心離去；倘若形勢轉惡，他便要誓死守在他們身邊，盡力保護他們的安危。主意已定，他便轉往東北，打算回返京城。

這日他來到了廣西境內，此地不如貴州境內那般山巒起伏，但有也不少山嶺丘陵。他來到一個小鎮，問人才知道這小鎮因位於馬山之下，被稱爲「馬山鎮」。這馬山鎮甚小，只有一家簡陋的客店，他去客店要了間房，晚間便到客店的食堂吃飯。

他才走入食堂，便知道事情不大對頭。這小鎮人煙稀少，他剛踏入客店時，曾瞥見狹小的食堂裡空空蕩蕩，杳無一人；但他入房一會兒再出來，食堂中的四張桌子竟已坐滿了人，只留中間一張方桌空著。食客個個假裝低頭吃飯，卻都忍不住往門口的楚瀚瞄了一眼，談話聲也頓時安靜了許多。

楚瀚心中一凜，知道自己已踏入了陷阱，但這些人跟自己有何冤仇，爲何衝著自己而來，一時卻無法猜知。他心想這些人應是有備而來，自己此時就算不踏入這食堂，屋外想必也會有人攔阻，便索性大步走到中央，在那張方桌旁坐下了。

他看準了門窗屋樑的方位，知道自己可以輕易脫身，但他卻頗想瞧瞧是什麼人會來這偏僻的小鎮中尋找自己，又有什麼目的？他喚了店小二來，叫了一碟燒肉，一碗白飯。店小二是個頗機伶的小伙子，點菜上菜時來去匆匆，顯然對食堂中的其他客人十分忌憚。

楚瀚自顧吃食，等待眾人發作。吃了半碗飯，才見一個坐在門邊的馬臉長袍老頭咳嗽一聲，站起身，走上前來，咧嘴而笑，露出一口黃牙，拱手說道：「這位想必是楚師傅了，久仰大名，幸會幸會。」

楚瀚回禮道：「好說，好說。」心中思量：「這老傢伙認出了我，不知究竟有何意圖？」

那馬臉老者笑道：「楚師傅出身三家村，飛技高妙，江湖上誰人不知，誰人不曉？閣下在巫族幹下了一番驚天動地的大事，我們廣西地近貴州，自然老早便聽說了。我們慕名前來相見，今日有幸見到楚師傅的眞面目，眞是幸如何之。」

楚瀚這才明白過來，俗話說：「好事不出門，壞事傳千里。」他離開貴州不久，小道消息便已傳遍江湖，說道三家村的傳人楚瀚盜走了巫王的蠱種，將巫王活活氣死，引發巫族激烈內鬥，已有五個巫女在爭鬥中蠱發身亡。

楚瀚原本料到自己離開之後，巫族中定會鬥得天翻地覆，卻沒想到這事情會傳到江湖上去。他心想：「這些人當然不只是慕名來瞧瞧我的面目，而是別有所圖。他們能要什麼？」隨即明白：「是了，他們不知道我已毀去了蠱種，或許便是爲了搶奪蠱種而來。」正想到此處，那老者已從懷中取出一錠沉甸甸的黃金，放在桌上，壓低了聲音，說道：「明人不說暗話。楚師傅，十兩黃金，買你在巫族中取得的所有物事！」

楚瀚低頭望望那黃金，暗自慶幸自己已將蠱種沉入深潭之中，否則天下不知有多少邪徒惡棍爭相奪取這些蠱種，遺毒不知將有多麼深遠！他抬頭望向那馬臉老者，見他仍舊咧著嘴露出黃牙而笑，便也報以一笑，黑黝黝的頰邊露出兩個酒渦，說道：「這位爺，十兩黃金可不是個小數目啊。當年我們三家村還興旺的時候，金山銀山都有，十兩黃金卻也能讓幾位族長挑起眉毛了。但我手中哪有什麼事物值得十兩黃金呀？要有，我立即掏出來給你。」說著拍了拍身上，表示身上空無一物。

馬臉老者臉色微變。三家村號稱天下寶庫，這小子出身三家村，什麼珍奇異寶、古董神器沒有見過？想用十兩黃金收買他手中握著的無價之寶，確實有些異想天開。馬臉老者跟坐在一旁的一個方臉漢子對望一眼，心中都打著同樣的主意：「買不到，搶！」一眾人嘩的一聲站起，擁上前來，團團將楚瀚所坐的桌子圍住。

馬臉老者彎下腰，雙手撐在桌上，一張馬臉離楚瀚的臉不過數寸，冷冷地道：「小子，你在苗族取得的蠱種，我們全要了。這黃金你不收也罷，橫直死人是用不著金子的！」

楚瀚滿面無辜，攤攤手，說道：「可不是，死人哪會使金子呢？但是這位爺，苗蠱何等危險，誰敢隨身帶著？我若就這麼拿出來交給你，你敢收下麼？」

楚瀚年紀輕輕，身形瘦小，容貌樸實，橫看豎看都是個傻楞小子，而且言語率直，似乎絲毫不藏機巧。馬臉老者望著他，笑容收歛，但仍露著一口黃牙，一時不知該如何對付這個小子。

楚瀚神色自若，眼角掃處，見到食堂中的十五六人，此時已全數圍繞在自己桌邊，門口也有人探頭探腦，這幫人不知派出了多少手下來向自己索蠱，看來是志在必得。

那馬臉老者凝視了楚瀚好一陣子，最後才齜牙咧嘴地道：「楚師傅，你敬酒不吃吃罰酒，對大家都無好處。」

楚瀚點頭道：「這話說得再對也沒有。這樣吧，我話說在前頭。楚瀚不缺錢，取了苗蠱只不過爲了逞逞痛快，別無目的。這蠱種你們想要，我也沒理由不給，連金子都不必收你的。只是……當中有一個難處。」

馬臉老者湊上前，逼近楚瀚的臉，冷然道：「什麼難處？」楚瀚道：「蠱種我藏在巫山裡了。你們想要，得跟我回巫山去找。」

馬臉老者直瞪著他，此時另有三個老者也圍了上來，索性在他桌旁坐下了，只有那馬臉老者還站在他身旁。楚瀚見這四人一個馬臉，一個方臉，一個麻臉，一個圓臉，但衣著怪異，看來似乎是什麼邪幫異教一流。四人互相望望，互使眼色，最後還是那馬臉老者開口，說道：「小子，你想要唬我們馬山四妖，還嫌嫩了點兒。老實說吧，那些事物藏在哪兒？」一邊說，一邊已將一柄小刀抵在楚瀚的後腰。

楚瀚恍若不覺，抬頭向四人環望一周，臉露無奈之色，說道：「我說了要帶你們去巫山尋找，你們不信，那我該如何，你們才會相信？」

馬臉老者將一張老臉貼近他的臉頰，說道：「你若要命，就放老實點。現在我們將你的手腳綁上，乖乖跟我們走。」話才說完，手中一鬆，眼前一花，馬臉老者直覺將小刀往前一戳，卻戳了個空。四人一齊驚呼，但見眾人圍繞中的楚瀚竟已憑空不見，四人有的抬頭仰視，有的低頭尋找，有的左右張望，卻哪裡見到得楚瀚的身影？

食堂中其餘人也都呆了，慌忙扭頭四望，滿屋子尋找，但卻連半點影子也沒見到。眾人又是驚慌，又是恐懼，這人莫不是會了妖法，怎能在眾目睽睽下如輕煙一般，轉眼間便消失無蹤？馬臉老者明明持刀抵著他的血肉，他竟然仍能脫身，離他近不過咫尺的四人就連他從哪個方位逃走的都毫無線索，這怎麼可能？

眾人發呆不過片刻，門外已有人叫了起來：「人走了，人走了！」四個老者和一群手下一湧而出，果見夜色之中，五十丈外，一個煙一般的人影正快速遠去。眾人大呼小叫，打起火把，隨後追上。馬臉老者叫道：「點子中了毒，走不遠的！追！」

楚瀚才奔出一段，便感到渾身不對勁，腹中忽然劇痛起來，手腳痠軟無力，心中暗叫不好：「他們在飯菜中下了毒！」他畢竟少走江湖，對這等陰毒伎倆少了防範，此時連忙抓起血翠杉放在鼻邊，勉強振作精神，放眼望去，迎面便見一條大河，河岸上儘是乾枯的蒿草，稀稀落落，頗難躲藏。此時已是黃昏，蒼茫中但見那河總有數里寬窄，遙望更見不到對岸，河水洶湧，河岸邊連一條小船也沒有。

楚瀚暗罵一聲，若在平時，要泅水過去倒也可行，但此時身中劇毒，一入激流，氣血加快，恐怕立即便沒命了。若在這河岸上被敵人一圍，更無處躲避，只能趁敵人尚未追上之前，趕緊設法逃脫。

他感到腹痛難忍，勉力往河上游快奔而去。若在平時，憑他的飛技，敵人更無法追得上他，但他中毒之下，腳步不得不放慢，但聽身後傳來咻咻聲響，卻是馬山四妖牽手下逼近前來，開始向他投擲暗器，飛鏢、鐵蓮子、甩手箭、鐵蒺藜，什麼都有，昏暗中準頭雖差，但成片飛來，也甚難躲避。他放眼望去，見到數丈外的河岸上有間木屋，他極需覓地躲避暗器，別無他策，只得往那木屋衝去。

楚瀚踢開屋門，竄入屋中，但聽屋外啪啪啪聲響，有如下雨一般，不知已有多少暗器打在了板壁之上。楚瀚心想：「他們用暗器逼我走入絕路，下一步便要入屋來捕捉我了。」他知道這些人貪圖苗蠱，應不會就此殺了自己，但瞧他們邪狠陰毒的手段，大可能斬了自己雙手雙腳，弄得自己半死不活，再以酷刑逼供。他心想自己絕不能落入這幫人手中，念頭急轉，但聽門外暗器停歇，腳步聲響，四個人向著木屋走來，應當便是那馬山四妖了。

楚瀚放眼向屋中打量，但見這木屋約莫十尺見方，陳舊破敗，屋角堆滿了腐爛的乾草，往年可能是個臨時的馬廄，屋中既無躲藏之處，也無什麼可作武器的什物。他心中大急，但聽腳步聲愈來愈近，不禁慌亂，忽然注意到手掌中傳來一股冰涼之感，低頭一望，發現一直捏在手中的竹杖竟然寒冷如冰，頗不尋常。

他望著那竹杖，赫然一驚，但見這竹杖竟像極了咪縍時時持在手中把玩的竹棒！

楚瀚呆在當地，心中動念：「莫非我一時疏忽，竟留下了這段藏有萬蟲囓心蠱的竹棒，當成手杖隨身帶著？」

他陡然想起彩曾經說過，咪縍很早便偷得了萬蟲囓心蠱，將之藏在竹管之中。他回想自己將兩袋蠱種沉入巫山中的深潭之後，便抓了一根竹杖當作手杖，向下山走去。自己當時被苗女之歌所惑，腦子昏昏沉沉，並非十分清醒，而這竹杖又一直未被收入袋中，沒有跟其他的蠱種一起沉入潭底，怎知竟被他糊里糊塗地帶下了山來！

他想到此處，頓覺全身發麻，所幸這萬蟲囓心蠱被竹子所制，無法誘人中蠱，加上自己身上始終戴著血翠杉，能夠護身，不然不知已死了幾十次了。眼前情勢危急，他立時便想：「如何才能施用這竹杖中的蠱？」

他回想咪縍時時將竹棒拿在手中把玩，但究竟要如何才能釋放出竹杖中劇毒無比的蠱物？彩曾經說過什麼？好像沒有；咪縍曾經透露什麼線索？也沒有。楚瀚心急如焚，知道自己只有幾瞬間的工夫，若解不開這個祕密，自己很快便要落入馬山四妖的手中。

他將竹杖翻來覆去地端詳，忽然注意到一端近頂處隱約有個小小的圓形。他伸指摸去，那圓形似是個小小的開口，他用力一摁，一小塊圓形的蓋子便掉了下來。便在此時，馬山四妖中的馬臉老者已踢開木門，踏入木屋，冷笑一聲，舉起鬼頭刀，大步向楚瀚搶來，當頭斬下。

楚瀚無暇多想，舉起竹杖，便往馬臉老者的臉上刺去。馬臉老者回刀一擋，但聽泮擦一聲，竹杖被他從中劈成兩半，一截飛出數丈，跌落在地。

楚瀚這一驚非同小可，知道竹杖一破，再無任事物可以遏止杖中的蠱物，立即將手中的半截竹杖遠遠扔出，抓起掛在胸口的血翠杉，放在鼻邊聞嗅，接著就地一滾，往木屋角落滾去。人還未停下，便聽馬臉老者嘶聲慘呼，呼聲淒厲難言。

楚瀚滾出老遠，縮在角落的爛草堆中，抱著頭不敢起身，心中怦怦亂跳。但聽腳步雜沓，方臉妖奔入屋來，叫道：「大哥，你怎麼了？這小子傷了你？」話聲未了，也高聲慘叫起來，摔倒在地，掙扎翻滾不止，兩人的慘叫聲此起彼落，似乎將這靜夜給生生地撕成碎片。

另兩妖嚇得不敢進屋，縮在門外，甚至不敢探頭來看。幸得這二人膽子小，膽子若稍大一些，跨入了屋中，兩條命便也送在此地了。

門外四妖的手下眼見屋中二妖情狀詭異慘酷，都驚得呆了，發一聲喊：「蠱術，蠱術！」登時作鳥獸散，逃得不見影蹤。只有另外二妖不知是顧念情義，還是嚇得傻了，仍舊留在門外沒有離去。

楚瀚抱頭藏在乾草堆中，但聽屋中二妖呼聲淒厲，尖銳刺耳，驚心動魄，直令人不忍卒聽，心想：「大祭師說過，看見這蠱的人，會神智恍惚，行止怪異，狂呼慘叫，痛倒在地，口吐白沫，不省人事。有的幾天內便死了，有的會迅速老化而死。怎地這兩人好似立即便要斷命？」隨即想到：「大祭師說的，是木盒中的萬蟲齧心蠱；這竹杖中的蠱是咪縍偷去重煉的，效力或許又有不同？」

但聽二妖仍嘶吼慘叫不絕，卻並未死去，門內的楚瀚和門外的二妖各自驚悚顫抖，在極度恐怖中度過了一個又一個難熬的時辰。

過了不知多久，兩妖的嘶吼聲終於漸漸低微，轉成臨死前的呻吟，更加令人毛骨悚然。漫漫長夜就在兩妖的呻吟聲中過去了，將近天明，呼喊仍斷斷續續，並未止歇，楚瀚心中漸感焦急，只想：「他二人怎地還不死？」

最後呻吟聲終於止歇，楚瀚定下神來，感到自己身上的毒性仍未解除，手腳不便，心知自己不但得逃過這萬蟲囓心蠱的淫威，更得避開門外的二妖，方得脫身。他緊閉雙眼，慢慢摸索，沿著牆爬行，盡量遠遠避開屋中二妖方才發出呻吟之處，爬到一扇窗下。他伸手摸到窗櫺，站起身來，正準備躍出窗外，忽聽窗外一人咦了一聲，說道：「還有人活著！」竟是個女子的聲音，十分嬌柔好聽。

楚瀚一驚睜眼，但見面前不到一尺處赫然是張女子的臉，花容玉貌，杏眼桃腮，豔美異常，一身白衣，約莫二十來歲年紀。他絕未想到黑夜之中，荒野江邊的舊木屋外，竟會出現一個陌生美女，直覺反應便是後退避開，但連忙硬生生地阻止自己，知道絕不能靠近垂死的馬山二妖和二妖身邊的萬蟲囓心蠱，便留在當地，凝目往那女子望去。

但見那女子靠在窗邊，一手支頷，神色沉靜悠閒，好整以暇，絲毫不爲馬山二妖的慘呼所動，看來她已站在窗前觀望許久，對於二妖中蠱垂死的情狀似乎司空見慣，見怪不怪，眼中只露出一分淡淡的好奇。看她這副漠然鎮定的神態，儼然是個苗族巫女，但她衣著打扮全是漢人，卻又不像。楚瀚忍不住問道：「妳是誰？」

那女子將目光從二妖身上收回，落在他的臉上，淡淡地道：「你又是誰？藏在這青竹杖中的，可是萬蟲囓心蠱？你怎地沒死？」

雖然她言語輕柔舒緩，楚瀚卻感到一股逼人的霸氣迎面而來。他不知對方是敵是友，沒有回答，逕往牆邊摸索行去，希望能找到大門，奪門而出。他直覺感到這美貌女子極難對付，他寧可去面對門外的馬山二妖，而不敢從這女子身畔躍出窗外。

那女子銳利的眼光始終不離他的臉龐，嫣然一笑，說道：「小子膽子好大，竟敢不回答我的話？」

楚瀚勉力移開兩步，忽然感到全身痠軟，再難抵擋那蠱的誘惑，幾乎便要衝到竹杖之旁，仔細瞧瞧這萬蟲囓心蠱究竟長得什麼模樣。他緊緊握著血翠杉，努力嗅聞它的香味，但這萬蟲囓心蠱威力實在太過強大，他直用盡了全副心神，卻仍無法阻止自己一步步往那竹杖移去。

正當他在生死之間掙扎之際，但見那女子白衣一閃，輕巧地從窗口躍入了木屋之中，逕往垂死的馬山二妖走去，一俯身，拾起了半截青竹杖，又走到牆角，拾起了另半截，纖纖素手不知怎地一翻，已將兩截竹杖湊在一處，也將方才楚瀚撬開的小圓孔堵住了。

楚瀚感到那蠱的魔力頓時消滅，大大地鬆了一口氣，心中不禁驚異：「這女子是誰，竟對這萬蟲囓心蠱不屑一顧，隨手便制伏了？她絕對不是尋常人物。」

但見那女子回過頭來，對自己微微一笑，笑容中滿是霸氣妖氣，嬌聲說道：「你不肯回答我，難道我便猜不出？你是三家村的楚瀚，這竹杖中藏著的，正是苗族蠱王『萬蟲囓心蠱』，前一任的巫王便是死於這蠱。至於你前夜爲何能活著未曾中蠱，那也很簡單，你身上戴著一件奇物，能夠祛妖邪，辟百毒，因此你能抵抗這苗蠱，未受其惑。」伸出素手，直指著他手中緊握著的血翠杉。

楚瀚臉色蒼白，這時萬蟲囓心蠱已被收起，威脅不再，但他感到面前這女子比萬蟲囓心蠱還要毒辣恐怖十倍，手中緊緊握著血翠杉，生怕被那女子奪去。

白衣女子卻似乎對他的血翠杉並無興趣，低頭望向那段青竹杖，隨手把玩，若有所思，說道：「我聽人說過，這萬蟲囓心蠱，乃是苗女爲了讓意中人一世只愛她一個人而煉製的。嗯，這事物有趣得緊，有趣得緊。」

她側頭瞥向楚瀚，笑吟吟地道：「我可不似你，人家問我問題，我從不會不敢回答。我是百花仙子戚流芳，正在探尋我師哥的下落。他爲了報仇奔走天涯，我爲了找他，也隨著他奔走天涯。我若找到了他，你說，我該怎樣牢牢套住他的心呢？」說著自顧笑了起來，身子有如花枝亂顫。她一邊笑，一邊將竹杖往腰間一插，飄然出了木屋，對楚瀚和馬山二妖更不多看一眼，身影迅速消失在晨曦之中，只留下一陣令人毛骨悚然的寂靜。

楚瀚勉力定下神，此時萬蟲囓心蠱已被百花仙子戚流芳取去，木屋中的馬山二妖也已斷氣，屋外的二妖尚未恢復神智，此時不走，更待何時？他奮力跨出門外，但見天色漸明，一輪旭日就將從東方升起。他辨別方向，往東方沿著河流飛奔而去，直奔出數里才停步。他回頭不見馬山四妖的手下追來，想是個個嚇得魂飛魄散，不知躲到何處去了。他回想昨夜情景，感到一陣恐怖噁心，在河邊嘔吐了數次，將腹中食物全吐了出來，才感到好過了些。馬山四妖在他食物中下的毒似乎並不太厲害，吐過之後，腹痛便消失了大半。

注 「百花仙子」戚流芳便是日後創立「百花門」的百花婆婆。她年輕時曾師從古山老仙學習「仙術」，亦即毒術。古山老仙與苗族巫女淵源甚深，精擅蠱術，因此戚流芳對苗族蠱術亦十分熟稔。戚流芳在楚瀚和四妖的激鬥下，因緣巧合取去了青竹杖和藏在竹杖中的萬蟲囓心蠱，她知道這蠱的淵源，便打算用在暗戀已久的師兄葉落英身上，好讓他對自己一往情深，再不離開。但尚未來得及施蠱，兩人便生杆格，葉落英服毒自殺。戚流芳自此性情大變，濫殺無辜，害人無算。這萬蟲囓心蠱經她重新調配煉製後，傳給了小弟子姬火鶴，姬火鶴又傳給了得意弟子青竹。青竹後來成爲百花門長老，曾手持青竹棒，以萬蟲囓心蠱誅殺無數土豪惡霸，最後也用該蠱結束了自己的性命。詳情請見《天觀雙俠》。

第四十九章　飛戎又現

楚瀚此番險些死在萬蟲齧心蠱上，心驚膽戰之餘，不敢多留，拖著疲憊的身心，繼續往東行去，只想逃得愈遠愈好。

他行了數日，這日來到一個大城鎮外，十分眼熟，問人才知道又回到了桂平。他忽然想起自己的伙伴小影子來，心中好生思念。當年他來到桂平時，因決心入林設陷阱擒拿百里緞，便將小影子留在了鎮上，怎料得到自己這一去便是好幾年，在靛海、大越走了一遭，又陷身苗砦巫族，九死一生，險些再也無法回來？

他想起小影子的忠誠貼心，便決定入城去尋找小影子。他先潛入一戶人家偷了衣褲帽子，略作改裝，扮成一個不起眼的商鋪伙計，來到昔日下榻的客店，要了一間單房。他記得往年在東廠和皇宮中時，小影子最愛躲在廚房的灶旁取暖，有時睡得太靠近灶火，連鬍子都燒卷了。他想著小影子鬍鬚燒焦的滑稽模樣，不禁笑出聲來。當下出了房間，來到客店的廚房。這時正是午後，廚房中沒有半個人，楚瀚找了一圈，不斷啜唇作哨，卻並未見到小影子的身影。

他甚是失望，心想：「過了這許多年，牠大概老早走了，也很可能已經死了。」心下不禁一陣黯然。

傍晚時，他去城中吃了碗麵，坐在臨街的一張桌旁，外邊天色已暗，街上行人漸稀。忽見一群十多個衣著古怪的漢子牽著馬從大街上走過，楚瀚定睛一瞧，領頭的竟然便是倖存的馬山四妖中的兩妖。他心中一凜：「莫非他們是跟隨我而來的麼？」又想：「我一路掩藏得甚好，他們不可能追得上我。桂平是個大城，他們來此應是別有他事。」

他心中好奇，等二妖和眾手下遠去後，便結了帳，隨後跟上。但見一行人走到一間富麗堂皇的大屋後門外，離自己下榻的客店並不遠。屋內有人開了後門，讓二妖等人進去，說道：「諸位師兄到了！路上可辛苦？快請進來，大師已經等你們很久了。」

一行人進了大屋，楚瀚也躍上高牆，跟入探聽。但見馬山二妖來到一間小廳，廳裡已坐了一個中年人，一身紫袍，留著長鬚，面孔尖長，臉色陰鷙，見馬山二妖進來，劈頭便問道：「老大老二呢？東西沒弄到手？」

麻臉妖和圓臉妖臉色蒼白，連忙跪下，將捕捉楚瀚未成、大妖二妖被他施蠱毒死的前後說了。那紫袍人哼了一聲，說道：「三家村的人不好對付，我早叮囑你們要謹慎行事，卻仍一敗塗地，一事無成！」

麻臉妖和圓臉妖都臉有愧色，跪下請罪，說道：「大師慈悲，大師恕罪！」

那紫袍人擺手道：「罷了！大妖二妖都犧牲了，連百花仙子也覬覦苗蠱，出手搶奪，可真讓人料想不到。」頓了頓，又道：「今晚的法會如常舉行。你們幫我放亮了招子，今兒來獻金獻銀的信眾著實不少，需得提防那些趁機來撈一筆的宵小之輩。」二妖連聲答應，退了下去。

楚瀚心想：「原來四妖出手向我奪蠱，是出於這紫袍人的指使。這人又是什麼大師了？」

聽得前廳人聲鼎沸，楚瀚有心探索這群妖徒的勾當，便悄悄潛出，來到大屋的正門之外，見大門洞開，進門便是好大一座廳堂，裡面已聚集了數百人，形形色色，有高官貴賈，也有市井小民、善男信女，彼此交談時，興奮之情溢於言表，似乎什麼重大神聖的事情就將發生。

不多時，內廳響起一陣鑼鼓聲，屋中眾人齊聲歡呼：「大師，大師出來了！」便見一個身穿金色長袍的中年人從內廳走了出來，在當中的高座上坐下了。他面孔尖長，留著長鬚，滿面紅光，嘴角帶著自得的微笑，正是楚瀚剛才在後邊見過的紫袍人。他身後跟著一群親信弟子，待他坐定，便高聲宣布道：「李大師就座，開始接見信眾！」楚瀚見到二妖也在那群親信弟子之列，站在那「李大師」的身後守護。

廳中眾信眾你推我擠，爭相上前向那穿金袍的中年人跪拜，雙手呈上一盤盤的金子或銀子，旁邊的侍者一一收下，李大師微笑著與來者對答，神態慈祥和藹，跟楚瀚方才在後面看到的陰鷙神情判若兩人。

楚瀚正納悶這些人在作什麼，身邊一個老者對他道：「小兄弟，你是外地人吧？運氣可好了，正好碰見李大師來到鎮上舉辦消災求福大會。」

楚瀚問道：「李大師是什麼人？」那老者聽他不知，睜大了眼睛道：「你不知道李大師？李大師諱孜省，乃是一位地地道道的神人哪！治病驅邪，消災求福，天下沒有什麼他辦不到的事兒。」

楚瀚恍然道：「因此大家都來這兒奉獻金銀給大師，請求大師幫忙消災祈福，是麼？」

老者微微搖頭，壓低了聲音，說道：「是，但也不全是。大師哪兒在乎金錢？這個祕密，你可別到處說去。大師老早就練成了煉金術，要多少金子就有多少。今晚這兒想必有不少是想來跟大師攀個關係，希望能拜他為師，學習煉金術的。」

楚瀚並不相信這一套，假作驚異道：「若懂得煉金術，一輩子都不用愁窮，那可有多好啊！」

老者笑道：「可不是？但是話說回來，有人怕窮，也有人怕死。大師的『長生術』

才讓人豔羨呢。他的弟子偷偷跟我說，大師已經一百多歲了，但看來還跟四五十歲的人一般，這都是他的『長生術』的功效。當然還有一心想對付仇家的人，大師的『打小人』、『咒髮術』和『養小鬼』，就更加好用了。大師的這五樣法術，號稱『五雷法』，可是極爲寶貴的祕傳之法，百年來只得大師一個傳人，當今世上沒有比大師更殊勝的人物了。」

楚瀚微微點頭，心想：「原來這什麼李孜省李大師，是個地地道道的妖人。」他裝出擔憂的神情，低聲問道：「老前輩，我今日恰好撞見大師，那可眞是千載難逢的機緣。但我出門在外，身上沒帶什麼銀兩，這麼空手去拜見神人，可不太過失禮了？」老者揮揮手道：「一點不要緊！心誠則靈！或許大師跟你有緣也說不定。來，你跟我一起上前去，向大師說出你心中苦惱憂慮，他一定能替你解決的！」

楚瀚便跟著老者上前，往人群中擠去。但廳中信眾實在太多，每個人都有無數的煩惱問題要請教大師，也不知要等候多久才輪得到他們。楚瀚正等得不耐煩時，但聽一個侍者高聲道：「祛災降魔的時辰到了！」

楚瀚身邊的老者唉聲歎氣，連聲道：「遲了一步，遲了一步！看來我又錯過一次良機了。」楚瀚道：「怎麼？」老者道：「大師累了，今晚不再繼續接見信徒了。但咱們能望望祛災降魔的儀式，也是吉祥的。」

其餘未能見到大師的信徒們個個露出失望之色，知道大師接見信眾的時刻已經結束，自己的問題要得到解決，只能等候下一次的機會了。但眾人都不敢透露任何不滿之色，紛紛後退，在大廳當中讓出一塊空地。幾個侍者走上前來，抬過一個紅布覆蓋之物，放在當中。

但見李孜省穿著金光燦爛的袍子，走到那紅布遮蓋的事物之前，雙手合攏，口念咒語，不多時，但見他手中漸漸冒出一股白煙，裊裊升往大殿頂上。眾信徒見他露出這一手神蹟，都發出讚歎之聲。李孜省面色嚴肅，雙眉緊蹙，口中喃喃念著咒語，霎時間整張臉都紅了起來，臉上閃爍出一粒粒汗珠，似乎正用盡心力祈請著什麼。過了約莫半盞茶時分，李孜省才停止念咒，舒了一口氣，睜開眼睛，臉上又露出慈祥的微笑，伸手指著身前的紅布道：「我仰仗天神的法力，將在座大家的業障罪孽，都轉移到了這隻畜生的身上！」

一個侍者上前掀開了紅布，但見裡面是一只木籠子，籠中蜷縮著一隻通體漆黑的貓，一雙黃澄澄的眼睛閃著光芒，警戒地向周圍瞪視。

眾信徒都睜大眼睛望著那黑貓，眼神中帶著幾分無名的仇視，和幾分殘忍的期盼。李孜省身邊的侍者拿起一把火炬，往籠子湊去，顯然想將籠子點火焚燒。

李孜省雙手合十，說道：「燒了這滿身罪孽的畜生，就能帶給大家吉祥平安。燒吧！燒吧！」

楚瀚一見到那黑貓的身形眼神，立即認出那是小影子！他心中猛然一跳，眼見那籠子的一角已然著火，小影子在籠中嘶聲吼叫，弓起背脊，顯然驚恐已極。楚瀚怎能坐視自己的小影子被人燒死，立時從懷中掏出兩枚「落地雷」，往掛在屋角的大燈籠擲去，炸斷了懸掛燈籠的弔繩，那燈籠轟然一聲，跌落下地，七八個信徒被燈籠砸到，大呼小叫，紛紛逃竄，廳上眾人都轉頭去看發生了什麼事。

楚瀚趁著眾人注意力轉移之際，施展飛技，越過數十人的頭頂，飛身來到籠子之上，手中匕首揮出，斬破了籠頂，伸手將小影子抄了出來，隨即一躍上了屋樑。

他這一出手，因身法實在太快，加上火燒的濃煙和燈籠跌下的紛擾，籠前的李孜省、眾侍者和圍觀眾信徒一時都沒看清發生了何事，過了半晌，才有人叫道：「咦，貓不見了！」又有人抬頭往上一望，說道：「莫不是在樑上？」

眾人一齊抬頭看去，煙霧中彷彿見到一個人影，都大叫起來。事實上，楚瀚早在眾人留心到貓不見了之前，便已從大樑躍到屋頂角落，竄了出去。他將小影子放在屋頂上，小影子受到驚嚇，一溜煙便衝下了屋頂，奔過圍牆，沒入黑暗之中。楚瀚自己悄悄跳下地，又從大門回進廳去，此時廳中一片昏暗，煙霧瀰漫，人聲嘈雜，眾人仍舊抬頭仰望著大樑，戳指呼喊，叫小偷下來。楚瀚心中暗暗好笑：「樑上早已無人，難道他們都看不見麼？」

他擠回那老者身邊，問道：「發生了什麼事？」他方才躍出去救貓上樑，復又歸來，那老者竟然全無知覺，皺眉道：「我也不知道？你看樑上有人，偷走了貓！」

楚瀚擠在人群之中，也抬頭去看，不由得一呆，樑上果真有人！自己剛才躍上樑時，並沒見到什麼人，這人卻是何時到樑上去的？他又爲何會在樑上？

正想著，李孜省的親信徒眾中有會武功的，包括馬山二妖和幾個手下，紛紛躍上大樑去追捕那人。那人一驚之下，忙從屋頂鑽了出去，跟自己剛才鑽出去的方位一模一樣。楚瀚心中一動，立時看出這人的身法十分獨特，似是三家村中人，但卻看不出是誰。他轉身往門外擠去，想追上去瞧瞧，卻聽廳前一人朗聲說起話來，原來是李孜省爲了鎮住場面，特意站到高處，舉起雙手，朗聲道：「大家看這兒！大家看這兒！天帝已經派遣使者，將黑貓接去了！你們瞧！」

但見他伸手往火燒的籠子裡一撈，雙手高高舉起，似乎舉著一團燒焦的動物屍身，接著雙手一抖，那屍身忽然消失，轉變成一朵朵燦爛的蓮花，從他手中跌落。眾信徒都看得目瞪口呆，直跪倒膜拜，口稱神蹟。

楚瀚卻不由得微微一哂，看出這李孜省也是個懂得偷天換日，手腳俐落的「小綹」之流。方才他從袖子中掏出木炭，又將木炭收回袖中，快手掏出金色蓮花，一耍一換之下，立時騙倒了一眾信徒，但在楚瀚這當代一等一的偷天換日高手眼中，這李孜省的手法自顯得粗糙已極了。楚瀚眼見一眾徒眾驚嘆歎賞不絕，不禁暗暗好笑，但他無心拆穿這人的騙術，掛念那剛剛竄出屋去的樑上之人，便趁著眾人膜拜讚歎之際，從大門擠了出去。

他竄上屋頂，伏低觀察，但見屋頂上已站了馬山二妖等七八個李孜省的親信徒眾，當先的圓臉妖向那偷子喝道：「兀那小子，竟敢來動大師的物事！不要命了麼？」

那人也不打話，蒙頭便往隔壁屋脊躍去。那群人發一聲喊，紛紛追上。楚瀚見那偷子在屋脊之間縱躍，身法果然是三家村的飛技，但又並非十分精湛，幾個起落，便被圓臉妖等人追上圍住了。追者刀劍出鞘，向那偷子砍去。那偷子武功也不怎麼高明，沒兩下便受了傷，被那群人擒住，押回大廳後面的那間小廳。

楚瀚極想知道這偷子究竟是誰，便悄然跟在一群人之後，躲在窗外偷看。但見徒眾將那偷子五花大綁，推坐在中間一張凳子上，一人將他背上的背囊取下打開了，但見裡面亮花花的都是金子銀子，看來正是今晚信徒獻給李孜省的金銀。

麻臉妖走上前，啪的一聲，甩了那偷子一個耳光，喝道：「小子撿便宜來啦！」這時楚瀚看清了那偷子的臉面，見他形貌猥瑣，卻是從未見過。

那猥瑣漢子苦著臉，吐出一口血，也不言語。圓臉妖走上前來，喝道：「你是什麼人？哪兒偷來的膽子，竟敢對大師的事物下手？」

那猥瑣漢子一挺胸，說道：「我姓羅，乃是三家村中人！」麻臉妖舉手欲打，喝道：「胡說八道！『胡柳上官』，三家村的飛技從不傳外姓，你姓羅，怎會是三家村的人？」

那姓羅的偷子爭辯道：「我哪有胡說？三家村的楚瀚不也是外姓人，卻學得了胡家的飛技？」

麻臉妖和圓臉妖互望一眼，同時開口問道：「你認識楚瀚？」「你是楚瀚的什麼人？」

那姓羅的偷子當然不知道麻臉妖和圓臉妖與楚瀚之間的血仇過節，吹噓道：「嘿，楚瀚師傅可是當今飛技最高的一位神偷了。我跟楚瀚師傅關係匪淺，他呢，可說是我的入門恩師……」麻臉妖雙眉一豎，衝上前揪住了他的衣襟，揮手又是一個巴掌，喝道：「他在哪裡？是他派你來的麼？」

那姓羅的偷子連挨兩個耳光，見這麻臉凶神惡煞的模樣，嚇得臉都白了，連忙改口，說道：「不，不！我其實並不認識楚瀚，連見也沒有見過他……他這個惡賊！」他方才還滿口稱讚楚瀚的飛技如何了得，但此人顯然十分識趣，眼見勢頭不對，立即改口叫他「惡賊」。

便在這時，李孜省臉色凝重地走進屋來，馬山二妖和其他手下趕忙讓在一旁，對他恭恭敬敬地行禮。李孜省在一張太師椅上坐下了，問道：「這人偷了什麼？」圓臉妖道：「他偷了信徒在廳上進獻的金銀，全都取回來了。」麻臉妖道：「這人剛才說，他出身三家村，也不知是眞是假？或許他跟楚瀚頗有淵源也說不定。」

李孜省看了一眼那些金銀，走上前去，繞著那姓羅的偷子走了一圈，忽然一伸手，從他的頸間掏出一樣事物，扯將下來，拿到燈前細看，說道：「這事物……這確實是三家村之物！」

其餘人都湊上前來，楚瀚也看得清楚，但見那是一面銀色的牌子，看來十分陳舊，但仍能見到牌面上刻著一個「飛」字。

楚瀚心中一震，頓時憶起許多年前，自己輸了飛戎王之賽，在祖宗祠堂前罰跪時，上官無嫣曾騎馬到來，特意取出這面她以取得「冰雪雙刃」而贏得的「飛戎王」之牌，在自己面前搖晃，挑釁地問自己：「這便是你拚死拚活想贏得的飛戎王之牌。怎麼，如今這牌子落入了我的手中，你挺眼紅的吧？」

楚瀚在這許多年之後，再次見到這面銀牌，不禁又是驚詫，又是好奇，暗想：「三家村中人極爲重視的飛戎王之牌，怎會落入這猥瑣偷子的手中？他和上官無嫣有什麼關係？」又想：「上官家被抄時，上官無嫣匆匆被錦衣衛捉走，很可能並未將這面銀牌帶在身上。這牌子或許留在了上官家，被錦衣衛搜出，又或是被柳家或其他宵小取出，流落出來。」

轉念又想：「不，事情不會這麼單純。這人的取技飛技雖是三流，但身法確然出自三家村，受過三家村人的傳授。」他一心想向這偷子探問，但這時李孜省、二妖和一幫會武功的親信徒眾都在小廳之中，他自不願貿然現身。

李孜省抬起頭，盯著那姓羅的偷子，冷冷地道：「很好，很好，你果然是三家村中人。那隻黑貓呢？你藏去哪兒了？」

姓羅的偷子一呆，左右望望，似乎完全不明白他在說什麼，囁嚅道：「什麼……什麼黑貓？」

李孜省臉上的陰鷙之色又現，說道：「你救走了那隻關在籠裡的黑貓，是不是？你為什麼要救走那隻貓？」

姓羅的偷子滿面迷惘，說道：「我……我眞的沒有救走什麼貓。」李孜省喝道：「給我打！」

麻臉妖走上前，狠狠地又甩了偷子四五個耳光。姓羅的偷子哀哀而叫，連忙申辯道：「各位大爺，請聽小的說，小的方才躲在大廳後面，趁人不注意時，偷走了這些金子銀子，後來那燈籠不知怎地砸下來，許多人都轉頭望向我這邊，小的怕被人抓包，於是就跳上樑去，準備從屋頂逃走。小的眞的不知道有什麼貓！」

圓臉妖向李孜省道：「請問大師，那貓眞的被人救走了？」李孜省道：「不錯，貓確實被人救走了。」麻臉妖道：「莫不是那籠子原本就作得不好，火一燒便裂開了頂，讓那貓……那貓從縫隙中跳出逃走了？當時煙大，誰也看不清楚……」

李孜省打斷他的話頭，冷冷地道：「不，籠頂被人以匕首割開，那貓是被人救出去的。我聽聞從京城那邊傳來的消息，楚瀚那廝在宮中當差時，身邊總跟著一隻黑貓。他在青幫和丐幫面前炫耀身手時，這黑貓便站在他的肩頭。我聽說他是個愛貓如命的人，出手救貓，正是他會作的事情。」

圓臉妖和麻臉妖等都不禁臉上變色，說道：「難道……難道今晚來救貓的眞是楚瀚？怎地我們連個人影也沒看見？」眾人頓時都覺毛骨悚然，不自禁地抬頭四望，想知道楚瀚是不是正潛伏在左近觀望自己。他們當然什麼也沒有見到，而楚瀚銳利的目光仍舊如夜梟一般，在黑暗中靜靜地觀望著他們。

李孜省哼了一聲，對手下道：「給我好好拷問這小子，要他招供他是不是楚瀚派來的，是不是爲了掩護楚瀚出手救貓，才故意出現在樑上，引開我等的注意。」

圓臉妖和麻臉妖領命，輪番拷打那姓羅的偷子。那人禁不起打，不多時便又哭又求地招供道：「眞的不是！眾位大爺，小的根本不認識楚瀚，連見都沒見過。小的也不是三家村弟子，只是山東盜夥中的一個小嘍囉。」

李孜省喝道：「那你身上怎會有這三家村的飛戎王之牌？你跟三家村究竟有什麼關係？」楚瀚心想：「這正是我想問的，他們代我拷問出來，也省我一番功夫。」

那姓羅的偷子忙道：「是這樣的。我們寨裡有個大頭目叫作上官無邊，自稱是上官家中人，有時他喝醉了，會演練一些飛技給我們小嘍囉開開眼界，小的也就這麼學會了一點半點。他也不時拿出這面銀牌來炫耀，說是他在三家村七年一度的飛戎大賽中贏得的。後來小的跟一個小頭目鬧翻了，打算脫伙離去，走前剛好撞見上官頭目喝得爛醉，就趁機摸走了他的這面銀牌，好拿到南方來招搖撞騙。」

楚瀚記得柳子俊曾跟他說起上官無邊投身山東盜夥的事情，心想這人的言語應當不虛，心中不禁感到一陣深切的悲哀。這面三家村人極為重視的飛戎王之牌，竟然流落到這等三流偷子的手中，豈不褻瀆了飛戎王的美名？那年飛戎王之賽，上官無嫣、上官無影、柳子俊和他四人，分別取得了驚世寶物冰雪雙刃、白瓷嬰兒枕、春雷琴和紫霞龍目水晶，他們當年的取技飛技，豈是這姓羅的偷子所能及得上萬一！

楚瀚想到此處，決心要取回這面銀牌。但見李孜省等人又拷問了那姓羅偷子一陣，再問不出什麼，才讓麻臉妖將姓羅的押下去關了起來，眾人熄燈，各去休息。

楚瀚等他們散去後，便在大屋四周觀察，見到信眾都已散盡，大門緊閉，大屋處處都已熄燈，一片黑暗。爲了守護今夜從信眾手中騙來的金銀，李孜省派了十多個親信弟子守在庫房之外，自己的房外卻並未守衛。

楚瀚暗暗慶幸，悄聲來到李孜省的臥房之外，見到他已熄燈就寢。他等了約莫一個時辰，傾聽他的呼吸已然平穩，才從窗縫中放入一枝奪魂香，等香燒完之後，便閃身入屋，但見李孜省躺在床上，睡得正酣。

楚瀚伸手到他懷中，緩緩取走了收在他衣袋裡的那面飛戎王銀牌，掛在自己頸中。他在臥房中四下一望，見到一口箱子，上前打開，但見裡面放的都是李孜省用來哄騙信眾的種種作假唬人的法寶。他撇嘴一笑，甚是不屑，隨手取走了箱中的幾件物事，放入懷中，從窗中躍出，跳上高牆，揚長而去。

第五十章　雪中之艷

楚瀚在鎮上出手救貓，取回銀牌，李孜省和他的徒眾雖未見到他的人，卻不免開始疑神疑鬼。他知道自己不能在這鎮上多待，心中掛念小影子，離開那大屋後，便立即回到客舍，來到廚房尋找。

黑暗中只聽地上沙沙聲響，想是老鼠聽見人聲，四下竄逃。楚瀚啜唇作哨，叫喚小影子，卻沒有回應。他心想：「或許牠並未回來此地。我卻該上哪兒去找牠？」

他心中焦慮，正要離去，忽見一道黑影從櫥櫃高處飛下，直往他臉上撲來。楚瀚自然而然地閃身避開，那黑影靈巧已極，在半空中一個迴旋，又往他臉上撲來，利爪揮出，幾乎抓上他的額頭。楚瀚飛技高絕，身子立即向旁讓開半尺，避過了這一爪。那黑影落在地上，楚瀚回頭望去，見那黑影正快速往角落竄去，一雙金黃色的眼睛在黑暗中一閃即逝。

楚瀚脫口叫道：「小影子！」那黑影子頓時停下，回過頭向他瞪視。

楚瀚見到這貓從高處飛撲和半空轉身的技巧，正是自己所教，世間大約沒有別的貓有這等能耐，這時瞧清楚了，這貓不是小影子是誰？

月光下但見小影子體型精瘦，一身黑亮的皮毛光鮮依舊，金黃色的眼睛銳利如昔。牠弓著的背慢慢鬆懈了下來，顯然也認出了主人，對楚瀚喵的一叫，快步上前，一躍跳上了他的肩頭，將臉靠在他臉上摩挲，喉間發出咕嚕嚕聲響，表示牠心中的歡喜。

楚瀚想起在廠獄和宮中，那許許多多小影子陪伴他度過的寒夜，心中一暖，不禁熱淚盈眶，將小影子抱在懷中，著實親熱了一番，柔聲道：「可嚇壞你了吧？我可憐的小影子，竟然差點被人燒死！你一直在這兒等我，是不是？幸好我及時趕到，救出了你。走，我們回家去！」

他讓小影子站在自己肩頭，閃身出了廚房，離開客店，逕往城外奔去，轉眼便離開了桂平。

楚瀚找回了小影子，有如重見親人一般，心頭感到紮實了許多，但也愈發想念北方的生活。他心想此時已是十月，北地天氣應已開始轉寒，便在市鎮上偷了幾件厚重的大衣棉褲，雪地用的皮靴，加上皮帽皮手套等，放在大包袱中揹著。

他往北行出一段，便感覺到有人在後跟蹤。他回頭盯來人的梢，發現是李孜省和兩妖鍥而不捨，率領徒眾直追上來了。他只道李孜省的勢力範圍只在兩廣一帶，不料愈往北行，徒眾愈多，看來這伙人在中原也有邪教分支，發動數百徒眾一起來圍捕自己。

他眼見對方人多勢眾，知道自己若再次被圍，便沒有那麼容易可以走脫了。如今之計，只有儘快遠遠避開，不讓他們追上。他專撿荒涼的野地行去，往往走個數日也不見人煙，不知不覺已進入湖廣境內。

此時天候轉寒，天上飄起鵝毛般的雪花，又行數日，風雪交加，積雪盈尺。楚瀚慶幸自己在前個市鎮上偷了厚重大衣和皮靴皮帽等物，頗有先見之明，在雪地之中行走，至少不會凍掉了耳朵和腳趾。李孜省和二妖這些久居南方之人，多半不知北地能冷到這等地步，在這荒郊野地之中，想必望雪興歎，即使沒在雪地中凍死，也必是躲在什麼山洞中乾跳腳了。

他甚是得意，心頭輕鬆，便在雪地中放足快奔起來，展開蟬翼神功，足不沾雪地向前滑行。他知道自己過去一年在苗砦種地幹活，勤苦操練，飛技因而進步了不少，心中極爲暢快。小影子一如既往伏在他的肩頭，卻未能站穩，跌了下來。楚瀚回頭笑道：「我跑得比往年快了，你可跟不上啦！」

小影子不悅地瞪著他，在後拔步追上。楚瀚童心忽起，加快腳步，將小影子遠遠甩在身後。

便在此時，但聽遠處一人咦了一聲，說道：「你瞧！那孩子的輕功當眞不壞。」

楚瀚立即止步回頭，但見二十丈外，山路轉角之旁駐著兩騎馬。那兩匹馬不稀奇，奇的是馬上的兩人：左首乘客是個漢子，身形魁偉，劍眉虎眼，滿面鬚髯，背上揹著一柄長劍，神態說不出的英挺豪壯；右首的乘客是個女子，更加出奇，但見她不過十七八歲年紀，肌膚勝雪，雙目如漆，劍眉入鬢，集嬌美英氣壯於一身，氣度懾人。楚瀚不由得慢下腳步，心中暗讚：「好一對男女英豪！」

但見那少女已飛身下馬，一轉眼間已來到他的身前，身法奇快。楚瀚就近望見她的容貌，不由得屏息凝視，他一生中從未見過如此美貌的女子，呆在當地，一時作不得聲。小影子此時已然追上，一躍站上了他的肩頭，睜著金黃色的眼睛，好奇地望著這對男女。

那少女開門見山地問道：「小孩子，你的輕功是在哪兒學的？」

楚瀚此時雖已將近十九歲，年紀比那少女還要大些，但身材瘦小，看來只有十五六歲，因此那少女對他說話的口吻便如對小弟弟說話一般。

楚瀚並不介意，只覺這少女渾身上下透著一股難言的尊貴，神態雖不高傲凌人，但自有一股居高臨下的氣勢。他在皇宮之中，見慣了皇帝貴妃等人上人，因此倒也不窘迫，從容答道：「這位姑娘，妳要能追得上我，我便告訴妳。」

少女一揚眉，似乎有些驚訝這小孩兒竟有膽量向自己挑戰，嘴角微微一笑，伸手往遠處的一株大樹一指，說道：「我沒空跟你追追逃逃。這樣吧，誰能先到那大樹，再返回此地，便算贏了。」

楚瀚點點頭，拍拍小影子的背脊，小影子會意，跳落雪地。

此時那魁偉漢子已縱馬近前，少女對那漢子道：「鳳哥，你作公正，我們誰先回到你這兒，誰便算贏。」

漢子微微皺眉，卻沒有言語，只點了點頭，跳下馬來。少女對楚瀚道：「你數到三，我們便出發。」

楚瀚立即快數道：「一二三！」語音未了，人已衝了出去，只盼那少女尚未會過意，遲了半步。不料那少女反應奇快，與他同時發步，甚至搶在前頭。此地空曠，那株大樹看似不遠，也有五十多丈之遙。

楚瀚提氣快奔，但見那少女身法獨特，步履輕盈，如飛一般在雪上掠過，雪地上更不曾留下半點足跡，心中好生驚佩，「我道天下輕功高手，除了我和百里緞以外，再無他人。沒想到人外有人，天外有天，這少女藝業驚人，不知是何來歷？」

心中想著，腳下加快，使開蟬翼神功，搶到少女的身邊。兩人並肩齊步，如兩道旋風一般飄過雪面，同時來到樹下，又同時轉身，向來處奔去。楚瀚聽見她的氣息漸粗，心想：「她畢竟是女子，氣息不如我長。」回途之中，他使盡全力，略略贏過那女子一步，在漢子的身前停下。

楚瀚回頭望向那女子，見她轉眼也已來到身旁，相差不過片刻。楚瀚正要開口，那漢子懷中忽然傳出一陣嬰兒的啼哭聲。楚瀚一呆，但見那漢子低頭哄弄懷中的襁褓，那少女也迎上前去，說道：「這兒太冷，我們快回去讓孩子暖和一下，我也該給她餵奶了。」漢子道：「正是。」

楚瀚見那漢子懷中的嬰兒十分幼小，只比他第一次見到泓兒時稍大一些，但最多也不過滿月。楚瀚這才省悟，這少女才剛剛分娩沒多久，嬰兒不過幾日大，她便已逞強如此，竟在雪地中和自己較量輕功。若是在她身體康健之時，自己想必不是她的對手。

楚瀚再望向二人，見二人打扮並不似夫妻，大約只是情侶，不知怎地竟生了個孩子？而那少女絲毫不以為羞，轉頭向楚瀚笑道：「小兄弟輕功果然絕妙，令人佩服。我們的落腳處便在前邊，小兄弟若無他事，便一起來喝杯酒吧。」

楚瀚對這二人十分好奇，便答應了，呼喚小影子，跟上二人。

三人牽著馬，往北踏雪而行，不多時便來到一間小小的農舍。這農舍雖簡陋，裡面卻十分清淨雅潔，一張大炕上有張小几，旁邊放著棉布坐墊。少女抱著嬰兒走入內室餵奶，那漢子讓楚瀚在外室的炕上坐下，自己去廚下取來一壺酒，放在几上的小火爐上，生起了火，又從背上包袱中取出兩個油包，打開了放在几上，但見是切肉一類，卻看不出是什麼。

漢子笑道：「這包是牛肺片，這包是牛舌頭。我最愛吃這兩樣下酒。這是鎮上趙屠戶的兒子給我新鮮切的，辣了些，但味道極好。小兄弟，你試試。」說著遞給他一雙粗竹筷子。

楚瀚接過筷子，夾了一片牛舌頭放入口中，果然又香又辣，直辣得他眼淚都流下了，仍忍不住讚道：「好！」

小影子聞到香味，在旁探頭探腦，喵喵而叫。楚瀚笑著給了牠一小塊，小影子吃了，辣得立即吐出，怒吼一聲，遠遠跑了開去。

漢子大笑，拿起溫好的酒替他倒了一碗，也替自己倒了一碗，略一舉碗，便仰頭一飲而盡。他抹了抹嘴，說道：「我姓王，名鳳祥。請問小兄弟貴姓大名？」

楚瀚一聽，登時睜大了眼，脫口道：「你……就是虎俠王鳳祥？」他自幼混跡市井，又在宮廷中待過，見多識廣，一望而知這對男女絕非常人，卻沒想到眼前這漢子便是以一套自創的虎蹤劍法縱橫江湖，行俠仗義，特立獨行的虎俠王鳳祥！

旋又想起，舅舅離開三家村的前一夜，曾有個神祕客在深夜來造訪他，自己問起時，舅舅告知那訪客正是虎俠，又說他是來告訴自己一些事情的，但後來舅舅一去不返，他再未有機會向舅舅詢問虎俠當時究竟爲何而來。

後來他回想起這件事，也不禁懷疑，當時來者眞的是虎俠麼？他愈想愈感到不可能，以虎俠的身分地位，怎會如此神祕地夜訪三家村？他又有什麼重要的事情需告知舅舅？舅舅死去多年，無由求證，今日他雖巧遇王鳳祥，但一來不確定舅舅當年所言是否爲實，二來不知舅舅是否不應將當年虎俠夜訪之事告訴他人，心中雖有無數疑團，一時卻不敢貿然開口相問。

王鳳祥微微一笑，說道：「正是在下。小兄弟尊姓大名？出身何處？」

楚瀚不禁有些赧然，在這藝驚天下的一代俠客面前，自己不過是偷盜出身，怎能不自慚形穢？他只能老實答道：「小子姓楚名瀚，出身三家村，乃是胡家子弟。」

王鳳祥啊了一聲，說道：「原來你就是星夜的關門弟子！偷取苗族巫王蠱種的，就是你了？輕功果然不同凡響啊。」他向內室望了一眼，微笑道：「世間輕功能與她平起平坐的，你是極少數人之一！三家村以飛技取技馳名江湖，而盜亦有道，一不殺生，二不濫取，乃是盜中可敬之輩。」

楚瀚聽他不但不看輕自己出身，還頗有嘉許之言，心中又是感動，又是感激，替他倒了一碗酒，說道：「承蒙王大俠嘉言謬讚，小子愧不敢當，謹敬大俠一碗。」

王鳳祥喝了酒，又問道：「星夜許多年前已然洗手，並決意不再傳授胡家子弟飛技取技。你又怎會成爲胡家的傳人？」

楚瀚聽他直稱舅舅之名，又對三家村中事瞭若指掌，顯然跟舅舅極爲熟稔，心想：「或許能得知他當年密訪舅舅之故？」當下將自己幼年時在京城街頭行乞、被胡星夜帶回收養、得傳絕藝的前後說了，最後也說了胡星夜當年匆匆出門，被人殺害之事。

王鳳祥聽完，神色哀傷，點頭道：「原來如此。星夜就這麼不明不白地讓人害了，委實可疑。」

楚瀚道：「我多年來潛入宮廷，便是想找出害死我舅舅的凶手，卻始終沒有線索。我懷疑是萬貴妃指使的，但並未找到證據。」

王鳳祥側頭思索，說道：「那姓萬的女人大約不會出手害死星夜。星夜雖然不願爲她所用，對她卻也無害。」

楚瀚聽到此處，忍不住想詢問多年之前，他是否眞的去過三家村造訪舅舅，但還未開口，便見王鳳祥神色黯然，說道：「你或許不知道，星夜出事之前，我曾去三家村找過他。」

楚瀚心中一跳，連忙問道：「舅舅確曾跟我說過，你當年在半夜來找他，是爲了告訴他一些事情。當眞是如此麼？」

王鳳祥緩緩點頭道：「不錯。但盼我跟星夜所說之事，不是引致他身亡的導火線。」

楚瀚忍不住好奇，聲音發顫，問道：「當年你跟我舅舅……究竟說了什麼？」

王鳳祥喝了一口酒，說道：「這原不足為外人道。我和星夜，乃是姨表兄弟。」

楚瀚聞言一怔，說道：「姨表兄弟？」他沒想到王鳳祥這等英雄人物也會有表兄弟，而這表兄弟竟是出名的偷盜家族的家長！

但聽王鳳祥道：「正是。我們的母親乃是親姊妹，因此我們小時候常常玩在一塊兒，但長大之後便很少見面了。我那回去三家村，是我們分別十多年來第一次見面。」

楚瀚忙問：「你究竟為何去找舅舅？」

王鳳祥側頭回想往事，緩緩說道：「我是去向他求證一件事。我在浙南見到有人出手作案，取了一件價值不菲的古董，身法和手法與他極為相似。因此我特意去三家村找星夜，詢問他是否眞的洗手了，不再取物。他表明已於十年前洗手，此後再也未曾出手取物，又告訴我他雖收了一個關門弟子，但那弟子年紀尚幼，取技未成，也不曾去過浙南，不可能是這個弟子下的手。他問我那人作案的細節，我跟他詳細說了，他十分驚詫，認為其中必有蹊蹺。」

楚瀚也十分驚訝，他知道胡家的飛技和取技十分殊異，一般人或許難以辨認，但王鳳祥武功見識俱高，而又與胡星夜自幼相熟，自不會認錯。事情發生在七八年前，當時除了胡星夜和自己之外，世間更無胡家傳人，怎可能有人以胡家飛技和取技作案？他喃喃說道：「那會是誰？那會是誰？」

他原本希望能從王鳳祥口中得知多一些的線索，好發掘舅舅之死和三家村藏寶窟消失的因由，豈知王鳳祥所言，只更增加了他心中的疑問。

楚瀚沉思一陣，忽然想起一件事，問道：「王大俠，你可知道我舅舅當年為何洗手？」

王鳳祥點了點頭，說道：「這件事情，世上知道內情的，大約只有上官家和柳家的家長，加上我三個人了。」說完又靜默下來，仰頭喝了兩碗酒。

楚瀚心中好奇之極，他與胡星夜相處之時，年紀還太小，很多事情尚未能看清楚、想明白。當年胡星夜作了洗手的這個重大決定，並且不讓任何胡家子弟學習飛技取技，才會去外邊另覓弟子，收了楚瀚為徒，從此改變了他的一生。但是胡星夜當初為何決意如此，他卻從不知道原因。

第五十一章　細述往事

王鳳祥靜默許久，才道：「星夜是個非常重情的人。他有個雙胞胎兄弟，名叫月夜。兩人感情非常好，從小一塊兒吃飯睡覺，一塊兒練功幹活。但是月夜在幼年膝蓋中嵌入楔子的那段時日中，出了意外，從此跛了腿，因而未能練成胡家飛技。」楚瀚點了點頭，記得揚鍾山也曾跟他提起過這件事。

王鳳祥又道：「星夜心中對這個兄弟充滿歉疚。他眼看弟弟不能出手取物，就去各地替他取來各種各樣的寶物，哄他開心。然而隨著星夜的取技愈來愈精湛，名聲愈來愈響亮，月夜也愈來愈不痛快，感到自己處處不如哥哥，整日藉酒澆愁，並開始對兄長冷言冷語，百般諷刺。那時胡星夜飛技已名滿天下，娶到了江湖上名動一時的美女阮虹秀為妻。他怕弟弟心中不舒服，便也為他聘娶了一位才貌出眾的大家閨秀為妻。當時這位小姐的父親百般不願將女兒嫁給三家村的一個跛子，但胡星夜克服萬難，仍舊替弟弟娶回了嬌妻，大家都說胡星夜實在是個難得的好哥哥。」

楚瀚想起長年住在家後佛堂中的二嬸，她虔誠信佛，沉靜寡言，衣衫樸素，總避不見人，但氣度雍容，面貌娟秀，確實有幾分大家閨秀的風範。又想起自己和胡鶯訂婚時，舅舅給了自己一塊戰國時期楚國的「五山字紋銅鏡」，告訴自己那是他年輕時從楚國舊都郢廢墟中取來，送給妻子的定情禮物。那時自己當然想像不到，舅舅年輕時曾迎娶江湖上出名的美女，有過這麼一段風流光彩的往事。

卻聽王鳳祥續道：「但是可想而知，月夜並不領情，仍舊對哥哥嫉妒如狂。阮虹秀和胡星夜成婚後，感情很好，生了三個兒子，一個女兒，而月夜也和妻子生了一男一女。」楚瀚點點頭，想起家中大哥胡鵬、二哥胡鴻、三哥胡鷗和小妹胡鶯，以及堂哥堂姊胡鵡和胡雀。

王鳳祥又道：「誰也沒有料到，胡家後來竟發生了一件非常難堪的事情。有次星夜出門取物，去的時間長了些，月夜和大弟妹不知如何走得近了，竟作下了醜事。」他望了楚瀚一眼，想知道他是否明白，楚瀚皺起眉頭，點了點頭，表示明白他的意思。

王鳳祥道：「這等事情，在一家子裡，甚至一村子裡，當然是紙包不住火，很快就流傳出去，全村都聽說了。星夜知道之後，自然又是羞赧，又是失望，又是憤怒。他質問弟弟，沒想到月夜竟然毫不認錯，反而將一切都怪到哥哥頭上，說他自己處境卑微，地位低下，一事無成，什麼都沒有，而星夜什麼都有，多分給他一點點又有何妨？星夜聽了，氣得幾乎沒有暈倒，最後終於將這個不成材的弟弟趕出了家門。」

楚瀚心中好奇，問道：「那……那胡大夫人呢？」

王鳳祥搖頭道：「說起這位弟妹，眞是讓人搖頭。她雖是四個孩子的母親，但性情倔強，對丈夫趕弟弟出門這件事極不諒解，跟星夜大吵一架，最後竟也離家出走，跟著月夜去了。二弟妹爲這件事深受打擊，從此閉門念佛，不理世事。星夜也消沉沮喪了好一陣子。」

楚瀚問道：「舅舅就是因爲這件事，才決定洗手的麼？」

王鳳祥點點頭，又搖搖頭，說道：「也可以這麼說。這事兒還沒完，接下去發生的事情，更讓星夜心灰意冷，痛心疾首。」

楚瀚凝望著他，等他說下去。

王鳳祥又喝了一碗酒，說道：「月夜這人花言巧語，很懂得討女人歡心，可能因爲這樣，阮虹秀才會死心蹋地地跟了他去。他離開三家村後，便在外面胡言亂語，說什麼自己的『偷術』勝過了哥哥，因爲他偷了哥哥的妻子；還說胡星夜自稱天下第一神偷，卻爲何不懂得偷人？並說若哥哥能偷得到他的妻子，才算扯平打直了。」

楚瀚皺眉道：「這位眞是個無賴。」

王鳳祥歎道：「可不是？後來星夜終於發現了妻子爲何會跟弟弟勾搭上，肇因竟然是三家村藏寶窟中的寶物。原來阮虹秀是個貪愛寶物的女子，星夜出門的時候，月夜便偷偷帶她去觀看藏寶窟中的寶物，阮虹秀愛不釋手，纏著月夜索討窟裡的寶貝。月夜原本仇恨哥哥，連帶也仇恨三家村的一切，便偷出了好幾件寶物送給阮虹秀，阮虹秀從此而跟他打得火熱。星夜對於三家村的藏寶窟原本十分熱衷，一心想搜羅寶物，充實其中，但是自從他發現妻子是爲了這些寶物才背叛他之後，終於認識到寶物所能帶來的禍害，不但勾引起了妻子的貪心欲望，同時他也清楚見到了自己內心的貪求執著。對於三家村的藏寶窟，從此便意興闌珊了。」

楚瀚想起上官大宅藏寶窟中金碧輝煌的種種古董珍寶，也想起上官無嫣對那些寶物迷戀的神情，心中不由得一凜：「當年舅舅的妻子迷戀上了這些珍寶，不惜拋家棄子；上官無嫣對這些寶物的迷戀之深，只怕也不遑多讓。」說道：「原來舅舅是因此才決定洗手的。」

王鳳祥長歎一聲，說道：「事情還沒完。月夜和阮虹秀兩人離開三家村後，竟然暗中計畫，想將藏寶窟中的事物全數盜出。他們這時已被趕出了三家村，便悄悄潛入村中，開始作一些手腳，但是很快就被上官家和柳家的人發現了痕跡。上官家和柳家並不知道計謀盜寶的是這兩個人，以爲是外人想出手盜寶，便在藏寶窟中設下了種種險狠奪命的機關。星夜並未參與，於是也未曾阻止他們設下這些陷阱。」

楚瀚臉色微變，他知道三家村有不殺不傷之戒，但唯有在防衛外盜之時，會設下致命的陷阱，以收嚇阻之效。

王鳳祥道：「月夜和阮虹秀這兩人的心地極爲險狠。臨下手時，竟想找他們的幾個年幼子女來幫手，以作爲掩護。幸而星夜及時發現了，將子女和姪兒姪女全都鎖在家中，不准他們出門一步，月夜和阮虹秀只好親自下手。他們並不知道上官家和柳家已設下了奪命機關，前來偷寶時，便死在了這些機關之下。」

楚瀚啊了一聲，說道：「兩人都死了？」

王鳳祥點頭道：「不錯，兩個人都死了。這件事發生之後，上官家和柳家一齊去胡家質問星夜。星夜無言以對，只能俯首賠罪，黯然埋葬了弟弟和妻子。這件事給他的打擊太大，他因此決定從此洗手，這輩子再不出手取物，也不准胡家子弟學習飛技和取技。」

楚瀚聽到這裡，心頭好生沉重。過往在三家村中親見親歷的種種情事，在聽了王鳳祥的敘述之後，陡然清晰了起來。他終於明白了舅舅的苦處，舅舅的飛技取技雖極高明，但卻留不住自己的妻子，喚不回自己的弟弟，而險些連孩子們的性命都賠了進去，因此決心洗手不幹，不再施展取技，也嚴禁胡家子弟再去學習這些技巧。

當年舅舅爲何會收自己爲徒，楚瀚也能猜出原因：那時自己跛著腿在街頭流浪乞討，處境惡劣到不能再惡劣，被胡星夜收留並學習飛技取技，怎麼說都比作小乞丐要好上百倍，舅舅也不必爲此感到歉疚。

至於舅舅當時爲何請託自己保護胡家子孫，讓他們免受侵犯傷害，又請他盡力保護三家村，他心中也漸漸能明白其中緣故。只因舅舅老早看出三家村的致命弱點，這群自命不凡的飛賊，在家鄉守著一窟子的稀世珍寶，卻沒有相應的武功武力來防衛外敵，定會招致他人覬覦。一旦對手傾力來攻，三家村便無法抵抗。當年梁芳不過派出幾十個錦衣衛，便弄得上官家家破人亡，藏寶窟中的事物也被人謀奪一空。

楚瀚想到此處，不禁懷疑：「然而藏寶窟中的事物究竟去了何處？我一直認定是被上官無嫣給收了起來，但上官無嫣從此不見影蹤，寶物也一去不返，連上官婆婆和柳家父子都找不出寶物和上官無嫣的下落，這可當真古怪。」他想起上官無嫣，忍不住伸手入懷，握住了那塊飛戎王的銀牌。

王鳳祥不再言語，楚瀚也陷入沉思，兩人相對喝了幾碗酒，都不再作聲。但聽內室傳出兩聲嬰兒嗚咽聲，那少女輕聲哄著，嗚咽聲便止了。

楚瀚忍不住心中好奇，問道：「容小子冒昧，請問夫人是何方神聖？」

王鳳祥露出微笑，說道：「她不是我夫人。她來自西北，乃是白雪一族的領袖，名叫雪豔。她乃是當今天下第一奇女子，此生能有機緣與她萍聚一場，也是我的福分。」

楚瀚肅然起敬，他自然聽過雪豔的名頭，知道她就是那個來歷不明，孤身闖上少林奪走了金蠶袈裟，將正派武林攪得天翻地覆的奇女子。他大爲好奇，還想再問，忽聽內室一聲驚呼，王鳳祥臉色一變，連忙起身搶入內室，問道：「又發作了？」

屋中傳來雪豔和王鳳祥的低聲談話，語音甚是驚慌憂急。楚瀚不知發生何事，又怕女子仍在餵奶，不好跟入，只能戰戰兢兢地坐在炕上，側耳傾聽。小影子此時已走了回來，在楚瀚腿上睡了下來，恨恨地瞪著那包辣牛舌，似乎餘怒未息。

過了半柱香的時間，王鳳祥和雪豔兩人才一齊出來，雪豔手中抱著嬰兒，嬰兒已然熟睡。兩人在炕上坐下了，臉色都有些蒼白，但已鎮靜下來。楚瀚忙問：「沒事麼？」

王鳳祥搖搖頭，說道：「我們這女兒一出生，氣就虛了些，時不時會面孔發黑，停止呼吸，昏厥過去。我們四處拜訪名醫，都說是先天不足，無藥可治。」

那少女雪豔輕歎一聲，臉望窗外飄落的細雪，微微蹙眉，臉上神色又是疲憊，又是憂心。楚瀚看得出她內心的掙扎，她雖愛這女兒，但養兒育女、哺育嬰兒這等瑣事卻非她所慣爲，她還有更重要的事情得去辦，實在不願被這體弱的嬰兒牽絆住，但母愛出於天性，又由不得她放棄鬆手。

王鳳祥又喝了一碗酒，輕拍她肩頭說道：「別擔心，我們總會找著一位好大夫的。」

楚瀚此時忽然想起了揚鍾山，說道：「我知道一位醫術高超的大夫，姓揚，往年曾住在京城——」

王鳳祥一聽，頓時雙眼發光，急切地問道：「小兄弟說的可是揚鍾山揚大夫？你識得他？」

楚瀚點點頭，說道：「是的。揚大夫是我的恩人，約莫六七年前，我在京城身受重傷，揚大夫救了我的命，替我治好了腿傷。」王鳳祥忙問道：「你可知道他現在何處？」

儘管事隔多年，但楚瀚的印象仍十分清晰，那時他在揚鍾山家中養傷，梁芳得到百里緞的密報，率領錦衣衛來包圍揚家，意圖捉捕自己。他們找不到自己，又在揚家大肆搜索，想找出血翠杉和一本什麼醫書，正當揚鍾山一籌莫展之際，自己出頭幫助他逃走，曾問他可以去何處躲避，當時揚鍾山想了半天，才說出他先父往年有個朋友的兒子，住在廬山，曾邀請他去小住。楚瀚便替他收拾了銀兩包袱，讓他帶上一個老實的小廝，叫他們趕緊騎馬去大運河乘船南行，自己挺身面對梁芳，阻止他派人追捕揚鍾山。

自己被梁芳帶走後，便慘受鞭刑，又被打入廠獄，那段經歷血跡斑斑，他不敢再想下去，只向王鳳祥道：「那時有個宮中太監來揚大夫家騷擾，百般威迫，揚大夫不得不遠離避難。那時他說在江西廬山有個好友，叫作文風流，可以去借居一陣，只不知道他如今是否還在那兒？」

王鳳祥和雪豔兩人同時站起身，臉上滿是喜色。王鳳祥大笑起來，向楚瀚抱拳說道：「多謝小兄弟告知！我們千方百計，走遍大江南北，就是爲了尋訪名醫，替我們的女兒治病。揚鍾山大夫許多年前離開京城老家，一去不返，誰也不知道他的下落，我們早已放棄了找尋他。沒想到竟從小兄弟口中得知了他的去處！」

楚瀚遲疑道：「但那也是好多年前的事了。我也不知他現今是否還在廬山？」王鳳祥道：「不要緊，不要緊。只要找到文風流，想必能問到揚大夫的下落。」

雪豔冷豔的臉上露出少見的笑容，說道：「多謝小兄弟告知關於揚大夫的消息，姊姊感激不盡。」

楚瀚聽她自稱姊姊，心想自己年紀或許比她大些也說不定，但一句話才到口邊，震於她的威嚴，又吞了下去，只道：「不必客氣。」

王鳳祥道：「我們這就啓程去往廬山。小兄弟卻往哪兒去？」楚瀚道：「我打算北上回往京城。前陣子被幾個邪教教眾盯上了，最近才擺脫了他們。」

王鳳祥道：「你若有仇家，不如便跟我們一道行走，讓我替你打發了。」

楚瀚心中好生感激，知道自己若跟在虎俠身邊，李孜省那幫人絕不會敢來找他麻煩，當下說道：「如此便煩擾兩位了。江西廬山離此應當不遠，我跟兩位往東行去，到了廬山再分手便了。」他一心想回去京城看看泓兒，便打算跟他們順道去往江西，再折往北行。

三人便同往東行，一路上楚瀚也不閒著，盡心幫忙雪豔照顧她的初生女兒儀兒。有時儀兒啼哭不止，但只要楚瀚一抱起她，她便立時停下不哭，乖乖入睡。王鳳祥和雪豔沒料到楚瀚一個十來歲的少年竟然如此懂得照顧嬰兒，都甚是驚訝。卻不知楚瀚第一個照護哺餵的嬰兒，便是當今皇帝的長子；他那時尚不只偶爾照顧一下，往往是徹夜單獨看護初生沒多久的泓兒，親手保抱哺餵，換洗尿布，早是帶養嬰兒的一把好手。虎俠和雪豔的這女娃兒體弱多病，敏感易哭，往往徹夜不眠，只將她父母累得眼圈兒都黑了。這時有楚瀚幫手，兩人夜晚才得以安穩地睡上一覺，自都對楚瀚極爲感激。

楚瀚心中卻也極爲感激兩人對他的信任。他在江湖上沒沒無聞，說得再好聽，也不過是個初出道的飛賊，儘管數年前曾靠著梁芳的提拔，在京城中混得不錯，也曾在二幫面前施展過身手，近期又因盜取了巫族蠱種而一夕成名，但在江湖武林之中，仍無任何可以稱道的名聲地位。虎俠和雪豔二人卻對他這初見面的少年如此信任，竟放心將親生愛女交給他照顧，這對他來說可是比什麼都大的榮耀。

他照顧儀兒時，總忍不住會想起泓兒，和那一整年躲在夾壁中偷偷照顧泓兒的時光。他回想著泓兒健壯活潑的體態，嘻笑可喜的臉龐，心頭就又是溫馨，又是掛念，眞想趕緊回去京城，看看泓兒現在長得多大了，模樣有沒有改變。

三人帶著儀兒一路行走，數日後便進入山西境內，來到一個小鎮。一行人到客店下榻，雪豔和儀兒先入房休息，王鳳祥和楚瀚來到食堂坐下，點了酒菜。二人才坐定，楚瀚便覺有些不對勁，四下觀望，發現這客店中有不少鬼鬼祟祟的人物來往，仔細瞧去，登時認出其中一人正是馬山二妖之一的痲臉妖所扮。

楚瀚低聲對王鳳祥道：「坐在角落那傢伙，便是追趕我的邪教徒馬山四妖之一。」

王鳳祥道：「馬山四妖，就是那幫以法術惑人騙財的邪教徒？」楚瀚道：「正是。我剛離開苗族時，馬山四妖曾率眾圍攻我，向我索取苗蠱。」

王鳳祥聽他說起苗蠱，微微皺眉，說道：「他們仍爲此追來？」

楚瀚明白他的言外之意，當下老實說道：「苗蠱的蠱種，我老早全數沉入巫山的深水潭中了。他們不信，仍舊跟著我，糾纏不休。」他在王鳳祥面前不敢有所隱瞞，又道：「當時我無意中留下了一種劇毒的蠱，叫作『萬蟲囓心蠱』。他們圍攻我時，我施放這蠱，殺死了馬山二妖。後來這蠱被一個叫作百花仙子戚流芳的女子奪去了。」

王鳳祥嗯了一聲，說道：「百花仙子戚流芳，也非正派人物。」

二人說話間，馬山二妖已率領手下圍了上來，總有三四十人。馬山二妖當先叉腰而立，直望著楚瀚，痲臉妖喝道：「三家村姓楚的，你逃了幾個月，別妄想逃出我們的手掌心！李大師吩咐了，要儘快捉住你，將你偷去的物事都搜了出來！」

楚瀚還未答話，王鳳祥已開口道：「這位小兄弟身上沒有苗蠱，苗蠱都已被他毀去。你們要有膽量，自己去找苗族巫王索討蠱毒。要沒膽量，這就給我滾！」他最後一句話中用上了三成眞氣，聲震耳膜，二妖的手下功力稍差的，登時便嚇得臉色蒼白，連退幾步，坐倒在地。

二妖凝目望向王鳳祥，圓臉妖怪笑道：「你是什麼人，竟敢如此對我等說話？」

王鳳祥虎眉一豎，冷笑道：「就憑我手中這柄劍！」右手揮處，一柄長劍陡然出鞘，二妖只覺眼前白光一閃，還沒回過神來，便聽背後眾人齊聲驚呼：「額頭，額頭！」二妖感到額頭冰涼，伸手一摸，卻見手掌心中出現兩道交叉的血痕，這才發現額心已被對頭快捷無倫地劃上兩道劍痕。二妖面色煞白，趕忙後退數步，心想對手劍術高妙出奇，自己一條命竟然還留著，已該謝天謝地了。

麻臉妖較有見識，低聲囁嚅道：「莫非是……虎俠？」

王鳳祥轉過頭去，不再理會眾人。

二妖心中有數，恨恨地望向楚瀚，暗想：「渾小子去哪裡找來了這個大靠山？」不甘就此離去，兩人各自偷偷從袖中掏出毒粉，隨風散出，才揮手道：「大伙兒走！」率領手下匆匆退去。

第五十二章　驚世對決

王鳳祥哼了一聲，拿起酒壺正要倒酒，楚瀚卻站起身，用筷子打落他手中酒壺，說道：「賊人走前下了毒！」

王鳳祥登時警覺，屏住呼吸，運氣在身體中走了一個周天，說道：「毒粉十分厲害。你感覺如何？」

楚瀚運動內息，感到氣息通暢，並無阻礙，說道：「我還好。王大俠，你沒事麼？」

王鳳祥也運起內息，微微皺眉，說道：「我吸入了少許毒粉，幸而不深。待我用內力逼出便是，應無大礙。」

楚瀚聽了，仍不免擔心。二妖所下之毒無嗅無色，十分險狠，若非他隨身帶著血翠杉，令他不受毒粉侵襲，不然此刻早已身中劇毒。王鳳祥憑著高深內功，才能讓毒性不曾深入體內，但也不免微受其害。

楚瀚甚覺過意不去，忙扶他回房休息，自己去外邊張羅了乾淨的酒菜，重新送入房中給王鳳祥和雪豔二人食用。王鳳祥在床上靜坐運氣，緩緩逼出毒性。楚瀚擔心二妖又回來，若再使出什麼陰毒手段，傷害到儀兒，那可是萬死莫贖了。待得王鳳祥練功告一段落，他便催請二人趕緊上路。

王鳳祥和雪豔商議了，也認爲此地不宜久留，決定及早動身。三人當即縱馬上路，晚間在郊野小睡，次晨又往東行。將近正午，一行人正行在官道之上，王鳳祥忽然臉色微變，翻身下馬，將臉貼到土地之上，傾聽一會，說道：「有十多人追來，步行，輕功不壞。」

楚瀚驚道：「是馬山二妖他們麼？」王鳳祥搖頭道：「不，來者武功更高。我想他們不是來追你的。」轉頭望向雪豔，說道：「妳先行一步，我隨後跟上。」

雪豔心中明白，來者必是武林中人，想是來向她討還失物、清算舊帳。她也不多問，抱著女兒，縱馬便行。

楚瀚跟在王鳳祥身旁，擔心道：「你身上的毒傷……」

王鳳祥搖了搖頭，說道：「不礙事。來人不易對付，你在一旁觀看便是，不必現身。」

楚瀚左右觀望，見到路旁有一株大樹，枝葉茂密，便一躍上樹，在枝葉中隱藏好身形，但見王鳳祥從腰間取下劍鞘，盤膝在土道當中坐下，將劍鞘橫放膝上。

不多時，便見道上一群人快步奔來，衣著襤褸，卻是一群乞丐。領頭的乞丐披頭散髮，衣衫破爛，身形瘦削，袒露著瘦骨嶙峋的胸口。楚瀚見他面目好熟，微一凝思，認出正是曾在京城操練場上見過的丐幫幫主趙漫。

數十步外，趙漫已感覺到王鳳祥身上傳出的殺氣，忽然揮手，命幫眾止步。他獨自緩步上前，來到王鳳祥身前一丈，但見一個魁偉的漢子持劍坐在道路當中，鬚髯滿面，虎眼含威。趙漫知道不可輕忽，抱拳道：「這位仁兄在此攔路，不知有何指教？」

王鳳祥站起身，緩緩說道：「在下想討教閣下的打狗棒法。」

趙漫臉色一變，望了他手中長劍一眼，說道：「這位莫非便是虎俠？」

王鳳祥仰天而笑，聲震天地，說道：「正是。」一躍起身，橫持長劍，眼望趙漫，靜待他出手。

趙漫沒想到會在這城外土道上遇見生平最大的敵手，從腰間拔出青竹棒，凝神備戰。

楚瀚雖知這二人乃是當今天下兩大高手，卻不知這是兩人之間第一場，也是最後一場極爲關鍵的決鬥，更是打狗棒法和虎蹤劍法的重大對決。這場驚世激戰，直到數十年後仍爲人所津津樂道。

但見兩人對峙了許久，彼此相望，卻並不出招，顯然在度量揣測對手的武功能耐。

過了約莫一盞茶時分，趙漫才大喝一聲，搶先出手，青竹棒如一道影子般飛出，點向王鳳祥的面門。王鳳祥不守不避，長劍疾出，也是直指趙漫的面門。這二人都是當世高手，出招之奇巧，實非尋常人所能領悟，這兩招看似蠻打，卻各自蘊含著深厚的武學理路，攻敵之不得不守，逼敵自救。

兩人都看出對手招數精湛，同時收招，趙漫青竹棒一個迴旋，向王鳳祥胸口掃去；王鳳祥長劍靈動，也是一個迴旋，直斬對手手腕，轉瞬間一棒一劍過了數十招，針鋒相對，互不相讓。

這打狗棒法乃由丐幫幫主代代相傳，到了武學奇才趙漫的手中，更達爐火純青之地。這時他手中竹棒幻化作一片青影，巧妙靈活，在王鳳祥的劍刃之旁穿梭游動，伺機攻擊，穩占搶攻的地位；王鳳祥的虎蹤劍法則應對自如，每出劍反擊，則力道雄渾，總能將青竹棒震開，絲毫不落下風。

自古兵器之中，長劍乃是君子俠客所用的兵器，有一股尊貴之度，正義之氣；竹棒卻素來是乞丐隱者所用之器，因其隨地可取，唾手可得，既可打狗防身，亦可充作手杖行路登山，更可挑下樹上果子充飢，再方便實用不過。但這兩樣都不是殺傷力強大的兵器，不似刀、槍、矛、戟、錘、斧、鉞、叉、鞭等那般明目張膽是爲了殺傷對手而打造。劍薄而軟，需得配上高深內力方能使動；竹棒直脆易折，無刃無鋒，既不能擋敵兵器，也不能進攻傷敵，乃是十分不利的兵器，唯有配上神妙無比的打狗棒法，才能與高手對敵。打狗棒法之訣竅全在一個「巧」字，一個「快」字；使棒者需得將竹棒使得極快極巧，才能出其不意，趁敵之暇，攻敵之隙，藉此取勝。

此時王鳳祥和趙漫這場對決，以長劍對竹棒，可說是君子與乞丐之爭，俠客與隱士之鬥；尊與卑，貴與賤，入世與出世，就在這當世二大高手和他們所使的兵器中作出殊死之爭，曠世之鬥。

但見二人一劍一棒，來回反覆，戰了足有兩個時辰。有時兩人同時搶快，楚瀚在一旁更看不見劍和棒，只見到兩個人和兩個人之間飛旋盤桓的一團劍影和棒影；有時兩人同時放慢，一劍一棒之出，有如打太極一般，慢到極點，攻者一寸一寸遞出攻擊，守者也一寸一寸轉移防守，劍棒尚未相交，便又各自移開。

楚瀚看不明白，心中好生疑惑：「出招這麼慢，守招也這麼慢，這是在作什麼？」他隱約能看出兩人都在運動內息，很可能施展慢招之時，乃是在比拚內力，但他自己武功根底十分有限，自也看不懂其中奧妙。

有時兩人的招數又陡然從慢勢轉爲險狠，招招搶攻對手要害，刺目、挑喉、戳心、抹腕、斬膝，都是不能不擋避的凌厲攻招。楚瀚只看得手心捏滿冷汗，在他眼中看來再也不可能解救的攻招，場中兩人卻似舉重若輕，毫不費力便擋避了開去，甚至連雙腳都不必移動半點。

忽然之間，二人同時開始施展輕功，奔馳跳躍，從不同的方位攻擊對手。劍招棒招仍是一般快捷無倫，但在身形快速移動之中互相攻擊擋避，招數之靈動變化又有不同，這是在比拚眼明手快和輕功造詣了。

楚瀚在旁只看得心動神馳，心知這二人武功高絕，自己除了飛技略勝一籌之外，其餘各種高深武學也僅能領會其中十之一二，只約略看出兩人不相上下，旗鼓相當。

兩人又戰了許久，楚瀚抬頭望向日頭，心中暗暗擔憂：「已經過了兩個時辰，王大俠昨日中了馬山二妖的毒，尚未全數驅出體外，久戰之下，內力若有不濟，情勢將甚是不利。」

但見兩人的招數由快至慢，又由慢至快，從靜止至施展輕功四處快奔，又回復到相對不動，轉眼已到了第三個時辰。此時情勢已甚是清楚：兩人招數功力相當，唯一還能一較高下的，只有耐力和謹慎：看誰能支持得較久而不疏忽出錯。

此時王鳳祥果然因爲前一日毒傷未癒，氣勢略顯虛弱。趙漫自已看出，不知他是故意示弱誘敵，還是眞正力有不逮，心中尋思：「他在這兒擋路向我挑戰，自然早已作好萬全的準備。他明知這是一場大戰，絕不可能挑在內力不濟時出手。難道他的內力當眞輸過了我，激鬥三個時辰便撐不住了？」

他心中懷疑，又試探了數招後，終於決定進攻，使出打狗棒法的淩厲攻招「屠狗眞英雄」，刺向對手後頸穴道。

王鳳祥見這招從甚難意料的方位攻來，立即往前一躍，避開了這一棒，但對手隨即攻來的一棒卻已直指他胸口。這招雖甚巧妙，王鳳祥並非沒有見過，但內力不濟之下，再也無法即時躍起避開，只能將眞氣聚集在胸口，勉力抵禦這一棒，長劍隨即直攻對手眉心，逼敵自救。趙漫仰頭避開，這一棍卻不收回，棒尖的眞氣已襲至對手胸口。王鳳祥驚覺自己體內眞氣受毒性所制，竟無法集中，抵禦不了這一棍的眞氣，他一個閉氣，悶哼一聲，已受內傷。

趙漫見此招奏效傷敵，終於分出了高下，心中大喜，當即罷手，收棒後退。他雖小勝一招，但對虎俠的武功衷心佩服，抱拳說道：「王大俠，承讓了！」

王鳳祥收劍撫胸，運息在體內走了一遭，知道受傷並不重，但畢竟算是在趙漫手中輸了一招，也抱拳說道：「好說。」

趙漫望向前路，說道：「在下爲追尋偷走少林金蠶袈裟、武當七玄經的女子雪豔而來。聽聞她尚有意偷取峨嵋派的龍湲寶劍，正派中人正大舉出動追捕她。王大俠可知她的下落？」

王鳳祥沒有回答，卻再度舉起了長劍。趙漫凝視著他的劍尖，若有所悟，長歎一聲，說道：「乞丐不過是受人之託，忠人之事。今日得遇王大俠並與閣下過招，痛快淋漓，喜甚幸甚，所願已足。」說完一抱拳，率領丐幫弟子轉身離去。

王鳳祥見他如此乾脆爽快，倒也頗出意料之外，收回長劍，目送著丐幫眾人離去。

待丐幫眾人去得遠了，楚瀚才從樹上躍下，但見王鳳祥臉色甚白，他方才盡全力與趙漫相鬥，體內毒性未能驅盡，又受了內傷，此時已有些支持不住。

楚瀚連忙上前扶住了他，想起數年前在京城見到青幫和丐幫起衝突，肇因就是雪豔偷走了少林的金蠶袈裟，青幫因好奇而來京城瞧熱鬧，丐幫為保護少林名聲而出手驅趕青幫離京。如今這少女仍舊我行我素，不但偷了武當的七玄經，更打算去偷取三絕之一峨嵋派的龍湲寶劍。

楚瀚自己是當代神偷，如果下手的是他，定當小心謹慎，更不會讓人知道他想出手取物，也絕不會讓人知道事物是被他取走的；但這雪豔仗著絕世武功，心高氣傲，年紀輕輕便有著帝王般的氣勢，公然出面奪取祕笈，更不在乎與全中原武林為敵。如今她分娩未久，女兒幼小，正是最虛弱、最需要保護的時候。虎俠為了保護她，什麼都不顧了，甚至抱傷去與趙漫決鬥，將自己的性命置之度外。他想到此處，不禁暗暗為虎俠的深情所感動，至於雪豔為何偷取這些祕笈，王鳳祥既不曾告知，他便也不敢多問。

王鳳祥喘了口氣，說道：「我沒事，運一下氣便行了。」當下盤膝坐下，凝神運氣。不到一柱香時分，他便睜開眼睛，說道：「上路吧。」

二人一起上馬，往雪豔離去的方向緩馳而去。楚瀚見他臉色仍甚蒼白，騎在馬上似乎搖搖欲墜，這一場劇戰顯然對他的消耗損傷甚大，短期內不可能再與人動手，忍不住勸道：「王大俠，你為了保護雪豔姑娘，不惜與整個正派武林作對。但你二位武功就算再高強，雪豔姑娘終究需要休養身子，照護嬰兒，你一人也敵不過這許許多多的敵人。不如還是躲起來一陣子，避過鋒頭再說。」

王鳳祥臉上神色有些哀傷，卻並無半點困窘無奈。他緩緩說道：「楚小兄弟，男子漢該作的事情，不論多麼困難艱險，都得去作。雪豔姑娘是我心愛之人，我便豁出性命，也要護她周全。」

楚瀚聽他說得斬釘斷鐵，語意堅決，心中感動，說道：「王大俠，我不是說你不該保護雪豔姑娘，而是想勸你大丈夫能屈能伸，當此關頭，還是能避則避才好。」

王鳳祥轉頭望向楚瀚，微微一笑，說道：「世間偏偏有許多讓人無法躲避的事情。我這一生作過不少傻事，很多人笑我愚蠢，但回想起來，卻一點也不這麼覺得。當年我若沒有去作這些傻事，我也就不會是今日的我了。」

楚瀚對他的過去所知不多，不明所指，說道：「願聞其詳。」

王鳳祥吸了口氣，說道：「十七歲那年，我武功初成，雖不能稱天下無敵，也可說是少有敵手。但我卻爲了相救一個被奸商陷害的鄉里小販，甘願代他入獄。當時要越獄也不是難事，我卻乖乖地在黑牢裡蹲了兩年的時間。」

楚瀚聽了，不禁極爲驚訝。他聽聞虎俠的大名時，只知道人們對他的絕世武功敬佩無已，對他的性格則褒貶不一，有的說他重義輕生，有的卻說他偏激執著，然而不論褒貶，人們言語中對他都充滿了敬畏。楚瀚卻料想不到，虎俠和自己一樣，年輕時也曾蹲過黑牢。

王鳳祥俠續道：「這兩年中，多虧一個好友四處奔走，終於湊足了錢，將我贖出了牢獄。武林中人都笑我是個蠢蛋廢物，若非武功太差，不然怎會被衙役捉住關起？也有人鄙夷我曾作過牢，視我如瘟疫一般，避之唯恐不及。那時有位魯東大俠竇廣收留了我，百般討好於我，盼我替他效命。不多久，我便發現這人表裡不一，俠義名聲雖響亮，暗地裡卻無惡不作。我揭穿了他的假面具，令他身敗名裂，卻被武林同道說我這是恩將仇報，狗咬主人。」

他說到此處，苦苦一笑，又道：「從那時起，我便知道世間的是非黑白，不是由人們評說出來的。是非黑白只存在我自己的一念之中，我不再依附任何人。至今我仍保持這個信念，如果我的良心不讓我作什麼，我便絕對不會去作；而如果我的良心告訴我該去作什麼，我便勇往直前，寧可讓天下人指責恥笑，也要堅持到底。」

楚瀚專注而聽，心中激動，說道：「我現在才知道，虎俠的這個『俠』字是怎麼來的！」

王鳳祥哈哈大笑，說道：「今日人們稱我虎俠，昨日卻喚我『囚徒』、『走狗』，明日說不定又叫我『虎賊』了。我對於他人的評價稱謂，只當它是個屁。百年之後，誰知道後世會如何看待我這個人？或許徹底將我遺忘了，或許當我是千古罪人。但是人生在世，哪能去理會這許多？我只求自己心安理得，每日喝得下酒，睡得著覺，那就是了。」

楚瀚聽了，不禁暗暗點頭。他自小到大，從沒有人教導他作人的道理，也從沒有人勉勵他成爲英雄俠者。然而虎俠的這一番自述，卻讓他豁然開朗，原來人是該這麼作的，俠客是該這麼當的。他第一次體悟到：自己學了這一身的飛技取技，絕非命中注定要作一輩子的飛賊偷子，端看如何運用而已。

王鳳祥抬頭望向天際，說道：「我今日盡我所能，保護雪豔姑娘，不只是因爲她是我的伴侶，爲我生了孩子，而是因爲我打從心底敬重她是個光明磊落的奇女子。或許許多年後，歲月會證明，雪豔今日所作的一切，都是值得的。」

楚瀚抬起頭，露出笑容，說道：「王大俠，我明白了。你是個俠者，你有你的堅持。我是個乞兒出身的飛賊，但心中嚮往俠者的風骨，也有我的作法。」

王鳳祥一笑，問道：「是麼?你打算如何?」楚瀚道：「這一路上，我請兩位作我的客人。我一定好好地護送兩位和令千金到廬山去，找到揚鍾山大夫。」

王鳳祥笑了，縱馬馳近，伸出手來，與楚瀚雙手互握。楚瀚心中感動，知道王鳳祥是眞正將自己當成朋友了，暗暗下定決心：「我定要保護他們周全，不讓他們受到半點損傷。」

楚瀚果然說到作到。他下手偷盜了一筆爲數不小的銀兩，扮成個富商，租了兩輛大車，購置了一些布匹，讓王鳳祥、雪豔和儀兒坐在大車中，以布匹作爲掩護。他一路小心謹愼，撿最不起眼的市鎭客店留宿，張羅飲食衣物，將三人照顧得無微不至，讓王鳳祥得以安心養傷，雪豔也能專心照顧女兒，休養身體。即使沿途不斷有武林人物前來盤問追查，楚瀚總能不露破綻，不動聲色地設法將人引開。這一段路走下來，即使正派武林中人緊緊搜尋，幾乎沒將地皮都翻了過來，卻無論如何也找不到雪豔的半點蹤跡。

王鳳祥對楚瀚的這番心意十分感動，這晚他喚了楚瀚入房，問他會些什麼武功。楚瀚說了自己在三家村中所學，說來說去都不外乎飛技和取技。虎俠暗暗搖頭，心想：「這孩子除了輕功和偷竊手法外，什麼也不會。」問道：「受人攻擊時，你如何保護自己？需要制服惡人時，你如何出手？」

楚瀚搔搔頭，說道：「受人攻擊時，我便逃走；制服惡人，我是不會的。我們三家村家規極嚴，只可出手取物，不可傷人殺人。」

王鳳祥道：「我並沒要你傷人殺人，只要你懂得自保和制服惡人。你飛技雖高明，但在受人圍攻或遭高手攻擊時，也難以自保。遇上惡人時，你若半點制服人的手段也沒有，也不是辦法。這樣吧，讓我教你點穴的法門，加上你的輕功，至少能自保和制人。」

楚瀚大喜，他從沒想過名滿天下的虎俠竟會答應教自己武功，連忙拜謝道：「小子能得王大俠指點武功，感激不盡！」

王鳳祥當下問他是否熟悉人身上的諸多經脈穴道。楚瀚許多年前在揚鍾山家養傷時，曾稍稍接觸到一些經脈穴道的名稱，但這時都已忘得差不多了。王鳳祥並非醫者，也不要求他記清所有的經脈穴道，只教他記得人身上的十多個重穴，如死穴、昏睡穴、麻痺穴和啞穴等等，並且教他運勁點穴的技巧。點穴乃是一門十分高深的功夫，需得配合內家眞氣方可運用自如。楚瀚長年練習「蟬翼神功」，在體內累積了源源不絕的清氣，運用於奔跑縱躍之間，因此方能隨時使出超卓的飛技。這時他將清氣轉用於點穴，倒也能駕輕就熟，王鳳祥教了數日，他便領會了大半。但會學了點穴並不足夠，如果對手武功高強，內力深厚，楚瀚還沒來得及近身點穴，便會被對方擊傷或震飛。

王鳳祥道：「你本身武功不強，只能靠輕功身法和靈巧指法，出奇不意地制服敵人。敵人若是已有防備，切莫與敵人正面交手。」楚瀚點頭受教。

王鳳祥每日與他互相拆招練習，楚瀚對點穴之功體會漸深，知道點穴的效用，全掌控於自己出手用勁的深淺，對手受傷可輕可重，確實是一門極爲有效而並不凶狠霸道的功夫。楚瀚感念王鳳祥依循自己的資質功力，特意選了這門特殊的功夫傳授給自己，對他的感激崇拜更甚於前。

第五十三章　卜隱仝寅

這日四人將近江西首府南昌。南昌是個繁華熱鬧的大城，楚瀚不願到人多的地方，便在城外的一個小鎮停留。此地離鄱陽湖不遠，沿湖再往北行，到達九江府之前，便是廬山了。楚瀚替王鳳祥和雪豔略作裝扮，來到一間雖小但十分乾淨的客店下榻。他到外邊找客店的掌櫃張羅食物，忽見一個形貌清奇的青年來到面前，躬身說道：「楚師傅，可否借一步說話？」

楚瀚心中又是驚詫，又是警惕，他初到此地，怎會有人識得自己？莫非是京城舊識，還是仇家？他正忐忑未答，那青年已道：「楚師傅不必驚慌。在下周純一，乃是仝寅老先生的關門弟子，往年在安邑師門，曾與楚師傅有一面之緣。」

楚瀚這才認出，這青年正是當年他在安邑探盤時曾見過多次的仝寅的小弟子周純一，仝寅接見他時，這小弟子也隨侍在側。當時周純一只有十三四歲年紀，如今他已年過二十，面貌仍舊白淨溫和，優雅淡然，似乎歲月更未曾在他身上留下任何痕跡。楚瀚望著這個青年，不禁想起當年自己出手取三絕之一紫霞龍目水晶時，也不過是個十一二歲的孩童，比周純一還要小上幾歲；如今七八年過去了，自己在這許多年中所經歷的種種滄桑險難，絕非那一道道咪綍曾細數輕撫的傷痕所能說清道盡。而眼前這個青年卻一如往昔，絲毫未變。可想他所過的這兩千多個日子，大約每一日都平淡穩定，一成不變吧？

周純一望著楚瀚，心中似乎也動著同樣的念頭。他們彼此都清楚，即使二人年齡相近，然而他們所處的世界天差地遠。周純一永遠不會需要面對楚瀚曾經經歷的種種困境磨難，而楚瀚也永遠不會明白周純一長年跟隨師長鑽研星相卜卦，過的又是什麼樣的生活。兩人互望了一陣，周純一才垂下眼光，行禮說道：「楚師傅，家師著我來請您入房一敘，有事相告。」

楚瀚驚道：「仝仙老人在這兒？」周純一道：「正是。家師剛好經過此地，臨時動念卜卦，算到有位故人在此，便令我出來尋找，邀您相見。」

楚瀚心中驚異，請周純一稍候一陣，回到房中，向王鳳祥和雪豔稟報了此事，說道：「我往年與仝老仙人曾有一面之緣，這去拜見他老人家。酒菜我已讓店伴準備了，一會兒送進房來，請二位自用。」

王鳳祥自然聽說過仝寅的名頭，知道他是當世大卜，雙目雖失明，但卜術高妙，精準無誤。他點頭道：「你快去拜見仝老前輩，不用掛心我們。」楚瀚便告退出房，跟著周純一來到一間客室之中。

王鳳祥和雪豔吃過晚飯後，雪豔抱著儀兒在房中休息，王鳳祥獨自出來走走。但見那客店外廳甚是空曠，只有一對夫妻抱著一個一歲左右的男孩兒坐在角落，那丈夫約有四十來歲，一身灰布長袍，高鼻長臉，相貌特異。他向王鳳祥望了兩眼，便起身走上前來，行禮說道：「這位可是人稱虎俠的王鳳祥王大俠？」

王鳳祥沒想到在這荒僻客店中也會被人認出，站起身回禮道：「正是。不知閣下如何稱呼？」那中年人目光深邃，說道：「敝姓凌，名九重，忝爲家師仝老仙人座下大弟子。」

王鳳祥肅然起敬，他知道仝寅一生只收了兩個弟子，一個便是卜名已傳遍山東的凌九重，另一個便是關門弟子周純一，年紀尚輕，還未出師。當下說道：「原來是凌先生，幸會，幸會。不知令尊師和凌先生怎會來到這小邑？」

凌九重道：「此地是家師的祖墳所在，他老人家每年都要來此祭拜。我則是從山東趕來，專程來請家師替犬子取名的。我夫婦中年得子，只盼他將來有點兒出息。」

王鳳祥問道：「卻取了什麼名？」

凌九重輕輕歎了一口氣，回頭望了妻子懷中的男孩兒一眼，說道：「家師說道，這孩子腹中有江有河，頗成氣候，因此給他起了個『滿江』的名兒。然而這孩子沒有繼承家業的命數，在卜卦一道上難有大成。」

王鳳祥笑道：「子女有無成就，在我看還是次要。凌先生愛子身強體健，已算好的了。我們只教小女能活過一歲，便心滿意足了。」

凌九重驚道：「令嬡卻是何事？」王鳳祥歎道：「先天不足。」凌九重閉上眼睛，掐指略算，才睜開眼，說道：「有救。你們此行，是去尋揚鍾山揚大夫吧？」

王鳳祥一怔，說道：「凌先生何由得知？」凌九重瘦削的臉上露出笑容，說道：「我隨家師學藝二十年，並非白學。」

王鳳祥望著他，懷疑道：「未來之事，當眞能算得準麼？」凌九重神情凝重，說道：「個人小事，往往不準。天下大勢，卻再精準不過。」

王鳳祥凝視著他，說道：「閣下可能爲天下卜一卦？」凌九重低下頭，沉吟半晌，才道：「時機恐怕未到。」王鳳祥問道：「令師往年曾爲天子卜卦，不知閣下志在何方？」

凌九重凝思一陣，才回答道：「依我淺見，卜者有兩條路可擇：出世和入世。家師乃是天下奇人，大半生過著出世隱居的生活，只在危急存亡之秋，挺身而出，入世替先帝英宗占卜，指點迷津。我小師弟純一和家師性情相投，都是出世之人了。」

王鳳祥聽出他的言外之意，問道：「那麼閣下卻是入世之人？」

凌九重沉思一陣，才道：「我自知不論存心出世或入世，都不免捲入世間紛爭。與其隱遁躲避，不如坦然面對。因此我決意這一生只卜天下興衰，他人得失，卻絕不卜我一己一家之禍福榮辱。」

王鳳祥哈哈大笑，說道：「好，好！或許哪一日，在下也會有事向閣下請教，到時還須請閣下費心了。」

凌九重笑道：「能爲天下第一俠客占卜，乃是九重的榮幸。王大俠隨時來山東敝居凌家莊賜教，或遣人帶個話來便是。但有所命，無不謹遵。」

這兩人當時並不知道，在許多許多年後，他們的命運還會再次交錯。虎俠將遣手下來向凌九重求卜驚天一卦，引發日後的種種江湖劇變，風雲際會。而今日仍在襁褓中的兩個嬰兒——凌滿江和儀兒，也將在數百里外的虎山密林中重遇，結下一段短暫而動人的情緣。凌滿江的獨子凌霄，則將成爲虎俠王鳳祥「虎蹤劍法」的唯一傳人。

卻說周純一引楚瀚進入內室，便見到一個老人在床上擁被而坐，正是當世第一大卜全寅。他體型仍舊肥胖，但原本全黑的鬚髮卻已轉爲灰白，無神的雙目顯得更加黯淡，笑聲依舊洪亮，卻參雜著斷斷續續的咳嗽，容貌神態較之數年前已顯得蒼老了許多。即使從楚瀚一個少年人的眼中看來，也看得出這老人已行將就木了。

仝寅聽見門聲，抬起頭來，面向門口，一邊咳嗽，一邊招手道：「孩子，你來啦。我已經等你很久了！」

楚瀚心頭一震，記得數年前自己第一次去山西安邑取龍目水晶，見到仝寅時，他說的也是同樣的這幾句話。他連忙上前磕頭拜見，說道：「小子叩見前輩！」

仝寅揮揮手，拍拍床邊，說道：「不必多禮。上回見面，是你尋我；這回見面，卻是我尋你。你過來，我有話要跟你說。」楚瀚來到他的身前，在床邊坐下了。

仝寅伸出乾枯的手掌，摸索著握住了他的手，微笑道：「你大了。這雙手，十一歲時就捧過紫霞龍目水晶。如今十九歲了，嗯，摸過龍紋屏風了，也碰過血翠杉了。啊，你身上就佩戴了一段血翠杉。不容易得到啊！這事物。」

楚瀚甚是驚訝，脫口道：「您怎知道我身上有血翠杉？」仝寅指著他的胸前，說道：「就掛在你胸口，味道奇香，我老遠就聞到啦。」

楚瀚這時才終於確定，他在靛海叢林之中，重傷時倚靠的那株奇木，便是傳聞中極爲罕見的血翠杉。他當時折下一段，一直戴在身上，這血翠杉便如護身符一般，不斷保護著他，將他從重傷死亡邊緣救回，助他傷勢漸漸痊癒，更曾避免他受到蠱物的引誘。

仝寅笑著，說道：「這寶貝用處可大了。你好好收著，貼身而戴。它能讓佩者逢凶化吉，祛邪除害，治病療傷。」

楚瀚心中激動，將血翠杉從頭上取下，放在仝寅手中，說道：「仝老先生，這事物請您收下吧。」

仝寅推回他的手，搖頭道：「我已是風中殘燭，要這東西無用。你還年輕，此後不免遇上凶險，應當留著護身。」

楚瀚還想再說，仝寅已搖著手，咳嗽良久，才緩過氣來說道：「時間不多，該說正事了。孩子，你聽好，我覺知龍目水晶就快重新出世了，大約就是未來一兩年間的事。」

楚瀚心中一跳，問道：「先生是說，明君就要現世了？」仝寅點頭道：「正是。不用懷疑，所謂明君，就是那個你一力保護、一心愛惜的孩子。他不能再躲藏下去了。他得出來，成爲太子。」

楚瀚聽了，又驚又喜，他雖一心保護泓兒，卻並未想過泓兒有一日眞能成爲太子，這時聽了仝寅的話，不禁滿心激動，顫聲問道：「泓兒能成爲太子？」

仝寅點頭道：「不錯。但是阻難甚多，我得教你如何作，才能讓事情順遂一些。你聽好了。你需每夜觀望水晶，見到它呈現一片紫氣時，便表示它去見新主人的時機到了。你得親自將水晶帶去見它的新主人，旁邊不能有任何其他人，包括他的母親。」

楚瀚仔細聆聽記憶，應道：「是。」

仝寅又咳嗽了好一會兒，才道：「你要對那孩子說，仔細聽，仔細瞧。這水晶有話要告訴你，之後便讓孩子捧著水晶，往裡邊瞧，等他瞧懂了，事情就成了。你自己該作什麼，便放手去作，不必擔心，也不必害怕。」

楚瀚應承了，心中卻好生疑惑：「我又能作些什麼？」

仝寅沉思了一陣，又道：「該去的，要讓它去，不必挽留，也不必哀傷痛惜。」

楚瀚聽出這句話的深意，忽然若有所悟，聲音有些發顫，問道：「老先生可是說，有人會喪命？」

仝寅長歎一聲，緩緩說道：「自古皇子不得已而藏匿多年，重新現世之時，不可能沒有犧牲。」

楚瀚在皇宮中待過數年，自然明白其中凶險，他早已下定決心，寧可自己死了，也要保護泓兒周全，心中一陣激動，說道：「如果當死的是我，我在所不惜。」

仝寅搖了搖頭，說道：「不，你不能死。你得留下保護太子，直到他長大成人。」

楚瀚點頭道：「我明白了。我一定會盡心竭力，保護他不受到傷害。」

仝寅一雙無明的眸子正對著他，似乎能清楚望見面前這瘦小青年肩上沉重的負擔。他哈哈而笑，說道：「你當初來向我取水晶時，可沒料到自己攬上了多大的麻煩吧？哈哈，哈哈。我想求人接過水晶，都不可得，當年卻是你自己找上門來！」

楚瀚回想往事，這才知道一切冥冥中自有天意，思之不禁慨然。

仝寅止了笑，神情轉爲哀傷，又道：「孩子，往後的年歲，可需委屈你了。你得作許多你不願意作的事，將成爲你最不願意成爲的人，但你成就的會是件大事。你要記著，悲歡離合總無情，是非善惡豈由己？但一切都是值得的。」說完，又不停地咳嗽，腰彎得如蝦子一般，直咳得喘不過氣來，似乎哽著了氣。楚瀚眼見不對，驚叫道：「仝老先生！仝老先生！」

凌九重和周純一在門外聽見，雙雙奔入，一個替師父拍背，一個替他捏手上穴道，盼能紓緩他的咳嗽。但仝寅仍舊咳個不停，愈發嚴重。直過了半盞茶時分，他的咳嗽才略略止歇，兩個弟子鬆了口氣，扶他躺倒歇息，守在床邊不敢離去。仝寅氣若游絲，勉力向著楚瀚揮了揮手，說道：「孩子，你去吧。」

楚瀚磕頭告辭，退了出去。他出門之後，仍能聽見仝寅的咳嗽聲斷斷續續地從房內傳出，他最後的幾句話似乎仍在耳際迴響：「悲歡離合總無情，是非善惡豈由己？但這一切都是值得的。」楚瀚不禁暗想：「世間諸事本來就由不得我自己。仝老先生說這都是值得的，但究竟什麼是值得的呢？」

在遇見仝寅之後，楚瀚心中愈發掛念京城諸事，擔心泓兒的安危。他一路護送王鳳祥和雪豔來到江西廬山山腳，晚間在一間客店下榻，準備次日陪二人上山。二人看出他心中有事，盛情向他道謝，請他留步。王鳳祥道：「楚小兄弟，我知道你另有他事，護送我等這一段路，實已太過煩勞你了。明日我和雪豔姑娘自己上山尋訪文風流，安全應是無虞，能否探出揚大夫的下落，自要看我們的運數了。」

楚瀚聽他說起過凌九重的預言，說道：「但盼凌先生的占卜靈驗，兩位能順利找到揚大夫，將儀兒的病治好。」

雪豔望向懷中女兒，說道：「但願如此。她若能保住性命，大半要歸功於楚小兄弟指點迷津，並一路高義相護。雪豔永生不會忘記你的恩德。」

楚瀚受寵若驚，連忙說道：「能爲兩位效勞，乃是我的榮幸，兩位請千萬別放在心上。」心想：「虎俠和雪豔都是何等人物，今日我恰巧在他們需要幫助時遇見他們，而他們又對我信任有加，讓我相助，實是極爲難得之事。我又怎會期望他們對我心懷感恩，甚至報答？」

當晚楚瀚待他們歇息之後，心中想著體弱多病的儀兒，他親手照顧了她這些時日，對她好生疼惜，左思右想，決定應該好人作到底，送佛送上西，當下也不告訴王鳳祥和雪豔，自行去鎮上向人詢問，探得了文風流結蘆隱居之處。他展開飛技，疾行百里，趁夜上了廬山，跋山涉水，在戌時正來到文風流的草舍之外。

他見到草屋中仍透出火光，便上前拍了拍門。過了一會兒，有人出來開門，楚瀚一看，竟然便是當年在揚家的那個劉姓小廝，心中大喜，忙問：「小劉，是你！揚大夫在這兒麼？」

小廝見到他，也十分驚訝，連連點頭，回身奔進屋去。不多久，揚鍾山和一個面貌清秀的文士一同迎了出來，揚鍾山見到楚瀚，大喜迎上，拉住他的手，說道：「楚小兄弟，我的小恩人，你可來啦！文兄弟，這就是我跟你說過好多次，當年幫助我從京城逃出來的楚小兄弟。楚小兄弟，這是我的好朋友文風流。」

楚瀚向文風流行禮見過。文風流知道他在夜裡上山，必有要事來尋揚鍾山，也不寒暄，只招呼書僮看茶招待，自己告一聲失陪，便轉入後面去了。

揚鍾山問起來意，楚瀚當下說了自己陪同虎俠王鳳祥和雪豔來此爲女求醫之事。他生怕揚鍾山聽聞了雪豔的作爲，知道她與正派爲敵，不肯攬上這個麻煩，婉拒相助。但揚鍾山長年住在山中，加上性情單純天眞，雖約略聽說過雪豔的事蹟，也久聞虎俠的名聲，卻絲毫不以這兩個大有來頭的人物爲意，只關切地問道：「女孩兒多大了？什麼症狀？危險麼？他們現在在哪兒？不如我立刻便跟你下山去看看。」說著便吩咐小劉收拾藥箱，準備連夜出診。

楚瀚連忙道：「不急，不急，女娃兒性命暫時沒有危險。他們明日便上山來，不差這幾個時辰。」他見到揚鍾山情急關心的模樣，不禁想起在京城揚家祖宅那時，揚鍾山為人看病從不收診金，還總掏腰包替病家買藥，弄得家中住了一大群存心占便宜的病家，賴著不走。沒想到事隔多年，揚鍾山的性情半點沒變，仍是一心只為病家著想，呆氣依舊，關懷急切也依舊，心中甚是感動。

楚瀚見夜色已晚，自己得儘快趕下山去，告知王鳳祥和雪豔揚鍾山確實在山上這個好消息，便向揚鍾山告辭。揚鍾山拉著他的手，誠摯地道：「楚小兄弟，你當年幫助我逃走，我好生感激。然而我最感激你的，還是你替我早早收起了先父留下的重要札記和醫書，沒被那些豺狼虎豹搜去或毀掉。今日不管你帶了誰來求醫，我都一定盡心救治，不論需花上多少時間精神，我定會努力治好了這位小姑娘。」

楚瀚聽了，十分感激，說道：「如此多謝大夫了。我身有要事，明日我指點王大俠和雪豔兩位上山找您求醫，自己便不再來叨擾了。」當下與揚鍾山作別，趕下山去。

次日清晨，楚瀚便將昨夜造訪揚鍾山的經過告訴了王鳳祥和雪豔，二人喜出望外，一齊向楚瀚拜謝，楚瀚連忙避開不受，他指點了二人上山的路徑，三人便灑淚作別。

楚瀚知道揚鍾山定會盡心醫治儀兒，放下了一樁心事，送走了王鳳祥等後，便帶著小影子逕往北去，趕赴京城。

（第三部「悲歡無情」　待續）

注 本冊中提到的大越國是漢化非常深的中國屬國，在明朝永樂、洪熙、宣德的二十年間，曾被明朝出兵征服，直接受明朝統治，稱為「交趾」，設府、州、縣，由中央直轄。明廷統治期間，在交趾大力推行儒學教化。後來大越人民不堪明朝官員的壓榨，起兵抵抗，其中清化豪族黎利勢力甚大，多年潛藏於老撾，暗中儲備抗明。因明朝派去大越的文官武將皆所用非人，黎利多次大敗明軍，明宣宗皇帝終於決定撤兵，黎利便建立了「後黎朝」，後世稱他為「黎太祖」。宣宗很不願意封他為王，不斷飭令他尋訪前朝陳氏後裔，但黎利堅稱尋訪不著，並上表稱各頭目耆老皆推舉他為王，宣宗始終不許。直到宣宗賓天，黎利也死去，他的兒子黎麟才被繼位的英宗封為「安南國王」，自此對明朝朝貢不絕。

《大越史記全書》是越南的編年體通史，以文言漢文寫成。據記載，黎聖宗洪德十年，皇帝命禮部右侍郎兼國子監司業吳士連編修《大越史記全書》。編史的起因，是因黎聖宗「稟睿智之資，厲英雄之志，拓土開疆，創法定製，尤能留意史籍。」亦即這位皇帝武功也有了，文治也有了，轉而留心歷史文化，因此下令修史。

可能由於《大越史記全書》是由聖宗下旨起編，書中對他的褒辭特別多。除了前述仙童託生的故事外，還有說到他年輕之時樣貌神俊異常，「帝之生也，天姿日表，神彩英異，岐岐然，嶷嶷然，煌煌然，穆穆然，眞作后之聰明，保邦之智勇也。」一出生就端莊得如天神一般。又說他後來奉藩入京師，「日與諸王同經筵肄學，時經筵官陳風等見帝容止端重，聰睿過人，心中異之。帝愈自韜晦，不露英氣，惟以古今經籍、聖賢義理爲娛。」從小就喜愛讀書，樂於學習聖賢道理，眞乃孺子可教。而且還懂得韜光養晦，謙虛退讓，不引人妒忌。

臣子對皇帝拍馬屁是沒有底線的。書中繼而說他「天性生知，而夙夜未嘗釋卷，天才高邁，而制作尤所留情。樂善好賢，亹亹不倦，宣慈太后視若己生，仁宗推爲難弟。」不但將黎聖宗說成生而知之的聖人，更稱許他熱愛讀書，早晚書不離手，擅長作詩塡辭，兼且熱心慈善，親近賢人，勤奮不懈，連跟他毫無血緣關係的當朝攝政太后宣慈太后，他三哥的母親，也對他特別好，當他親生兒子一般；甚至跟他是競爭對手的三哥，也當他是難弟（即賢弟之意），眞是非常成功完美的一個人。

然而無論黎灝有多麼聰慧賢明英俊，他排行老四，上面有三個哥哥，原本作皇帝絕沒有他的份兒，按理這皇位是輪不到他的。而他爲何能當上皇帝，關鍵在於他的大哥黎宜民。

黎灝的父親黎太宗名叫黎元龍，亦名黎麟，是黎太祖黎利的次子。他十一歲即位，是個沉緬酒色，不怎麼成材的皇帝，最後死於女色，得年二十歲。他十六歲時生了長子黎宜民，黎宜民一出生就被封爲皇太子，但其母楊氏貴母以子貴，驕縱不堪，少年皇帝一怒之下，將楊氏貶廢爲庶婦，順帶將皇太子之位也革掉了。太宗死後，二兒子不知是早死還是母親不夠厲害，總之繼位的是三子黎邦基，當時才兩歲，由母親宣慈太后阮氏英攝政。那時四子黎灝才剛滿一歲。

許多年後，始終不服氣的廢太子黎宜民二十歲了，竟然發動叛變，率兵攻入升龍，殺了十八歲的三弟仁宗皇帝，他的母親宣慈太后自殺，黎宜民便當上了皇帝。但他篡位不過八個月，就被大臣阮熾、丁列等發兵聲討誅殺，史稱廢帝。衆臣見太祖二子皆死，只好迎立天縱英明，剛滿十八歲的四子黎灝爲帝，黎灝便在兄長的自相殘殺下當上了皇帝。從太宗到廢帝到仁宗以至聖宗即位，二十六年間連換了四個皇帝，都是父子兄弟，而且不是兒童就是青少年，年紀最大的才剛滿二十歲。

大越國的皇帝稱號一本正經，與中國如出一轍，從太祖、太宗、仁宗、聖宗、憲宗、肅宗，以至德宗、明宗、昭宗，而到每況愈下的神宗、眞宗、玄宗、愍宗，凡歷二十八帝，三百六十一年，比明朝的十六個皇帝、兩百七十六年還要長久。即使撇開史書中對黎灝的加意吹捧，客觀地說，黎灝乃是在位較久，而文治武功都卓有成就的一位皇帝。

《大越史記全書》本紀中對他的評價爲：「帝創制立度，文物可觀，拓土開厚，眞英雄才略之主！雖漢之武帝唐之太宗莫能過矣。然土木之興，逾於古制，兄弟之義，失於友于，此其所短也。」說他的功績連漢武帝唐太宗都比不上，這在我們看來，大約是很有疑義的。最後跟中國史書一樣，仍舊冠冕堂皇地損了他兩句，說他也有短處，就是太愛營造華美的新式建築，而且對兄弟不怎麼友愛，但這點不禁令人懷疑，他又能如何友愛兄弟呢？大哥篡位叛亂被誅，二哥史書沒提，三哥被大哥殺害，最後就剩他自己孤伶伶的一個，要讓他友愛誰呢？

附帶說一句：後黎朝首都升龍，又稱東京，即今之河內。升龍在當時乃是大越國的政治、經濟和文化中心，與中國和爪哇等地有蓬勃的海上貿易，人口眾多，物產豐饒，交通發達。

大越國素爲中國各朝代的藩屬國，文化交流密切，典章制度和文字都以中國爲宗。至今我們仍能從以漢文寫成的《大越史記全書》中一窺明代大越國的歷史，而早已捨棄漢文傳統，使用新創越文的今日越南人，卻只能從翻譯中得知自己的歷史了。

國家圖書館出版品預行編目資料

神偷天下．卷二／鄭丰作, -初版-台北市：奇幻基地出版；家庭傳媒城邦分公司發行；2011. 07
（民100. 07）
面：公分. -（境外之城）

ISBN 978-986-6275-45-6（卷2：平裝）

857.9 100011613

ISBN 978-986-6275-45-6
EAN 4717702100346

Printed in Taiwan.

奇幻基地臉書粉絲團
http://www.facebook.com/ffoundation

鄭丰臉書專頁
http://www.facebook.com/zhengfengwuxia

城邦讀書花園
www.cite.com.tw

神偷天下・卷二（風起雲湧書衣版）

作　　者／鄭丰
企劃選書人／楊秀真
責任編輯／王雪莉
版權行政暨數位業務專員／陳玉鈴
資深版權專員／許儀盈
行銷企畫／陳姿億
行銷業務經理／李振東
副總編輯／王雪莉
發　行　人／何飛鵬
法律顧問／元禾法律事務所　王子文律師
出版／奇幻基地出版
城邦文化事業股份有限公司
台北市 104 民生東路二段 141 號 8 樓
電話：(02)25007008　傳真：(02)25027676
網址：www.ffoundation.com.tw
e-mail：ffoundation@cite.com.tw
發行／英屬蓋曼群島商家庭傳媒股份有限公司城邦分公司
台北市 104 民生東路二段 141 號 11 樓
書虫客服服務專線：(02)25007718・(02)25007719
24 小時傳真服務：(02)25170999・(02)25001991
服務時間：週一至週五 09:30-12:00・13:30-17:00
郵撥帳號：19863813　戶名：書虫股份有限公司
讀者服務信箱 e-mail：service@readingclub.com.tw
歡迎光臨城邦讀書花園　網址：www.cite.com.tw
香港發行所／城邦（香港）出版集團有限公司
香港灣仔駱克道 193 號東超商業中心 1 樓
電話：(852) 2508-6231　傳真：(852) 2578-9337
e-mail：hkcite@biznetvigator.com
馬新發行所／城邦（馬新）出版集團
【Cite(M)Sdn. Bhd】
41, Jalan Radin Anum, Bandar Baru Sri Petaling,
57000 Kuala Lumpur, Malaysia.
Tel: (603) 90578822 Fax:(603) 90576622
email:cite@cite.com.my

封面設計／陳文德
排　　版／浩瀚電腦排版股份有限公司
印　　刷／高典印刷有限公司
■2020 年（民 109）5 月 5 日二版初刷
■2023 年（民 112）5 月 19 日二版2刷

售價／300元

廣　告　回　函
北區郵政管理登記證
台北廣字第000791號
郵資已付，免貼郵票

104台北市民生東路二段141號11樓

英屬蓋曼群島商家庭傳媒股份有限公司城邦分公司 收

請沿虛線對摺，謝謝

奇幻基地

每個人都有一本奇幻文學的啓蒙書

奇幻基地粉絲團：http://www.facebook.com/ffoundation

書號：**1HO026Z**　　　書名：神偷天下．卷二（風起雲湧書衣版）

請於此處用膠水黏貼

奇幻基地

讀者回函卡

謝謝您購買我們出版的書籍！請費心填寫此回函卡，我們將不定期寄上城邦集團最新的出版訊息。

姓名：________________ 性別：□男 □女

生日：西元________年________月________日

地址：________________

聯絡電話：________________傳真：________________

E-mail ：________________

學歷：□1.小學 □2.國中 □3.高中 □4.大專 □5.研究所以上

職業：□1.學生 □2.軍公教 □3.服務 □4.金融 □5.製造 □6.資訊

□7.傳播 □8.自由業 □9.農漁牧 □10.家管 □11.退休

□12.其他________________

您從何種方式得知本書消息？

□1.書店 □2.網路 □3.報紙 □4.雜誌 □5.廣播 □6.電視

□7.親友推薦 □8.其他________________

您通常以何種方式購書？

□1.書店 □2.網路 □3.傳真訂購 □4.郵局劃撥 □5.其他

您購買本書的原因是（單選）

□1.封面吸引人 □2.內容豐富 □3.價格合理

您喜歡以下哪一種類型的書籍？（可複選）

□1.科幻 □2.魔法奇幻 □3.恐怖 □4.偵探推理

□5.實用類型工具書籍

您是否為奇幻基地網站會員？

□1.是□2.否（若您非奇幻基地會員，歡迎您上網免費加入，可享有奇幻基地網站線上購書75 折，以及不定時優惠活動：http://www.ffoundation.com.tw/）

對我們的建議：________________

____

____

請於此處用膠水黏貼